Tu mentira más dulce

Tu mentira más dulce

Maria Goodin

Traducción de M.ª del Puerto Barruetabeña Diez

Rocaeditorial

Título original: *Nutmeg*

© Maria Goodin, 2012

Primera edición: mayo de 2013

© de la traducción: Mª del Puerto Barruetabeña Diez
© de esta edición: Roca Editorial de Libros, S.L.
Av. Marquès de l'Argentera, 17, pral.
08003 Barcelona
info@rocaeditorial.com
www.rocaeditorial.com

Impreso por LIBERDÚPLEX, S.L.U.
Crta. BV-2249, km 7,4, Pol. Ind. Torrentfondo
Sant Llorenç d'Hortons (Barcelona)

ISBN: 978-84-9918-585-9
Depósito legal: B. 9.366-2013
Código IBIC: FA

Todos los personajes (aparte de los famosos) y los lugares
(excepto las ciudades o pueblos de la geografía
británica) mencionados en este libro son ficticios,
y cualquier parecido con la realidad
es una coincidencia.

Para Anthony

Capítulo 1

Yo llegué a este mundo más bien poco hecha. Cinco minutos más y habría tenido el mismo tamaño que los otros niños, aseguraba mi madre. Decía que la culpa de que yo fuera tan blancucha la tenían sus antojos de pan blanco (demasiada harina) y le preguntó al médico si habría crecido más si ella hubiera hecho más ejercicio (me había faltado un poco de aire). Este no estaba muy seguro de si eso había podido influir, pero dijo que le preocupaba el tamaño de mis pies. Sugirió que la próxima vez que mi madre estuviera embarazada intentara hacer el pino apoyada en la cabeza o girara en círculos —girar en círculos haciendo el pino sobre la cabeza sería lo mejor— porque eso ayudaría a mejorar el proceso de mezclado y así le saldría un bebé más proporcionado.

Mi padre era un chef de repostería francés con unos dedos hábiles y un toque muy delicado. El día del decimosexto cumpleaños de mi madre, la llevó a un huerto de cerezos y le dio de comer tarta templada de natillas bajo un cielo iluminado por la luna. Ella supo que ese romance no duraría, que la pasión de él por la masa quebrada siempre sería mayor que su pasión por ella, pero estaba embriagada por su piel de color miel y sus besos con sabor a canela. Cuando hicieron el amor la tierra se sacudió y las cerezas maduras cayeron al suelo del cerezal. Mi padre recogió los frutos en una manta y le prometió a mi madre que cuando volviera a París crearía un pastel de cerezas y le pondría su nombre. Pero nunca llegó a hacerlo. Cuatro días después de su vuelta a Francia resultó muerto tras un terrible accidente que se produjo cuando mezclaba los ingredientes para hacer un pastel. La única parte de él que quedó visible en el exterior de la masa fue su mano derecha, en la que sujetaba con fuerza una sola cereza, roja, carnosa y madura.

Al encontrarse sola, con un bollo en el horno y sin ninguna instrucción sobre qué hacer, mi madre fue a la cocina, giró la rueda del temporizador que había encima del frigorífico de sus padres hasta los nueve meses y esperó pacientemente a que saltara la alarma.

Durante el embarazo mi madre tuvo todo tipo de complicaciones. Sufría sofocos varias veces al día —la comadrona le dijo que se debían a un termostato averiado— y padeció unos episodios de gases tan graves que tuvo que venir un técnico de la empresa de gas para hacerle una revisión de seguridad. Se le hincharon los dedos hasta parecer salchichas, y cada vez que salía a la calle los perros del barrio la perseguían e intentaban morderle las manos. Comía gran cantidad de huevos, no porque tuviera antojo, sino porque estaba convencida de que el glaseado me aseguraría un bonito tono dorado en la piel. Pero en vez de eso, cuando nací y la comadrona me dio un azote para que llorara, lo que yo hice fue cacarear como una gallina.

Quiero que ustedes entiendan que todo esto se lo cuento exactamente con las mismas palabras que utiliza mi madre; ni una sola de ellas es mía. Yo tengo la mente lúcida y estable y no me engaño creyendo que alguna de estas cosas ocurrió en realidad. No tengo ni idea de lo que pasó durante mis primeros cinco años de vida porque no recuerdo nada. Ni una fiesta de cumpleaños, ni una Navidad, ni una excursión a la playa… Nada. No recuerdo cómo era mi primera habitación, ni los juguetes con los que jugaba, ni los juegos que me gustaban. Quizás es normal y la gente no suele tener muchos recuerdos de esos cinco primeros años, pero yo estoy convencida de que algo debería recordar. Alguna cosa. Pero no me acuerdo de nada y por eso lo único que tengo son las memorias de mi madre, que no son verdaderos recuerdos sino ridículas fantasías que reflejan su obsesión con la comida y la cocina, y que me niegan la oportunidad de saber cómo fueron mis primeros años.

¿Estoy enfadada con ella por eso? ¡Claro que sí! Quisiera saber cómo fueron mis primeros pasos en este mundo, quién era mi padre, cómo era yo cuando era un bebé... Ese tipo de cosas tan normales. Pero siempre que le pregunto me cuenta las mismas historias de siempre: la planta de espaguetis que brotó en la maceta que había en nuestra ventana el día de mi primer cumpleaños; el pavo de Navidad que cobró vida y se escapó del horno cuando yo tenía dos años; la ensalada de diente de león que rugió de repente... ¿Qué puedo hacer con todas esas bobadas? Tengo veintiún años y la loca de mi madre sigue contándome cuentecitos tontos como si todavía fuera un bebé. Y lo peor es que ha contado esas historias tantas veces que ha llegado a creérselas. La historia del embarazo ya es bastante ridícula, pero esperen a escuchar la de mi nacimiento...

Que yo saliera poco hecha fue culpa del técnico del gas. Tras la revisión, vino personalmente a casa a traerle el certificado de seguridad a mi madre (se había quedado un poco prendado de ella la primera vez que la vio) y ella creyó que lo menos que podía hacer era ofrecerle un trocito del bizcocho de dátiles y almendras que acababa de sacar del horno. Estaban todos sentados tomando un té en la cocina de mis abuelos cuando, de repente, el técnico del gas empezó a toser; se estaba ahogando. Mi abuelo, que era un experto en primeros auxilios, se levantó de un salto y lo agarró por la cintura. Le dio un brusco apretón y el trozo de bizcocho culpable del ahogamiento salió volando por la cocina hasta acabar chocando con el temporizador, que cayó desde lo alto de la nevera y empezó a sonar. Al oír esa alarma yo entendí que ya era el momento de salir y empecé a empujar con la intención de venir al mundo.

Mis abuelos, con la ayuda del técnico del gas, consiguieron subir a mi madre por las escaleras hasta el piso de arriba y tumbarla en la cama.

—¡El bebé no puede salir todavía! —gritaba mi madre sin parar—. ¡No estará del todo hecho si sale ahora!

13

Pero hecha del todo o no, yo estaba ya en camino, así que todos empezaron a preocuparse de hacer el parto lo más corto y lo menos doloroso posible.

—Brenda, trae mantequilla —le pidió a gritos mi abuelo a mi abuela, enjugándose la frente con un pañuelo—. Si se come un buen trozo, el bebé saldrá deslizándose limpiamente.

Pero la mantequilla no sirvió nada más que para hacer que mi madre se pusiera amarilla, así que mi abuela sugirió que probaran con un ajo.

—Seguro que al bebé no le gusta el ajo. Si comes ajo, el bebé querrá salir rápido para respirar aire fresco.

Mi madre se comió una cabeza entera de ajos, pero eso tampoco consiguió que saliera. Entonces fue ella la que sugirió:

—¡Subidme un trozo del bizcocho! Atraeremos al bebé con el olor tan delicioso que tiene.

Y eso hicieron. Pusieron la mitad del bizcocho de dátiles y almendra entre los muslos de mi madre y, sorprendentemente, yo empecé a moverme.

—¡Viene muy rápido! —chilló mi madre.

—¡Rápido, Brenda! ¡Trae algo para cogerla! —gritó mi abuelo.

Pero fue el técnico del gas quien me atrapó con una sartén de fondo grueso. Cuando llegó la comadrona ya había acabado todo, pero ella insistió en pincharme con cuidado con un tenedor y pesarme en la balanza de la cocina. Me olisqueó y confirmó que estaba poco hecha, pero en cuanto me puso en el alféizar de la ventana para que acabara de hacerme, mi madre me cogió y me metió dentro de nuevo.

—¡Es mi hija y ya se acabará de hacer cuando ella quiera! —exclamó. Me abrazó fuerte contra su pecho, me dio un beso en la coronilla y declaró que sabía a nuez moscada.[*]

Y de ahí vino mi nombre: Meg.

Υ

---

[*]. En inglés, *nutmeg*. (*N. de la T.*)

Voy de camino a casa (si es que a eso se le puede llamar casa…) para pasar el fin de semana. Cuando murió mi abuelo hace tres años, mi madre se mudó a la casita de Cambridgeshire en la que creció y en la que se supone que nací yo (aunque no puedo estar segura de que eso sea verdad). La casita es exactamente lo que ella necesita. Aunque no es grande, tiene un jardín largo y estrecho en el que mi madre puede desarrollar su amor por el cultivo de frutas y verduras. Allí planta patatas, coles, espinacas, guisantes, rábanos, tomates, lechugas… y un montón de frutas. Aparte de un pequeño manzanal que hay al fondo del jardín, también tiene fresas, ciruelas, grosellas, frambuesas y muchas cosas más; la lista es interminable. Mi madre dedica la mayor parte de su tiempo a recolectar y cocinar todos esos ingredientes: cuece cosas en grandes cacerolas de metal, fríe, guisa, asa, hornea, escalda, cuece al vapor… Se pasa el día preparando guisos, pasteles, tartaletas, estofados, tartas, sopas, salsas, sorbetes… cualquier cosa imaginable. No tengo ni la más mínima idea de lo que hace después con toda esa comida y siempre que le pregunto ella se muestra evasiva. Sospecho que la mayor parte debe acabar en la basura, pero para ella la diversión está en el proceso de cocinarlo todo; lo que pase después con la comida no tiene ninguna importancia. Es una cocinera incansable y sin medida: echa ingredientes por aquí, corta en trocitos por allá y deja solo destrucción a su paso. Al final del día siempre parece que en la cocina ha explotado una bomba, pero yo ya estoy acostumbrada.

Mi madre me crio en el centro de ese caos culinario en un pequeño piso al norte de Londres. Como el piso no estaba bien ventilado y mi madre se pasaba la vida cocinando, las dos tuvimos que vivir rodeadas por una bruma constante provocada por el vapor; una vez se volvió tan densa que mi madre me perdió durante cuarenta y ocho horas. Al final consiguió localizarme en el salón gracias a una lámpara especial antiniebla. O eso dice…

Como no teníamos ni televisión ni radio, la banda sonora de mi infancia está compuesta por el estrépito de las tapas de las cacerolas, el ruido de los cuchillos al trocear, el zumbido de las batidoras y el borboteo de diferentes líquidos. Iba al co-

15

legio con la ropa oliendo a especias y una fiambrera llena de sándwiches muy elaborados y exquisiteces caseras. Los otros niños creían que éramos ricas y pijas, pero la verdad es que los ingresos de mi madre eran bastante escasos. A mi madre nunca se le cayeron los anillos por aceptar la fruta demasiado madura o las verduras algo vapuleadas que quedaban en el mercado al final del día. Nada la hacía más feliz que cocinar.

Nada excepto yo, claro.

—Doce minutos tarde —se queja Mark con un suspiro mientras mira la pantalla donde se anuncian las salidas—. Cuarenta y seis libras por un billete de tren y esa maldita cosa llega doce minutos tarde. Es ridículo. ¿Te das cuenta de que cada minuto que vas a estar sentada en el tren te cuesta aproximadamente veintiún peniques? Eso quiere decir que, en teoría, ahora mismo te deben dos libras y cincuenta y dos peniques por los doce minutos que vas a perder sentada aquí, en el andén. Ah, ahora pone trece. Así que te deben…

—Mark —le interrumpo cogiéndole de la mano—, no hace falta que te quedes conmigo esperando.

Me rodea con los brazos y me acerca a él hasta que me apoyo contra su pecho.

—Quiero quedarme contigo a esperar, cariño —me dice con una sonrisa que muestra todos sus dientes perfectos, alineados y muy blancos.

Me quedo mirando el marcado ángulo de sus mejillas, la línea perfecta de su nariz y el sutil arco de sus cejas. Es un hombre maravillosamente simétrico, con una belleza clásica. Soy como un bebé fascinado por un objeto que le resulta atractivo; no puedo evitar alargar la mano y seguir con los dedos los contornos de la línea de su mandíbula, perfectamente afeitada. Sus ojos azul claro brillan con inteligencia y revelan el rico pozo de conocimientos que hay en el fondo. Siempre está aprendiendo, racionalizando, cuestionándose cosas, y esa ansia de conocimientos, unida a su elevado sentido práctico, hace que se me aflojen las rodillas. La primera vez que le oí hablar de la física de la materia condensada supe que me había enamorado; tenía delante a un hombre que buscaba por encima de todo lo mismo que yo: los hechos puros y duros.

Mark me aparta un mechón de la cara.

—No me había fijado nunca en esa pequeña cicatriz que tienes en la frente —dice frotándola como si fuera una imperfección que pudiera borrar.

—Ahí me picó una tartaleta de cangrejo —contesto sin pensar.

—Querrás decir un cangrejo...

—No, una tartaleta de cangrejo. Cuando era pequeña, mi madre hizo una hornada de tartaletas de cangrejo y se dejó una de las pinzas sin querer. Me dijo que no tocara las tartaletas, pero en cuanto salió de la cocina cogí una. Cuando estaba a punto de comérmela, una pinza salió disparada de su interior y me picó en la cara. Mi madre intentó separar las dos partes de la pinza para poder quitármela, pero no pudo, así que finalmente tuvo que coger una cerilla y ponerla debajo de la pinza, que por fin se abrió y me soltó. Después la pinza se escabulló hasta meterse bajo el frigorífico y yo pasé varias semanas con miedo a mirar allí debajo por si saltaba de nuevo y...

Dejo la frase sin terminar cuando siento que el brazo de Mark se separa de mi cintura y le veo dar un paso atrás para separarse de mí. Mi incursión accidental en el mundo de la locura le ha hecho sentir vergüenza. Otra vez. Me sonríe de forma rara y yo me siento como una tonta, igual que todas las veces en que se me escapan accidentalmente estas historias. Él no entiende que esas historias son como recuerdos para mí, que están tan grabadas en mi cerebro que a veces se me olvida que nunca ha ocurrido nada de todo eso.

—No dejes que tu madre te llene la cabeza con todas esas tonterías suyas esta vez —me pide con una mirada de súplica.

La última vez que fui a casa de mi madre, a la vuelta le conté que, por lo visto, con apenas un año me metí gateando en el congelador y después tuvieron que remojarme en agua caliente durante dos horas para conseguir que se me fundiera el hielo. Se lo expliqué con una leve sonrisa en los labios porque me divertía esa imagen tan ridícula de mí misma: un bebé azul, cubierto de carámbanos de hielo, ca-

17

lentándose lentamente dentro de una cazuela con agua caliente hasta recuperar un saludable color rosado. Pero Mark no le vio la gracia.

—Habrías muerto —señaló—. O habrías sufrido síntomas de congelación e incluso perdido alguna de las extremidades, como mínimo.

—Tienes razón —le dije recuperando la compostura y borrando la sonrisa de mi cara—. No es posible que ocurriera eso.

—Claro que no. Pero no entiendo cómo puedes encontrarlo divertido y reírte de ello. ¿No te molesta, Meg? Tu madre está convirtiendo tu infancia en una farsa. ¿Por qué le permites que siga contándote esas historias tan tontas?

—Porque eso es lo único que tengo —le respondí entonces, un poco a la defensiva—. Prefiero tener recuerdos ficticios que no tener ninguno. Además, siempre ha sido así. Estoy acostumbrada. Y de todas formas, no son más que unas cuantas tonterías inofensivas, ¿no?

—¿Estás segura?

Por supuesto, no lo estaba. Ese mundo fantástico que había sido parte de mi vida, parte de mí durante tanto tiempo, con los años, cuando fui creciendo, se fue volviendo menos fascinante, menos atrayente, y perdió parte de sus bonitos colores. Empecé a sentirme confusa y engañada por las historias que antes me cautivaban y me embelesaban. Primero me sentía llevada por una alfombra mágica a un pasado fantástico que no podía recordar, pero después me enfadaba y sentía que me trataban como a una niña todavía. Después de todo, «historia» no es más que otra forma de decir «mentira».

—No le permitiré que me llene la cabeza con nada —le prometo esta vez a Mark, intentando redimirme por haber afirmado que cuando era pequeña me atacó una tartaleta de cangrejo. Todavía estamos en los primeros días de nuestra relación (solo llevamos juntos siete meses) y estoy procurando con todas mis fuerzas causarle una buena impresión. Pero cada vez que le hablo de mi infancia, estoy segura de que él piensa que no estoy bien de la cabeza. O por lo menos que tengo una madre majareta, lo que no es precisamente una característica muy atractiva en una chica.

—Aquí llega tu tren —anuncia atrayéndome hacia él—. Pasa un buen fin de semana y piensa en mí cada segundo que estemos separados.

—Lo haré.

—Te veré el domingo por la noche.

Al besarnos me llega el dulce aroma de su carísima loción para el afeitado. Es tan perfecto… Y lo mejor de todo: ¡es mío!

Cojo mi bolsa y subo al tren.

—Meg —me dice cuando ya me estoy alejando—, espero que tu madre esté mejor.

Le sonrío agradecida a la vez que me pregunto si lo dirá por su mente estrafalaria o por su cuerpo moribundo.

No siempre fue así. No siempre me dio vergüenza mi pasado fantástico. Cuando era pequeña alardeaba delante de mis amigos de la vez que comí tantas manzanas que empecé a escupir pepitas o de que los merengues de mi madre eran tan ligeros que, en una ocasión, solo con darles un mordisco, las dos empezamos a flotar hasta que topamos con el techo. Al principio los otros niños me tenían envidia por haber vivido esa infancia tan extraordinaria y escuchaban mis historias con gran asombro, atentos a cada palabra. Sus recuerdos eran muy aburridos en comparación con lo que yo contaba. El recuerdo más divertido de Tracey Pratt era del día en que se quedó atascada en el baño y el de Jenny Bell, cuando se cayó de un burro; ninguno de ellos podía compararse con los míos. Entonces eran verdaderos recuerdos, o al menos yo creía que lo eran. Había oído esas historias tantas veces que se habían convertido en parte de mí, de mi pasado, hasta tal punto que me veía flotando pegada al techo de la cocina, con medio merengue todavía en la mano, mirando hacia abajo para ver la estancia llena de muebles. Recordaba la bandeja del horno humeante en el recipiente amarillo donde apilábamos las cosas pendientes de fregar y la bola de papel de horno, con restos de merengue pegados, desechada y olvidada sobre la encimera. También me acordaba de estar sentada en la trona escupiendo pepitas de manzana, oyéndolas rebotar por toda

19

la cocina y chocar con la ventana empañada por el vapor que salía del cazo que mi madre estaba revolviendo sobre el fogón de la cocina. Estaba tan segura de que me habían ocurrido esas cosas como de que el sol había salido esa mañana.

Y así fue hasta que tuve unos ocho años. Entonces empecé a notar que había algo que no iba bien. El primer día de colegio después de las vacaciones de verano, la señora Partridge, mi profesora, nos pidió que escribiéramos un párrafo con el título «Mi primer recuerdo» para ir conociendo a los niños de la clase. Yo sabía que a todos les gustaba mucho oír historias sobre mi vida, así que cuando llegó mi turno de leer lo que había escrito ante toda la clase me levanté, hinché el pecho, levanté la cabeza todo lo que pude y leí lo que había escrito llena de orgullo:

«En mi primer recuerdo yo soy muy pequeña y estoy sentada en el suelo de la cocina con mi madre, que está a punto de ponerse a cortar unas judías trepadoras. De repente, estas escapan de sus manos y se ponen a trepar por los muebles. Mi madre se queja diciendo que debería habérselo pensado dos veces antes de comprar judías trepadoras y se pone a perseguirlas por todos los sitios y a intentar que bajen de los muebles y que dejen de trepar por mi cuerpo. Las judías me hacen cosquillas y yo no puedo parar de reír. Fue muy divertido.»

Levanté la vista de mi cuaderno y le sonreí a la señora Partridge, esperando que me felicitara por lo que había escrito. Pero ella no tenía cara de satisfacción, sino que parecía bastante enfadada. Y para empeorar las cosas los otros niños de la clase se echaron a reír, y no con las risitas habituales, sino con unas carcajadas de burla. En aquellas vacaciones de verano entre un curso y otro algo cambió: mis amigos habían crecido y por primera vez conocí la humillación que supone que los demás no se rían contigo, sino de ti.

—Meg —me dijo molesta la señora Partridge—, es una historia muy divertida, pero no es un recuerdo, ¿a que no? Los demás niños han escrito cosas que han ocurrido de verdad.

Miré las caras de mis compañeros de clase, todas ellas deformadas por las muecas de risa. Oí que Johnny Miller me llamaba «boba» y que Sophie Potter le susurraba a alguien que yo era «una grandísima mentirosa».

—¿Por qué siempre está contando esas trolas? —dijo por lo bajo Tracey Pratt.

No entendía nada. A Sophie y a Tracey antes les encantaban mis recuerdos de infancia.

Empecé a notar que me ponía roja como un tomate, pero no entendía qué era lo que había hecho mal. Yo «recordaba» aquellas judías trepadoras. Podía verlas subiendo por mi cuerpo, sacando la lengua y jadeando por el esfuerzo de la escalada, y a mi madre, con el cuchillo de cortar verduras en la mano, intentando apartarlas y diciéndome que tuviera cuidado con la cabeza. Esos eran mis recuerdos.

¿O no?

—Meg May —prosiguió la señora Partridge—, ya no estás en el parvulario. Esto es el colegio y esta no es la forma de comportarse de una alumna del colegio. Como castigo ve y siéntate en el rincón y no vuelvas a la mesa común hasta que no hayas decidido que es el momento de dejar de comportarte como una niña tonta.

Así que tuve que irme al rincón, confusa y avergonzada, con un torrente de lágrimas empañándome los ojos.

Después de ese día empecé a cuestionármelo todo. Sabía que las judías no podían trepar y que las personas no flotaban, así que, ¿cómo era posible que yo recordara que habían pasado esas cosas? ¿Realmente las recordaba o era como aquella vez que le conté a todo el mundo que un día, en la guardería, giré tantas veces sobre mí misma que me mareé y acabé vomitando en la alfombra sobre la que jugábamos y Jenny Bell me gritó que eso no me había pasado a mí, sino a ella? Después me acordé de que le había ocurrido a ella y reconocí que no sabía por qué había dicho que había sido a mí… Entonces las dos nos reímos tanto que estuvimos a punto de hacernos pis encima, pero en ese momento, después de la humillación ante mis compañeros de clase, ese incidente adquirió un nuevo significado. ¿Cómo pude confundir algo que le había ocurrido a Jenny con algo que me había pasado a mí?

¿Sería porque ella me había contado esa historia tantas veces que acabé poniéndome en su lugar sin darme cuenta? ¿Y si lo de estar cubierta por judías trepadoras asustadas y jadeantes no era un recuerdo? Y si lo que yo recordaba no había ocurrido, ¿qué había pasado en realidad? Aparentemente mi memoria había sufrido graves distorsiones y no podía confiar en ninguno de mis recuerdos.

—Pues recuerdo muy bien que eso fue lo que pasó —me dijo mi madre desafiante cuando la interrogué sobre aquello—. Esas condenadas judías estaban en muy buena forma y no dejaban de trepar por todas partes. Me acuerdo perfectamente de que, cuando al fin conseguí atraparlas a todas, estaba demasiado cansada para cocinarlas y terminamos tomando un huevo frito para cenar en vez de las dichosas judías.

—Pero las judías no pueden trepar —insistí.

—¿Ah, sí? Pues díselo a ellas…

Creo que no hace falta decir que con ocho años yo estaba muy confusa. ¿Podía confiar en mi madre? ¿Podía confiar en mi propia mente? Solo había algo de lo que estaba segura: no volvería a ponerme en ridículo contando cosas que tal vez no fueran verdad. Aunque solo tuviera una mínima duda sobre si algo era cierto o no, me lo pensaría dos veces antes de decirlo. Debía sopesarlo todo cuidadosamente y utilizar todos mis conocimientos y capacidad de razonamiento para intentar llegar a una conclusión lógica y sensata antes de hablar. Y solo cuando estuviera segura al cien por cien de que lo que yo creía era lógico y correcto lo diría en voz alta para que nadie pudiera llamarme mentirosa de nuevo. Así nadie volvería a reírse de mí.

En un ataque de exceso de celo tiré todas mis muñecas y guardé los libros de cuentos para intentar alejar de mi vida cualquier creencia ajena que hubiera podido contaminar mi mente. Me daba un pellizco para castigarme cada vez que me encontraba soñando despierta. Escuchaba las historias que contaba mi madre con poco más que una indiferencia educada y me sentaba sola en el muro del colegio durante los recreos, mirando a mis compañeros con desdén cuando se ponían a correr por ahí fingiendo que eran ponis o princesas. Ellos no entendían el peligro al que se estaban exponiendo al caminar

por el filo de unos mundos fantásticos que siempre amenaza-
ban con arrastrarte a sus profundidades, alejarte de toda lógica y convertirte en el hazmerreír de todos.

Pero yo sí lo entendía. Había visto el oscuro abismo entre
la ficción y la realidad y ya nadie podría arrastrarme a sus
profundidades.

En aquel momento, aunque aún no lo sabía, ya había decidido convertirme en científica.

Capítulo 2

*U*na noche oscura y mágica, en algún lugar del centro de la ciudad de Cambridge, los ojos de mis padres se encontraron por primera vez por encima de una bandeja de cruasanes. Mi madre siempre lo cuenta así:

«Había estado en la biblioteca, estudiando para mi examen final de lengua y literatura. Debería haber vuelto a casa varias horas antes, pero me había enfrascado tanto en *Cumbres borrascosas* que perdí la noción del tiempo; ¡tanto romance, tanta angustia, esa tragedia y ese amor que nunca muere! De repente levanté la cabeza y me encontré a la bibliotecaria muy nerviosa apagando todas las luces y urgiéndome a que me fuera porque no quería perderse el principio del concurso *University Challenge*. Cuando salí de la biblioteca ya estaba oscuro y supe inmediatamente que me iban a regañar cuando llegara a casa, así que salté sobre mi bicicleta y empecé a pedalear lo más rápido que podía.

»Mientras pedaleaba junto al río me fijé en que la luna brillaba mucho en el cielo esa noche y que parecía que todas las estrellas hacían guiños especialmente para mí. Reduje la velocidad fascinada por la forma en que la luz de la luna se reflejaba en el agua, iluminando a unos cisnes blancos que flotaban en la superficie con las cabezas escondidas bajo sus alas replegadas. El aire estaba muy quieto y la noche silenciosa; solo se oía el suave crujido de la gravilla bajo las ruedas de mi bici. Me hormigueaba la piel. Era una noche que se prestaba a hechizos y maravillas, llena de magia y encanto. Debería haber seguido por la orilla del río en dirección a mi casa, pero fue como si los juncos me susurraran que me dirigiera hacia el puente y las ramas de un castaño de Indias me lo señalaran. Un búho me ululó una advertencia para que me fuera rápidamente a casa, pero en la otra orilla del río un sapo me croó una invitación para que cruzara el puente y una sola estrella destelló en el cielo como la luz de un faro que me guiaba hacia el otro lado.

»En ese preciso momento un aroma delicioso embargó mis sentidos, dejándome tan aturdida que estuve a punto de caerme de la bicicleta. Caramelo, almendras tostadas, pastelitos de té, ron negro, tarta de melaza… Hice todo lo que pude por recuperar el control del manillar, pero la bici parecía poseída y empezó a dirigirse hacia el puente como si tuviera voluntad propia. Luché con ella para evitarlo, pero el exquisito aroma era embriagador y pronto solté el manillar, cerré los ojos y seguí pedaleando sin manos hacia el centro de la ciudad, donde acabé deteniéndome delante de una enorme carpa blanca que había en la plaza del mercado.

»Dejé caer la bici al suelo y me fijé en el flujo de gente que salía de las calles laterales y se dirigía hacia la carpa como en un trance, para luego desaparecer en su interior. Como si estuviera viviendo dentro de un sueño dejé que el aroma dulce y azucarado me envolviera y me arrastrara por la plaza del mercado hasta el interior de la carpa abierta.

»Dentro había una mezcla increíble de luces, sonidos y los olores más increíbles que se puedan imaginar. En un puesto un hombre giraba la manivela de una máquina plateada y brillante, mientras una mujer bastante grande con las mejillas coloradas tiraba de una larga ristra de salchichas con especias. En otro, un hombre lanzaba unas creps doradas casi hasta el techo de la carpa para luego vigilarlas mientras volaban por el aire y finalmente hacerlas aterrizar con absoluta perfección en el fondo de su sartén. Otro hombre se encargaba de flambear las creps, provocando que unas vivas llamas anaranjadas salieran de la sartén con un crepitar repentino que hacía que la gente allí congregada soltara un respingo y aplaudiera. En otro puesto dos mujeres se pasaban entre ellas una bola de masa pegajosa, la estiraban, la sacudían como si fuese una cuerda para saltar y después la trenzaban para finalmente arrojarla a la boca llameante de un horno de arcilla.

»Mientras me abría paso a empujones entre la multitud me fijé en el cartel que colgaba de un lado a otro de la carpa. Decía: *CÉLÉBRATION DE LA GASTRONOMIE FRANÇAISE!* No tenía ni idea de lo que significaba eso, pero tampoco me importaba. Mi único objetivo era seguir a mi nariz hacia la fuente del aroma dulce y delicioso que me había arrastrado hasta allí.

»Un pollo que no dejaba de cacarear me rozó la cabeza al pasar volando a mi lado, seguido de cerca por un hombre muy gordo con un cuchillo de carnicero que gritaba algo en francés. Me topé con una mujer que llevaba una cesta de *baguettes* y que iba empujando a la gente y diciendo: «pardon, pardon». Alguien intentó meterme un trozo de queso en la boca mientras gritaba: «¡pruébelo, mademoiselle; pruebe!». Pero yo no me daba cuenta de nada de eso porque, a través de un pequeño hueco entre la multitud, había conseguido vislumbrar la fuente de aquel olor delicioso.

»Era muy guapo, con el cabello oscuro y fuego en los ojos. Obviamente lo que vi eran los reflejos de las llamas que flambeaban las creps, pero a mí me pareció que esos ojos llameantes eran ventanas que mostraban la ardiente pasión de su alma. Pasión por la masa que estaba manipulando con la sutil gracia y la gran destreza de unas manos que se movían una sobre otra como si fueran olas rompiendo. Lo contemplé durante un rato, respirando su aroma, notándolo en mis labios, saboreándolo. No había conocido nunca a nadie tan delicioso. Lo miré embelesada mientras formaba cruasanes perfectos con esa masa y los colocaba con un amor infinito sobre una enorme bandeja de horno.

»De repente levantó la vista y su mirada se topó con la mía, como si hubiera estado esperando encontrarme allí. Me sonrió y al segundo siguiente estaba allí, de pie justo delante de él, aunque no sé cómo llegué hasta el puesto; debí de ir flotando, porque hacía rato que ya no sentía el suelo bajo mis pies y seguro que tenía las piernas demasiado flojas como para seguir soportando mi peso. Nos miramos a los ojos durante un tiempo que a mí me pareció una eternidad, incapaces de apartar la vista. Ninguno de los dos habló y durante un rato pareció que las palabras no eran necesarias. Entonces contuve la respiración al verle separar los labios y susurrar las palabras más deliciosas que he oído en mi vida: «*Mademoiselle, où est l'hôtel de ville?*».

«*Où est l'hôtel de ville*»... Durante años creí que era la frase más romántica del universo. La forma en que mi madre la pronunciaba, uniendo las palabras una con otra, hacía que sonara como algo muy sensual. Lo decía como si fuera una declaración de amor y yo la creía. Me imaginaba el día de mi boda y a Johnny Miller levantándome con cuidado el velo, inclinándose para besarme y susurrándome: «Meg, mi amor, *où est l'hôtel de ville*». Nunca pensé en qué le respondería, lo cual es lógico teniendo en cuenta que ni siquiera era consciente de que se trataba de una pregunta.

—Cuéntanos otra vez cómo se conocieron tus padres —me suplicaban a menudo Sophie Potter y Tracey Pratt emocionadas. Y yo les contaba una vez más la escena del encuentro igual que me la había contado mi madre a mí y ellas se quedaban colgadas de cada palabra con el corazón en un puño.

—«*Où est l'hôtel de ville*» —repetían soñadoras al final de la historia—. ¡Qué románaaantico!

Para reivindicar mis raíces culturales, a veces llevaba al colegio una boina roja.

—París es la ciudad más bonita y romántica del mundo —les decía a mis amigas— y cuando sea mayor me voy a ir a estudiar allí. Encontraré a la familia de mi padre y me iré a vivir con ellos. ¡Seguro que se emocionan mucho al conocerme!

Tenía un mapa de Francia en la pared sobre mi cama con una banderita pinchada justo en el corazón de París. Me imaginaba a mi padre, un hombre joven, fuerte y guapo, con una camiseta de rayas y una boina como la mía, en bicicleta por las calles de París de camino al trabajo en una de las pastelerías más prestigiosas de Francia. No quería pensar mucho en el trágico accidente con la máquina de mezclar la masa, pero veía su muerte como algo heroico: había muerto en una lucha por crear la mejor tarta de cerezas del mundo para ponerle el nombre de mi madre. Y esa era la muerte más heroica que se me

podía ocurrir. Había oído en alguna parte algo sobre que los va-
lientes mueren jóvenes y yo me imaginaba que quien fuera
que lo dijo estaba pensando en mi padre.

Mi madre decía que mi padre estaba siempre conmigo en
espíritu y eso era reconfortante, pero a la vez también me daba
un poco de reparo.

—Y si voy al baño, ¿él estará conmigo también? —le preguntaba.

—No cariño, ahí no irá contigo.

—¿Y cuando me meto en la bañera? ¿Está ahí?

—No si tú no quieres que esté.

—¿Y cuando vaya a hacer alguna travesura?

—Sí, entonces sí, así que será mejor que te portes bien.

Hablaba mucho con él. Como estaba siempre ahí (excepto
cuando iba al baño o cuando me metía en la bañera) me parecía que era de mala educación no hablarle y me imaginaba que
oía lo que me decía en respuesta. No, él no creía que Tracey
Pratt fuera tan guapa como yo, ni que la señora Partridge hiciera bien en obligarme a sentarme al lado de Scott Warner,
que olía muy mal, en las reuniones de antes de clase, pero sí me
daba la razón en que mi madre debería dejar que me quedara
despierta hasta después de las nueve. Siempre estaba de
acuerdo con todo lo que yo decía y eso me gustaba mucho y
hacía que le quisiera todavía más.

Y le quería, de esa forma idealizada y fantástica en que se
puede querer a una persona que no has llegado a conocer, o eso
creo. No estaba allí en persona, pero era parte de mí y yo era
parte de él, y eso de alguna forma me daba fuerza y cierta sensación de pertenencia. Me miraba en el espejo y veía la nariz
pequeña y la barbilla puntiaguda que debía de haber heredado
de él (porque seguro que no eran de mi madre). Estaba conmigo en mi boina, en el mapa de Francia, en mi gusto por las
cuñas de queso y también en mi reflejo en el espejo, mirándome directamente a los ojos.

Pero un día, inevitablemente, el espejo se rompió y se hizo
un millón de añicos diminutos y dolorosos. Si no le hubiera
querido tanto tal vez no habría sido tan duro, pero perder el
respeto de mis compañeros no fue nada comparado con perder
a mi padre.

28

Y

Ocurrió en mi primera semana en el instituto Millbrook Comprehensive, en la clase de francés de madame Emily. Nunca antes había tenido oportunidad de aprender francés, pero yo sabía que era algo que tendría que ser natural en mí. Al fin y al cabo lo llevaba en la sangre.

—Bien, chicos, ¿quién sabe decir algo en francés?

Levanté la mano. ¡Yo sabía algo!

Ahora que por fin me había librado de mi antigua clase de primaria, tenía la oportunidad de hacer nuevos amigos e impresionar a la gente con mis conocimientos en vez de que me conocieran por las ridículas historias que contaba. Había pasado algún tiempo desde que le había dado la espalda a la ficción en una búsqueda continua de todo lo que era bueno y verdadero, pero mi reputación me había perseguido, como si se tratara de un olor apestoso, durante todo mi paso por la escuela primaria Elmbrook hasta el último día. Allí oía por todas partes lo que decían de mí por lo bajo: mentirosa, cuentista, trolera. Ahora tenía la oportunidad de empezar de nuevo. Después de una espera agónica mientras Christopher Newbuck balbuceaba como podía en francés la frase: «A mi abuela le gusta el ping-pong» y Louise Warbuck se liaba para finalmente decir que su padre era un pepino, por fin me llegó el turno de lucirme gracias a mis conocimientos.

—*Où est l'hôtel de ville* —exclamé con el tono apasionado y soñador que mi madre me había enseñado.

—Muy bien, Meg —me alabó madame Emily, impresionada—. ¿Y puedes decirles a todos qué significa?

—Por lo que yo entiendo —empecé a decir con grandes ínfulas (me encojo de dolor solo con recordarlo)—, no es algo fácil de traducir. Pero es una declaración de amor muy conocida en francés. Y fue lo primero que le dijo mi padre, que era francés, a mi madre cuando se conocieron.

Madame Emily sufrió un repentino ataque de risa.

—No sé de dónde habrás sacado esa idea. La verdad es que es una expresión un poco rara para declarar amor, porque lo que significa es: «¿dónde está el ayuntamiento?».

Todos mis compañeros empezaron a reírse. Sentí como si

las paredes de la clase se estuvieran cerrando sobre mí. ¿«Dónde está el ayuntamiento»? Seguro que se había equivocado. No podía significar eso. Vi como madame Emily intentaba reprimir la risa y al girarme a mirar todas las caras que me rodeaban y que aún no conocía pude comprobar que todas estaban contraídas por la risa. Al ver que a mí no me parecía nada divertido y que estaba a punto de echarme a llorar, madame Emily dejó de reírse y pidió silencio.

—Pero «¿dónde está el ayuntamiento?» es una frase muy importante —dijo para compensarme de alguna forma— y seguramente será lo primero que querréis preguntarle a alguien cuando lleguéis a Francia, por eso es la primera frase que se aprende. Si abrís todos el libro por la primera página, podréis ver que esa frase es el título de la primera lección…

Y efectivamente ahí estaba, justo en la cabecera de la página uno del libro *El francés es divertido*. En el dibujo, un inglés con un bombín y un paraguas bajaba del ferry y le preguntaba a un francés que pasaba por allí, al que se identificaba como francés porque llevaba una ristra de cebollas alrededor del cuello: «*Où est l'hôtel de ville?*». No era ni remotamente romántico, y en el contexto del primer encuentro de mis padres era algo que no tenía ningún sentido por mucho que se lo buscara. No necesité ni un segundo para darme cuenta de que, evidentemente, era la única frase en francés que mi madre recordaba de sus tiempos de colegio y que ella se había aprovechado de mi ignorancia para engañarme.

—Las palabras concretas no son importantes, cariño —me dijo intentando escurrir el bulto cuando entré en el piso como una tromba y furiosa estampé contra el suelo de la cocina mi mochila nueva—; es el sentimiento lo que importa. Imagínate que es una tarta de bizcocho: no te comerías los ingredientes individualmente, pero mezclados con pasión y amor acaban creando algo…

—Pero ¿qué estás diciendo? —la interrumpí—. ¡Esto no tiene nada que ver con un bizcocho! ¿Por qué lo relacionas todo con las tartas? ¿Al menos es verdad que mi padre era francés? ¿Y era cocinero, o tampoco?

Recuerdo a mi madre, de pie en la diminuta cocina llena hasta los topes, con desconchones de pintura en el techo y condensación nublando las ventanas, poniéndose las manos en las caderas, algo que hacía siempre que estaba enfadada, y diciendo:

—No sé qué mosca te ha picado, señorita. Que hayas entrado en la «escuela de mayores» no significa que tengas que volverte tan conflictiva. No voy a permitir que ensucies el nombre de tu difunto padre haciéndome esas preguntas tan tontas. Tu padre te querría mucho si pudiera estar aquí y tú lo sabes. Era un hombre con talento y valentía que se topó con una muerte prematura en su búsqueda de la perfección dentro de la industria de la repostería y tú ahora te pones a cuestionar…

—¡Vale, vale! —le grité—. ¡Pero no vuelvas a hablarme de él nunca más!

Y salí corriendo hacia mi habitación y cerré la puerta de un portazo. Después me tiré sobre la cama y rompí a llorar. No quería insultar a mi difunto padre. Pero ¿era eso lo que estaba haciendo? Únicamente quería saber la verdad, nada más. No solo estaba enfadada y confundida, sino también abrumada por la culpa. Era una mala hija. Si mi padre estaba conmigo, estaría oyendo las preguntas que me hacía sobre su existencia. Seguro que se sentía muy dolido. Pero estaba claro que mi madre me había mentido sobre el momento en que se conocieron, así que ¿cómo podía saber yo qué otras mentiras me había contado sobre él? Pensándolo con lógica (así es como intentaba pensarlo todo desde hacía tiempo), ¿era verosímil que mi madre hubiera pedaleado sin manos en su bicicleta hacia el centro de la ciudad de Cambridge una noche mágica y que la brisa le hubiera llevado el aroma de mi padre y que…? ¡Bah, claro que no! Nada de eso podía ser cierto. No me podía creer que después de analizar tan escrupulosamente todas mis costumbres, mis palabras y hasta mis pensamientos durante los últimos dos años hubiera dejado que esa fantasía sobre mi padre escapara a mi filtro. Había fracasado en mi misión de deshacerme de todos los pensamientos ilógicos y lo que acababa de ocurrir era consecuencia de ello. Me había convertido en el hazmerreír de todo el mundo una vez más. Con lágrimas rodándome por la cara arranqué el mapa de Francia de la pared y lo hice trizas. Todo era mentira. No había nadie conmigo en todo momento y

31

nunca lo había habido. Los rasgos que veía en el espejo podían ser los de cualquiera. Mientras pisoteaba los pedazos del mapa me culpaba por haberme dejado engañar y a la vez lloraba como no había llorado nunca en mi vida por la pérdida del único padre que había conocido.

—¿Por qué nunca traes a ningún amigo a casa a merendar? —me preguntaba a menudo mi madre—. Me gustaría conocer a tus amigos. Y podría hacer unas magdalenas riquísimas. O tal vez pastelitos glaseados.

—No tengo amigos, mamá —le respondía casi en un gruñido, aunque no era del todo cierto. Tenía a Gary, a Peter y a Sarah del club de ciencias de la hora de comer, pero todos compartían su adoración por *Star Trek* e insistían en comunicarse en un idioma que llamaban «cling-on» o algo así, lo que no solo hacía que me sintiera excluida, sino que también causaba muchos malentendidos y provocaba que los experimentos de ciencias que hacíamos fueran mucho más peligrosos de lo que deberían. Cuando se dignaban hablar nuestro idioma discutíamos a veces sobre los peligros de la ciencia ficción, pero eran tres contra una, así que la balanza del debate siempre se inclinaba hacia el mismo lado. Yo no podía entender cómo personas sensatas, inteligentes y racionales podían permitir que les corrompiera un mundo de fantasía lleno de platillos volantes y seres extraterrestres. El mismo hecho de que insistieran en hablar una lengua inventada y que parecieran adorar a un tal «doctor Spot» era una clara prueba del nivel de corrupción al que sus mentes estaban sometidas. Ese mundo ficticio los estaba destruyendo día a día, como un gusano que se estuviera comiendo sus cerebros.

Pero lo cierto era que, aunque hubiera querido invitarlos a venir a casa, no me habría atrevido. Ya cometí el error de invitar a Lucy Higgins pocas semanas después de empezar el instituto y acabó muy confundida por las cosas que contaba mi madre.

—Esos malditos perritos calientes se han pasado toda la tarde ladrando dentro del armario —le dijo a Lucy mientras ponía la merienda en la mesa—. Supongo que querrían que los sacara a dar un paseo, pero ya he intentado otras veces sacar a pasear a un perrito caliente y la verdad es que es muy difícil encontrar un collar que le quede bien. Y además tienen la costumbre de quitarse la correa y meterse en el primer charco lleno de barro que encuentran, supongo que para refrescarse un poco y quitarse el calor. Seguro que tu madre tiene el mismo problema que yo, Lucy.

Cuando Lucy me preguntó si mi madre estaba chiflada decidí que lo mejor sería que no volviera a invitar a nadie a venir a casa.

Vergüenza, enfado y culpa son los sentimientos que recuerdo de mi adolescencia, aunque seguramente eso no sea algo tan raro. Las reuniones de padres y profesores eran algo que me ponía los pelos de punta especialmente. Recuerdo la vez que mi madre le dijo al señor Lees (el profesor de biología en prácticas y también el profe que me gustaba) que estaba segura de que la causa de mis arrebatos de furia ocasionales era que ella había comido chile con carne durante el embarazo.

33

—En aquel momento no sabía que estaba embarazada, claro —se apresuró a aclarar mi madre como si pensara que el señor Lees se habría quedado espantado por una conducta tan irresponsable. Pero el señor Lees no comprendió la implicación que podía tener la comida mexicana en el embarazo y simplemente la miró con bastante extrañeza—. Los chiles picantes provocan un temperamento fogoso —le explicó mi madre con un tono bastante condescendiente, como si mi profesor de biología debiera saber algo tan básico como eso—. Cuando descubrí que estaba embarazada intenté compensar el efecto de esos chiles comiendo varios platos de guacamole, pero por lo que se ve ya era demasiado tarde. El daño ya estaba hecho.

Me miró allí repanchingada en una silla junto a ella y sacudió la cabeza tristemente, como si estuviera viendo algún tipo de defecto en mí. El pobre señor Lees me miró en busca de ayuda, pero yo solo pude ruborizarme hasta ponerme escarlata y bajar la mirada para fijarla en mis pies. Estaba muy avergonzada, pero nada sorprendida. No había forma de evitar que eso pasara. Al menos ese episodio me sirvió para que pudiera explicarme por qué cada vez que tenía un ataque de angustia adolescente mi madre me decía que me comiera un yogur de los grandes; obviamente pensaba que el chile al que me vi expuesta mientras estaba en su vientre me estaba repitiendo.

Aprendí a vivir con la vergüenza, incluso con el enfado, pero siempre he tenido problemas para vivir con la culpa.

—¡Qué orgullosa estoy de ti, Meggy! —exclamó mi madre emocionada mientras volvíamos a casa andando desde aquella reunión—. Lo estás haciendo estupendamente. Vas a hacer muchas cosas importantes en la vida. Yo solo quiero lo mejor para ti, cariño, lo sabes, ¿verdad? Y estaré contigo siempre que me necesites. Siempre he creído mucho en ti…

Desconecté justo después de que dijera «qué orgullosa…», abrumada por los sentimientos de culpa y de autorrechazo. ¿Por qué tenía que enfadarme tanto con ella? ¿Por qué me importaba tanto lo que pensaran los demás? Mi madre me quería mucho. Al oírla parlotear llena de emoción sobre todo lo que yo había logrado, tan contenta, solo podía pensar en la madre de Louise Warbuck, que nunca le lavaba el chándal de gimnasia, o en la de Gary, que siempre estaba medio borracha. Estaba furiosa y sentía vergüenza de mí misma por ser tan desagradecida. Lo cierto era que yo no podía pedir una madre que me quisiera y me apoyara más que la mía. Solamente quería que fuera un poco más… no sé… normal.

Mi idea del cielo era un lugar en el que nadie me conociera y en el que nadie supiera las tonterías que había dicho o hecho alguna vez, las historias que se me habían escapado accidentalmente ni todas las formas en que me había humillado. El cielo era estar rodeada de gente que viera las cosas en blanco y negro, que dijera siempre la verdad y que solo constatara hechos. Gente que no me confundiera o me dejara peleándome con pensamientos y emociones conflictivas. Un lugar en que las cosas fueran simples y directas.

El cielo era la facultad de ciencias de la Universidad de Leeds.

Encajé perfectamente desde el mismo día que llegué allí. Al fin estaba rodeada de personas que tenían los mismos objetivos que yo: comprender, encontrar sentido, categorizar, identificar hechos y llegar al fondo de las cosas. Me rodeé de los estudiantes más serios y aplicados. De esa forma, incluso nuestras conversaciones se desviaban muy pocas veces de los intereses científicos que compartíamos. Así tenía muy escasas oportunidades de cometer algún desliz y contar cómo una vez me hinché como una pelota de playa tras beber mucho refresco de limón o cuando mi madre compró una bolsa de cebollas tan fuertes que se hacían llorar las unas a las otras y al final inundaron de lágrimas el suelo de la cocina. Mi interés en el estudio científico era lo mejor para no volver a convertirme en un blanco fácil. Al fin tenía amigos y me ganaba día a día su respeto. Y las cosas en mi último año empezaron a ir mejor todavía.

—Meg May, es un placer conocerte. Yo soy…

—Mark Daly. Lo sé.

Nuestros ojos se encontraron por encima de un mechero Bunsen. Si hubiera estado encendido, tal vez habría podido ver fuego en los ojos de Mark, igual que lo vio mi madre en los ojos de mi padre cuando se conocieron. Pero por desgracia habían cortado el gas porque estaban a punto de cerrar el laboratorio por culpa de una infestación de murciélagos. Aun así, el hecho de que Mark Daly supiera mi nombre era suficiente para hacer que me temblara todo el cuerpo. Él era estudiante de doctorado, daba clases algunas veces y tenía muy buena reputación en la facultad, sobre todo entre las alumnas. Y era impecablemente guapo.

—Me preguntaba si…

Hizo una pausa dramática y se inclinó con mucha confianza sobre la mesa de trabajo mirándome directamente a los ojos.

—¿Sí? —pregunté con el corazón acelerado por la anticipación.

—Me preguntaba si podrías prestarme tus gafas de seguridad.

«¿Podrías prestarme tus gafas de seguridad?», eso sí que era una frase para empezar una relación. Gafas de seguridad. Gafas con un uso práctico, para mantenerte seguro mientras desentrañas los misterios del universo. Si yo fuera una romántica, esa frase me habría parecido lo más romántico del mundo.

La noche en que me entregaron el premio fin de carrera debería haber sido una de las mejores de mi vida, pero en vez de eso, cada vez que la recuerdo solo siento ganas de echarme a llorar por el sentimiento de culpa.

—Bien, señorita May, ¿cuáles son sus planes con respecto al futuro?

—Sí, cuéntenos para que podamos empezar a pelearnos para ver quién va a ser su director de tesis. Porque supongo que querrá hacer un doctorado…

El profesor Philip Winter y el doctor Larry Coldman sostuvieron sus copas de vino y esperaron mi respuesta.

—Oh, pues no lo he pensado todavía…

—Claro que va hacer un doctorado —contestó Mark uniéndose a la conversación en el momento justo con toda su certidumbre y decisión. Estaba elegantísimo con su traje y su corbata y mantenía en un equilibrio digno de un experto un plato de papel con canapés. Qué suerte que estuviera allí. No quería que el profesor Winter, el decano de la facultad, pensara que yo no era una científica seria. Me dije que debía controlarme y dejar de sentirme tan estúpidamente nerviosa. Estaba allí por mis propios méritos. Era la que había ganado el premio y esa velada estaba dedicada a un puñado de alumnos como yo, alumnos que se habían esforzado un poco más, que habían invertido más tiempo y esfuerzo para lograr las notas más altas. Pero cuando miraba a mi alrededor y veía a todos los doctores y profesores con sus vestidos y trajes elegantes, relacionándose con tanta confianza, no podía evitar preguntarme cuántos de ellos habían crecido en un diminuto piso de alquiler subvencionado por el ayuntamiento al norte de Londres, cuántos no sabían quién era su padre o cuántos habían sido atrapados con una sartén al nacer…

El doctor Coldman empezó a hablar con Mark de un nuevo escáner equipado con los últimos avances que había pedido para uno de los laboratorios y yo dejé de escucharle porque estaba concentrada en mirar por encima del hombro a mi madre, que se acercaba incómoda a una de las mesas de comida con pinta de estar nerviosa y fuera de su elemento. Me emocionó mucho que estuviera pasándolo tan mal por mí. No podía hablar de nada con aquella gente, ni siquiera había acabado la secundaria, pero había insistido en venir para ver cómo me entregaban ese «dinerillo», como lo llamaba ella (un cheque de quinientas libras), y estaba decidida a aguantar hasta el final. Yo estaba a punto de disculparme para ir en su rescate cuando la doctora McFee se acercó al buffet y entabló conversación con mi madre mientras llenaba su plato de volovanes de champiñones.

Al principio creí que todo iba a ir bien. Oía sus risas y parecían enfrascadas en su conversación. Pero supe que algo iba mal cuando mi madre señaló uno de los rollitos de salchicha del plato de la doctora McFee y empezó a hacer como si fuera un cerdo. Pero ¿qué estaba haciendo? ¿Qué demonios le estaría diciendo? Rebusqué en mi cerebro historias de mi madre sobre rollitos de salchicha. ¿No había algo sobre cerdos que se revolcaban en charcos de barro? No, no, eso eran los perritos calientes. ¿Y algo sobre un rollito de salchicha que le había dicho «oinc, oinc» alguna vez? No, eso tampoco me recordaba nada. Fuera lo que fuese lo que estaba contando, la doctora McFee había dejado de reírse y se tocaba el pelo nerviosamente buscando alguna forma de escapar mientras mi madre seguía hablando y hablando, disfrutando claramente por primera vez en toda la velada, y agitando las manos para enfatizar su intrincada historia, que algo tenía que ver con la elección de canapé de la doctora McFee y se completaba con el efecto sonoro de los ruidos de un cerdo.

Por el rabillo del ojo vi que Mark también miraba por encima del hombro a mi madre y parecía estar poniéndose tenso. Solo había coincidido con ella una vez, pero obviamente era suficiente para que fuese capaz de prever el incidente potencialmente vergonzoso que podía producirse. Me había sugerido que no le dijera a mi madre nada sobre el premio o que le dijera que los padres no estaban invitados, o simplemente que no quería que viniera.

—Tienes que tener cuidado, Meg —me dijo—. Seguro que no quieres dar una impresión equivocada. Ahora no. Esta gente tiene la llave de tu futuro. Son los que van a apoyar tus solicitudes de investigación, los que te ayudarán a publicar artículos o te abrirán puertas. Es lógico que no quieras que venga tu madre…

—Pero sí que quiero que venga —le respondí sintiéndome un poco ofendida—. Ni se me pasaría por la cabeza no invitarla.

Y era cierto que quería que estuviera allí conmigo. Lo deseaba con todas mis fuerzas. Porque por muy atrás que me remontara en mis recuerdos, todo lo que ella había hecho siempre había sido por mí y yo sabía que sin su apoyo nunca habría conseguido llegar a la universidad. Había trabajado sin descanso toda su vida para que tuviera esa oportunidad. Me había alabado por todos mis logros y me había apoyado en todas mis decisiones. Aunque no entendía ni una palabra de lo que estaba estudiando, creía que era maravilloso que a mí me interesara tanto. Así que nada podía impedir que la invitara para que viniera a compartir ese momento tan especial conmigo.

Pero mientras la miraba representar tan efusivamente alguna de sus historias fantásticas, totalmente ajena al hecho de que la doctora McFee se estaba apartando de ella poco a poco, una enorme sensación de pánico empezó a crecerme en el pecho. Recordé la exclusión que había sufrido siempre en la escuela, los susurros de los demás (que nunca eran tan bajos como para que no pudiera oírlos), los rumores que me perseguían. Había trabajado mucho para encajar allí. Me respetaban. Les caía bien. Por fin me estaban tomando en serio.

—¿Ha venido alguien de tu familia esta noche, Meg? —me preguntó el profesor Winter mirando por la sala.

Sentí que el pánico me explotaba en el pecho. No quería perder todo lo que había construido. No quería volver a ser el hazmerreír. Otra vez no.

Sentí que la mano de Mark me apretaba el hombro; quería que hiciera la elección correcta.

—No —dije en voz baja y tragándome mi sentimiento de culpa.

Me moría de la vergüenza e incluso empecé a encontrarme mal.

La mano de Mark se aflojó y noté que me acariciaba el hombro. Era su forma de decir que había hecho lo correcto.

—Nadie de mi familia ha podido venir.

Capítulo 3

No soy capaz de ocultar mi impresión al ver a mi madre esperándome en la estación de tren. Está muy delgada y pálida; es solo una sombra de su antiguo yo lleno de curvas y con su cabellera pelirroja brillante. Lleva un jersey aunque estamos en pleno verano y al abrazarla he sentido los agudos ángulos de los codos y de los omóplatos a través de la tela. Me dan ganas de llorar. ¿Estaba tan mal la última vez que la vi? ¿Cómo es posible que haya cambiado tanto tan rápido?

—¡Meggy! —chilla, ignorando la expresión de horror de mi cara. No quiere que diga nada sobre su apariencia, ni que sea consciente de que se está consumiendo. Pero yo no soy como mi madre. Yo no vivo en un mundo de fantasías.

—¡Dios mío, estás fatal!

Sonríe forzadamente y se sacude un poco de harina de la manga.

—¡Oh, ya lo sé! Estaba haciendo una tarta de melaza y se me ha hecho tarde. He tenido que salir corriendo cuando me he dado cuenta de la hora que era.

—Mamá, deberías haberte quedado en casa —exclamo un poco enfadada con ella—. Ya podría haber cogido el autobús.

—No seas tonta, cariño. ¿Por qué ibas a hacer eso?

—¡Porque deberías estar en la cama!

—He hecho lasaña para cenar, ¿te parece bien? —dice mientras empieza a andar hacia el aparcamiento.

Me quedo plantada en el sitio, esperando que se pare y se gire a mirarme, esperando que reconozca lo que no se ha dicho en esa conversación, pero al ver que sigue adelante, cojo mi bolsa del suelo y la sigo.

La casita de ladrillos rojos en la que se crio mi madre tiene la puerta principal blanca y rosales que trepan junto a las ventanas. En esa casa pasé los primeros seis meses de mi vida, creciendo en el corazón cálido de mi familia y recibiendo los cuidados de mi madre adolescente, mi abuela y mi abuelo. Fue una buena época aparentemente, en la que todo el mundo me adoraba. Por supuesto yo no recuerdo nada de eso, pero cuando ayudé a mi madre a mudarse a la casa hace tres años el lugar me resultó extrañamente familiar.

—¡Cómo no te va a resultar familiar! —me dijo mi madre mientras vaciábamos la furgoneta de la mudanza—. Naciste aquí.

—Sí, claro, pero yo no me acuerdo de eso, ¿verdad que no?

—No importa si te acuerdas o no, es parte de quien eres de todas formas. En lo que a tu mente se refiere, este es el lugar al que perteneces. Eres como un salmón que encuentra el camino a casa por instinto.

—Si fuera así, debería estar a punto de caerme muerta ahora mismo, en cualquier momento.

—No creo que vaya a ser a ti a la que le pase eso, cariño —murmuró ella mientras descargaba una planta en una maceta enorme.

Es la única vez que la he oído hacer referencia a su enfermedad. Quise detenerla, cogerla por los hombros y decirle que podía hablar de ello, que yo quería hablar de ello, pero me desconcertó tanto en aquel momento que solo fui capaz de quedarme allí plantada, abrazando una freidora, mientras ella recorría con dificultad el camino de entrada rodeada por las hojas de una planta de yuca enorme.

La casa por dentro es estrecha y de techos bajos, pero muy acogedora. Hay una chimenea abierta en el salón, que todavía mantiene las vigas de madera originales, y una cocina Aga que a mi madre le encanta. El jardín, alargado, está repleto de verduras de hoja verde, frutales y plantas creciendo abrazadas a sus cañas. En el patio ya no cabe ni una maceta más de frutas del bosque o hierbas aromáticas. Y más allá de todo este caos, casi al final del jardín, está el manzanal, con las ramas tan cargadas de fruta que se inclinan hacia el suelo. Parece una jungla.

—Está un poco descuidado —admite mi madre cuando salimos al patio para disfrutar del sol de última hora entre una maceta de cerámica en la que crecen hojas de rúcula y un cubo de aluminio viejo en el que empiezan a brotar pimientos verdes—. No sé por qué, pero últimamente parece que no soy capaz de tenerlo en condiciones. Mañana me pondré a ello hasta que vuelva a estar otra vez como siempre.

Me alegro de que mi madre viva en la casa, el lugar al que pertenece. Es donde se merece estar. El insípido piso del norte de Londres en el que vivíamos no tenía nada que ver con lo que ella es. Chocaba frontalmente con el entusiasmo por la vida de mi madre y era como si se esforzara por contener entre sus paredes la energía que ella irradiaba. Era un sitio insulso y sin personalidad, con habitaciones pequeñas y cuadradas sin ninguna característica destacable. Aquí en esta casa hay escondrijos secretos, hay historias; es original y peculiar. También hay aire fresco, luz, naturaleza y espacio para respirar. Y sobre todo están las raíces del pasado de mi madre, raíces que espero que la asienten y la ayuden a mantener el contacto con la realidad cuando tenga que enfrentarse a los momentos duros que le esperan. Yo no sé apenas nada de su vida antes de que me tuviera a mí (siempre ha procurado no mencionar esa época y tengo que reconocer que se le ha dado muy bien), pero sé que ella creció aquí con sus padres y un gato que se llamaba *Fluffy*, que escuchaba discos y bailaba en su habitación, y yo espero que tal vez cuando se acerque al final de su vida, esos recuerdos, recuerdos reales, vuelvan a ella y dejen de lado todo ese mundo de fantasía que se ha creado. Quiero que mi madre sea capaz de mirar atrás, a lo que ha sido su vida, con claridad, de forma que recuerde el tiempo que ha pasado en esta tierra exactamente como ha sido, con sus partes buenas y sus partes malas. Sin mentiras y sin confusiones, solo pura lucidez y una comprensión perfecta. ¿Qué podría darle una mayor sensación de paz que eso?

Υ

La casa está llena de un olor dulzón y azucarado. Mi madre ha estado haciendo pastelitos glaseados y ahora hay doce alineados sobre la encimera de la cocina, cada uno de ellos decorado con un glaseado rosa y gominolas de colores.

—Este es para ti —me dice señalando un pastelito el doble de grande que los demás— y lo voy a cubrir con todas tus gominolas favoritas.

Miro el cuenco con gominolas de todos los colores del arcoíris que hay al lado de los pastelitos y me pongo a calcular mentalmente el número de calorías que contiene ese regalo tan bienintencionado. Por no mencionar la cantidad de aditivos y colorantes artificiales… Ya no como caramelos ni gominolas; los dejé cuando investigué lo que había en dentro de ellos.

—¡Qué bien! —exclamo sonriendo—. ¿Y los otros once para quién son?

—Los voy a llevar al hospital para enfermos de cáncer —me dice negando tristemente con la cabeza—. Pobrecitos… —añade suspirando, como si ella no fuera uno de ellos.

43

Siempre me ha resultado raro entrar en «mi» habitación. Es como volver a la infancia en un sueño febril en el que todo está distorsionado y al revés. En ese dormitorio están todas mis cosas de la infancia: mi edredón de flores rosas, la foto enmarcada de dos conejitos comiendo dientes de león, la caja de música, el espejito de mano de plástico… Pero esa nunca ha sido mi habitación. Yo no saltaba en la cama ni jugaba con los juguetes ni leía en esta casa, pero aquí están la cama en la que saltaba, los juguetes con los que jugaba y los libros que leía. Mi madre lo tiene todo exactamente como estaba, como un santuario para mí que simplemente se ha trasladado de Tottenham a Cambridge. Mis certificados escolares y los premios están colocados en una estantería; al lado, mi primer juego de ciencias. Incluso todos mis cuadernos están guardados en una caja en el fondo del armario. Con cierta nostalgia rebusco un poco y saco uno (Literatura, octavo curso, profesor Hamble) y ojeo las páginas recordando lo que me costaba escribir con esas letras tan claras y tan pequeñas. Todo está muy bien presentado, con las fechas en los márgenes y los títulos subrayados, pero las páginas solo están rellenas a medias.

Leo el título del ejercicio al principio de la página: «Escribir una historia de 500 palabras para explicar por qué los pingüinos perdieron la capacidad de volar». Debajo yo escribí con una letra inmaculada: «No creo que este ejercicio sea adecuado. Me baso en que el enunciado tiene un defecto de fundamento: en el Museo de Historia Natural me explicaron que no hay ninguna prueba evolutiva de que los pingüinos hayan sido capaces de volar alguna vez». El señor Hamble escribió en grandes letras rojas al final de la página: «Venga a verme a mi despacho».

Como consecuencia de mi terrible experiencia en la primaria, yo odiaba las clases de lengua y literatura y todas esas historias y poemas tan tontos llenos de personajes de ficción y situaciones poco realistas. Me negaba a que me obligaran a leer ficción, e incluso le dije al señor Hamble que estaba segura de que eso podía pudrirme la mente.

—Es muy poco realista que Romeo crea que Julieta está muerta y se suicide y que después Julieta se levante, vea a Romeo muerto y se suicide también. ¿Qué posibilidades hay de que eso pase? No creo que eso le haya ocurrido a nadie. Nunca.

En la reunión de padres y profesores el señor Hamble le dijo a mi madre que yo era «una niña extraña con una imaginación extremadamente infradesarrollada» y que podría ser bueno para mí verme expuesta a más historias de ficción. ¡Si él hubiera sabido…!

En la estantería, al lado de mi juego de ciencias, están los libros que leía en aquella época, alineados cuidadosamente y recogidos entre dos sujetalibros de madera con forma de orugas. Le echo un vistazo a los títulos: *¿Quién soy? Un viaje a través del cuerpo humano, 101 hechos interesantes que seguramente no conoces, Guía para aprender a cuidar hámsteres, Explora el sistema solar, ¿Una rana con el té? Costumbres raras de todo el mundo, La historia de Jiggly-Wop*. Saco este último y estudio la tapa, bastante antigua, preguntándome qué hace un libro de ficción entre el resto de mis libros educativos. Ese libro era el favorito de mi madre cuando era pequeña y recuerdo cómo me lo leía cuando yo tenía unos seis años. También entonces era mi predilecto, pero juraría que lo tiré junto con todos los demás cuentos que tenía. Es un cuento de hadas de lo más tonto, lleno de animales que hablan y otros ridículos productos de la imaginación de alguien que solo podía servir para contaminar mi mente y alejarme del buen camino. Estoy casi segura de que lo arrojé al cubo de la basura junto con *Alicia en el país de las maravillas*, *El hobbit* y todas las demás historias tontas a las que me había expuesto mi madre en un intento de pudrirme el sentido común, aunque obviamente yo he conseguido escapar de esa destrucción. He oído la historia tantas veces que todavía recuerdo las palabras:

«En una tierra muy lejana vivía una criatura que no sabía muy bien lo que era…»

Paso los dedos por la tapa delantera, siguiendo los contornos de la extraña criatura Jiggly-Wop: orejas de elefante, mejillas con plumas, melena abundante, cuerpo con rayas de cebra, pies palmeados… Durante un momento estoy a punto de esbozar una sonrisa, pero consigo volver a mi ser y meto el libro en la papelera.

—No me extraña que los niños sean tan tontos —murmuro.

45

En la cena, que consiste en lasaña y ensalada de verduras frescas recién recogidas del huerto, mi madre no hace más que parlotear de su jardín, del famoso chef Rick Stein, de la lubina y los nabos… de cualquier cosa que pueda evitar que le pregunte por su enfermedad.

—Mamá —la interrumpo por fin—, ¿cómo te encuentras?

—Maravillosamente —responde con tono alegre a la vez que se levanta y se pone a recoger la mesa.

—¿Estás segura?

—Claro que sí.

—Has perdido un poco de peso, ¿no? —dejo caer, ganando algún récord anual de discreción con esa frase.

—Sí, parece que he perdido unos cuantos kilos —contesta tirando de la cintura de la falda larga morada que lleva y que le queda bastante grande—. Ya he tenido que estrecharle la cintura un par de veces. —Frunce la tela para recoger el sobrante con una sola mano y niega con la cabeza. Parece verdaderamente sorprendida—. Pero bueno, me sobraban unos cuantos kilos —exclama ya más alegremente—. Demasiados dulces… Ya sabes cuánto me gustan.

—¿Has ido a ver al doctor Bloomberg últimamente?

—Sí, la semana pasada, precisamente —me dice metiendo los platos en el fregadero cubierto por una espuma con olor a limón.

—¿Y?

—¿Y qué?

—¿Qué te ha dicho?

—Ah, poca cosa. Ya sabes cómo es: habla mucho pero no dice nada. Bien, he hecho tarta de melaza y *mousse* de chocolate para postre. ¿Cuál te apetece más?

Sacudo la cabeza lentamente, incrédula, pero ella evita mirarme.

—Me da igual —respondo entre dientes.

46 A la mañana siguiente me despierto con el olor de salchichas y beicon. Por un momento, todavía entre sueños, envuelta en mis antiguas sábanas rosas en esa cama estrecha con el colchón hundido, me imagino que soy una niña pequeña otra vez en nuestro piso del norte de Londres. Siento la calidez del sol de la mañana que se cuela por el hueco de las cortinas y me imagino que voy corriendo por Hampstead Heath y que mi madre me espera con los brazos abiertos, preparada para rodearme con ellos. Pero de repente siento la mano en mi garganta, los dedos ásperos y callosos contra mi piel suave, retorciendo, constriñendo, apretando mi tráquea. No puedo respirar. ¡No puedo respirar! Y alguien me está gritando unas palabras que no soy capaz de descifrar.

Me levanto de un salto y me quedo sentada, boqueando para conseguir un poco de aire, agarrándome la garganta para apartar las manos que me asfixian. Siempre es igual este sueño tan horrible. No veo a nadie. No hay ninguna cara, solo esa voz, profunda y llena de furia, y esa sensación de asfixia. Y el olor: el olor dulzón y nauseabundo de la carne cruda. Estuve a punto de contárselo a Mark el otro día (sentía la necesidad de compartirlo con alguien), pero seguro que habría pensado que soy muy rara y tal vez también que estoy un poco inestable. Me dejo caer de nuevo sobre la almohada con un sudor frío cubriéndome la espalda y el corazón latiéndome con fuerza en el pecho.

—¡Buenos días! Estoy haciendo tortitas. Hay café recién hecho en la mesa y las salchichas y el beicon ya casi están. ¿Cómo quieres los huevos? ¿Fritos, revueltos? ¿Te apetecen tostadas? El pan es fresco también; lo he hecho esta mañana.

—Mamá, no puedo comerme todo esto —le digo mientras me dejo caer en una silla junto a la mesa de la cocina, todavía en pijama.

—Quiero que comas bien mientras estés aquí —me contesta echando la mezcla de las tortitas en una sartén chisporroteante—. Te veo un poco delgada.

La observo esforzarse para levantar la sartén con las dos manos. ¿Cuánto pesará ahora? ¿Cuarenta y cinco kilos? Ni eso tal vez.

Mientras inclina la sartén hacia todos lados para distribuir bien la mezcla por toda su superficie, veo que se tambalea un poco. Suelta la sartén sobre la placa de la cocina con un fuerte ruido y se queda de pie sin moverse, agarrándose al mango de la sartén como si le sirviera de apoyo.

—Mamá, ¿estás bien?

No me responde.

—¿Mamá?

—Estoy bien —dice sin aliento.

—Ya me ocupo yo de eso. —Me levanto y me acerco a la cocina.

—¡Ni hablar!

Se gira y se me queda mirando como si acabara de intentar agredirla. Al sugerir que no estaba en condiciones de cocinar acabo de amenazar su forma de vida. Se obliga a mostrar una sonrisa y respira hondo.

—¿Quieres sirope o azúcar con las tortitas? —me pregunta con dulzura.

Y

A pesar de mis protestas, mi madre insiste en salir al jardín después de desayunar para adecentarlo. Durante los primeros veinte minutos me sorprende y me anima ver que parece que tiene más energía que yo. Es como un torbellino que no para de podar, cortar y desbrozar. Mientras trabajo con ella, a su lado, tropezando continuamente con las raíces y las hojas caídas, recogiendo lo que ella corta para echarlo en una bolsa de basura negra, soy lo bastante tonta para permitir que se encienda una pequeña chispa de esperanza en mi interior. Tal vez esa debilidad que he visto antes solo ha sido cosa de un momento. No puede estar tan enferma si está tan llena de energía como parece…

Parlotea mientras trabaja y va canturreando canciones de los Beach Boys, David Bowie y Abba. Recoge algunas hierbas y me las acerca a la nariz para que las huela.

—¿No es delicioso? —pregunta con una enorme sonrisa.

La mañana es cálida y luminosa y el olor penetrante y terroso del sustrato se mezcla con los aromas del romero, la menta y la hierbalimón. Los pájaros cantan en los árboles y durante un momento es fácil olvidar que las cosas no son perfectas y que este no es un verano como todos los que hemos tenido antes; que este mayo seguramente será uno de los últimos que pasaremos juntas. Pero, a pesar de su comienzo tan vigoroso, mi madre empieza pronto a decaer. Arrastra los pies, se frota la espalda y mira con pesadumbre el jardín y el huerto descuidados, como si le abrumara la tarea de tener que enfrentarse a tanto trabajo. La luz desaparece de sus ojos y gradualmente la reemplaza la fatiga.

—Mamá —le digo cautelosamente mientras arranco malas hierbas de entre las hileras de lechugas, evitando deliberadamente mirarla a los ojos—, ¿no crees que sería una buena idea que buscáramos a alguien para que te ayudara con el jardín? Solo un par de horas a la semana… —Contengo la respiración esperando que me conteste rotundamente como esta mañana.

—¿Y por qué iba a querer que viniera alguien? —me pregunta mientras ata una mata rebelde de judías a una caña con un trozo de cuerda verde gastada.

En un momento paso de preocuparme por que se sienta molesta a querer darle un buen bofetón en la cara. Esa negación suya está empezando a sacarme de quicio. Intento respirar hondo antes de contestar, pero siento que estoy llegando a mi límite.

—Porque este jardín da mucho trabajo para una sola persona —le respondo con toda la calma que soy capaz de reunir.

—Pero yo soy perfectamente capaz…

—Ya sé que tú puedes —la interrumpo apretando los dientes—, pero este jardín es demasiado para que te ocupes de él tú sola.

—Meg May —me dice poniéndose las manos en las caderas huesudas y mirándome con dureza—, he estado ocupándome de este jardín yo sola desde el día que naciste. He cocinado, limpiado, fregado, ordenado, hecho coladas y planchado. Te he cosido los vestidos, he hecho la compra y he pagado las facturas. He arreglado hornos, enyesado techos, puesto suelos y colocado estanterías. No me digas que no puedo hacer esto sola. He cultivado verduras cuando no tenía ni un minuto libre al día y tú estabas pegada a mis faldas, así que no tengo problema en hacerlo ahora que tengo todo el tiempo del mundo y ninguna persona de la que preocuparme.

49

Será mejor que no insista. Me doy por vencida. No hay forma de hacerla entrar en razón. Intentar que se enfrente a la realidad es ahora, igual que ha sido siempre, como nadar contra corriente; no importa cuánto te esfuerces por llegar a tierra firme, siempre llega una enorme ola y te arrastra hasta el punto donde empezaste. Eso es algo que Mark no entiende. Él me pregunta por qué soporto los ridículos delirios de mi madre, pero no sabe lo agotador que es intentar alcanzar las lejanas orillas de la realidad. Es mucho más fácil flotar con ella en un mar de fantasías.

—Está bien —respondo alzando las manos en señal de rendición—, solo era una idea. Voy adentro a preparar un café.

Escarmentada, tiro los guantes de jardinería al suelo y sigo el camino de ladrillos hacia la casa entre los parterres de verduras que crecen sin control. Pero antes de llegar a la puerta trasera me detengo y rebusco en mi cerebro para intentar arrojar algo de luz sobre las palabras de mi madre.

—¿Cuándo has dicho que cultivabas verduras? —le pregunto girándome para mirarla.

Mi madre se cubre los ojos para protegerlos de la luz del sol y me mira con ellos entrecerrados y un desplantador colgándole de la mano.

—¿Qué?

—Has dicho que pudiste cultivar verduras conmigo colgando de tu falda. ¿Cuándo fue eso? Nos mudamos de esta casa cuando yo tenía seis meses para ir a vivir al piso de Tottenham. Y allí no teníamos huerto ni jardín.

Mi madre se me queda mirando fijamente como si no entendiera lo que estoy diciendo, como si intentara procesar las palabras para ponerlas en algún orden lógico.

—Teníamos una maceta en la ventana —contesta apresuradamente.

—¿Y cultivabas verduras en una maceta en la ventana?

—Claro. Solo las más pequeñas, desde luego. Zanahorias, rabanitos…

—No lo recuerdo.

—Bueno, cómo lo ibas a recordar… —dice lacónica—. Pero eso no significa que no pasara.

Se le han coloreado las mejillas de un rosa rojizo y está sacando trocitos de barro seco como una loca con el desplantador.

Niego con la cabeza, demasiado acalorada y cansada para analizar si puede que haya alguna verdad en eso. Después me giro para entrar con la sensación de que he pisado una frontera invisible una vez más.

Mientras se hace el café abro la puerta principal y recojo la botella de medio litro de leche que nos han dejado en el escalón. Hay algo reconfortante en estos pueblos en los que las botellas de leche siguen apareciendo en los escalones por la noche como por arte de magia. Es mucho más agradable que tener que abrirte paso en el caos de un supermercado Tesco abierto veinticuatro horas. Me alegro mucho de que mi madre no tenga que ocuparse de esa tarea tan estresante.

La calle en la que vive es silenciosa y tranquila. Las casas son pequeñas y modestas, separadas lo justo para permitir la privacidad sin que estén aisladas. Es perfecto para mi madre, que, a pesar de su energía parlanchina y su excentricidad, es bastante solitaria. Es feliz con sus macetas, sus sartenes y su huerto y le gusta hablar con las plantas o incluso sola. Solo sale cuando es estrictamente necesario para hacer escapadas a las tiendas, siempre con la cabeza baja. No creo que haya hablado nunca con ninguno de los vecinos porque insiste en que toda la gente que vivía en la calle cuando ella era pequeña murió hace mucho tiempo o se ha mudado y no quiere conocer a nadie nuevo.

—¿Y para qué iba a querer hablar con la gente? —me dice siempre—. Si yo ya tengo todo lo que necesito.

Cuando vivíamos en Tottenham mantenía cierta relación no muy cercana con algunas personas gracias a la comida, porque dejaba de vez en cuando guisos o cestas de magdalenas en las puertas de los vecinos. Pero eso, que a los demás podría parecerles una invitación para entablar una amistad, para ella no lo era; simplemente es que quería que los demás comieran bien. Dejaba sopas reconstituyentes y nutritivas para el señor Ginsberg, que había perdido a su mujer y también los dientes. Cocinaba platos de curry que se podían recalentar para el estudiante de medicina indio que siempre se quedaba hasta tarde por la noche con los libros. A la señora Wallace le hacía guisos saludables de verduras porque necesitaba perder peso para que pudieran hacerle una operación de cadera, pero no tenía ni idea de lo que era el control de calorías. También hacía pasteles y galletas para la chica dolorosamente delgada del piso de abajo, que mi madre había asumido que tenía un desorden alimentario, aunque en realidad su problema consistía en que era adicta a la heroína. Pero cuando alguna de esas personas intentaba entablar una conversación con mi madre, ella siempre tenía lista una disculpa, algo por lo que tenía que salir pitando y no podía pararse ni un minuto. Creo que al principio eso les parecía un poco raro a todos y les confundía. No tenían muy claro qué quería mi madre si no era su amistad. Además, sus intentos por pagar de alguna forma sus esfuerzos siempre eran rechazados. Pero con el tiempo simplemente aprendieron a aceptar el carácter de mi madre. Aparecían platos recién fregados en nuestra puerta de vez en cuando, unas veces con una nota de agradecimiento y otras no. Si alguna vez alguien se aventuraba a llamar a nuestra puerta, mi madre la abría con una son-

51

risa cálida en la cara, charlaba y reía con energía durante unos minutos y después volvía a encerrarse dentro sin haberles invitado a entrar. Oí que la describían como «encantadora», «maravillosa», «peculiar» e incluso «chalada», pero normalmente la gente aprendía a aceptar sus platos sin darles importancia y a no ofrecerle nada a cambio. Ella no lo quería de otra manera.

Al coger la leche para meterla en casa, sin darme mucha cuenta de lo que estoy haciendo, agito la botella y examino el contenido para asegurarme de que no hay ningún hada atrapada dentro. Cuando me percato de lo que he hecho, me enfado conmigo misma por ser tan estúpida.

Cuando era pequeña, mi madre y yo a veces intentábamos cazar hadas en el parque metiéndonos de puntillas entre los arbustos a primera hora de la mañana con botellas de leche vacías, preparadas por si encontrábamos alguna. Pero pronto la lógica me dijo que eso no era más que otra fantasía y la siguiente vez que mi madre me propuso que fuéramos a cazar hadas yo le respondí de malos modos: «Deja de decir tonterías. ¡Ya no soy un bebé!». Creía que lo hacía para entretenerme a mí, pero lo cierto es que ella siguió yendo sin mí.

Y no solo cree en las hadas, sino en todas las cosas de otros mundos. Le fascinan los espíritus, los cristales, los duendes y los extraterrestres… cualquier cosa que pueda darle vida a su rebelde y descontrolada imaginación. Cuando era pequeña yo siempre relacionaba su ropa arrugada, suelta y de vivos colores con las tonterías místicas en las que creía; por eso me vi empujada a llevar siempre ropa sencilla de colores neutros para que nadie pudiera acusarme nunca de otra cosa que de vestir de una forma perfectamente sensata. A diferencia de las faldas largas y flojas de algodón de mi madre y las túnicas sin forma de colores alegres, yo prefiero las blusas bien planchadas, las camisetas sencillas, los zapatos bajos y los jerséis neutros de pico. Llevo el cabello castaño y algo desvaído por los hombros, solo me pongo pendientes de aro y no me maquillo excepto en las emergencias. También le compro a mi madre ropa normal, ropa que creo que es más adecuada para ella, y en los dos últimos años incluso ha empezado a ponérsela. Ahora mismo su armario es una extraña mezcla de ropa *hippie new-age* y ropa sencilla de grandes almacenes.

Y

Esa noche cenamos ensalada fresca con queso gorgonzola, beicon crujiente y trozos de aguacate.

—Es una de las recetas de Jamie —me explica mi madre. Llama por el nombre de pila a todos los chefs famosos. De hecho, la primera vez que oí esos nombres pensé que Jamie, Delia y Nigella debían de ser amigos que había hecho desde que se había mudado a Cambridge—. Ainsley es un payaso —me cuenta riendo mientras moja un trocito de su chapata en el aceite de oliva con ajo—. El otro día casi me troncho de risa. No te imaginas lo que dijo…

Le encantan todas esas comidas modernas. «Reducción balsámica» es una de sus expresiones favoritas últimamente.

Después de la cena nos acomodamos en el sofá, comemos helado de caramelo casero y echamos una partida de Scrabble en la que mi madre intenta hacer trampas al poner la palabra «plifia» («¡Es una palabra! Aquel día hicimos una gran plifia. ¡Esa frase se puede decir!»), y yo finjo que soy mucho menos inteligente de lo que soy («No se me ocurre ninguna palabra con las letras C, T y A»).

—¿Me estás dejando ganar? —me pregunta cuando ya me lleva una ventaja de veintitrés puntos.

—No.

—Sí que lo estás haciendo.

—Que no.

—¡Oh, sí! Estoy segura por esa cara que has puesto, picarona. —Y mete el dedo en el cuenco del helado y me pone un poco en la punta de la nariz.

—¡Oye!

Me quito el helado de la nariz y se lo esparzo por la mejilla. Ella chilla e intenta apartarme con las pocas fuerzas que puede reunir después de un largo día de trabajo. Parece cansada, como lo ha parecido toda la noche, pero está intentando mostrarse animada por mí.

—¡Meg May! —ríe mientras se limpia la cara—. ¡Esa no debería ser la forma de comportarse de una universitaria! Se supone que tú eres la sensata de las dos. No podrás hacer estas cosas cuando seas una física famosa.

53

—Mamá —gruño tapándome la cara con las manos—, ¡no voy a ser física!

Se muerde el labio inferior avergonzada porque se da cuenta de que se ha equivocado otra vez. Para mi madre en los últimos dos años yo he estado estudiando alguna cosa entre física y farmacia, aunque también a veces dice que es alguna otra cosa acabada en «logía».

—Ay, cariño, lo intento —se disculpa—, pero es que no entiendo nada de todas esas cosas de ciencias. Nunca se me dieron bien. No sé de dónde lo habrás sacado tú.

«Ni yo tampoco», estoy a punto de decir, pero me muerdo la lengua. La cuestión sobre cómo un chef de repostería francés y una cocinera aficionada han podido tener una hija que no es capaz casi ni de hacerse unas tostadas, pero que sí puede comprender las complejidades de la biociencia, es algo que mi madre siempre ha procurado esquivar.

—Estudio genética, mamá —le digo por centésima vez—. No es tan difícil de recordar. ADN, el genoma humano. Es algo bastante importante, además.

Suspira y se la ve pálida y agotada.

—Lo sé. Supongo que no puedo metérmelo en la cabeza.

—Si intentaras comprender lo fascinante que es… Es lo que nos hace ser nosotros. Trata de saber quiénes somos.

Sonríe orgullosa y me da unas palmaditas en la rodilla. Después se levanta y recoge los cuencos vacíos del helado.

—Pero tú ya sabes quién eres, cariño —dice mientras sale de la habitación.

Entierro la cabeza en uno de los cojines del sofá de pura desesperación.

—No, no —me quejo en voz baja—. Gracias a ti no tengo ni idea de quién soy.

Capítulo 4

*H*aber nacido prematura no fue el problema. El problema fue que me negaba a crecer. Mi abuelo insistía en que el truco estaba en que me diera mucho el sol, así que me pasé las primeras semanas de vida tumbada en una manta en el patio, el mismo patio que ahora está lleno de macetas de cerámica de las que salen verduras variadas, fresas y pequeños pimientos verdes.

—Esta niña sigue sin crecer, Brenda —le dijo mi abuelo a mi abuela un día, midiéndome con una caña de las que usaban para el jardín—. Eso será que proviene de una mala semilla, supongo.

—¿Y si la metemos en un invernadero? —le sugirió mi abuela—. Eso hace maravillas con los tomates.

Mi abuelo negó con la cabeza.

—No voy a construir un invernadero para hacer crecer únicamente a un bebé. Tal vez le venga bien pasar parte del tiempo a la sombra.

Así que me reubicaron en el extremo del jardín, junto al seto, donde me daba el sol por la mañana y tenía mucha sombra por las tardes. Pero pasada una semana seguía sin crecer y mi madre empezó a ponerse nerviosa.

—¿Tiene suficiente agua, papá? —le preguntó a mi abuelo—. Ha sido un verano con poca lluvia. Hasta los manzanos están un poco secos.

Por eso me trasladaron más cerca del aspersor, pero tampoco el aporte extra de agua me ayudó a crecer. Temiendo que acabara por marchitarme del todo, llamaron al doctor Bloomberg para que viniera a casa urgentemente. Me dio la vuelta con sus grandes manos, me pellizcó los brazos y las piernas y estuvo de acuerdo en que todavía estaba demasiado dura para ser un bebé de cuatro semanas.

—Debería estar blandita y carnosa a estas alturas —declaró con autoridad.

Miró a mi madre, que solo tenía dieciséis años, y sacudió la cabeza como si esa desafortunada situación hubiera sido algo inevitable.

—Hace falta un roble fuerte de veinte años por lo menos para dar bellotas —sentenció. Mi madre se ruborizó y se miró los pies. Había entendido lo que quería decir; no era raro que el bebé fuera tan pequeño con una madre que no había crecido del todo todavía. Pero mi abuelo no estaba dispuesto a quedarse callado mientras insultaban a su hija.

—Los cerezos necesitan muy poco tiempo para producir su primera fruta —le respondió al doctor, rodeando protector los hombros de mi madre con el brazo.

El médico lo ignoró.

—Denle una cucharadita de esto al día —ordenó entregando un botecito a mi madre—. El bicarbonato sódico es muy bueno para hacer crecer las cosas. Y déjenla por la noche en el armario para orear la ropa.

Mi madre le dio efusivamente las gracias al médico, asombrada por sus grandes conocimientos.

—Menos mal que tenemos al doctor Bloomberg —dijo mientras iba corriendo a por una cucharita.

Pero pasó otra semana y yo seguía sin crecer.

—No sé qué hacer —sollozaba mi madre apretando mi cuerpecito contra su pecho—. No ha crecido nada y sigue poco madura. Además creo que se está poniendo un poco verdosa.

—¿Has probado a hablar con ella? —sugirió mi abuela como último recurso.

Mi abuelo la miró como si estuviera loca.

—¿Hablar con ella? Pero ¿qué estás diciendo, mujer?

—Bueno, dicen que si les hablas a las plantas crecen, así que he pensado que tal vez…

Su voz fue bajando de volumen cuando mi abuelo chasqueó la lengua y puso los ojos en blanco.

Mi madre sacudió la cabeza confundida.

—¿Y qué le digo?

—No creo que eso importe, cariño —la tranquilizó mi abuela.

A pesar de su escepticismo, mi orgulloso abuelo decidió que si iban a intentar aquello él iba a ser el primero en hacerlo. Apartó a mi abuela a un lado y metió la cara en el interior de mi manta hasta que estuvo tan cerca que nuestras narices se tocaban.

—Hola —dijo con voz grave—. ¿Hola?

—No estás hablando por teléfono, Bob —le dijo mi abuela con un resoplido—. No esperes que la niña te conteste.

—Entonces, ¿qué sentido tiene hablarle? —respondió él—. No escuches a tu madre, Valerie —le dijo a mi madre mientras salía de la habitación arrastrando los pies—. Está para que la metan en un manicomio. Nosotros no te hablamos nunca cuando eras un bebé y tú has crecido perfectamente bien.

—Solo era una idea —dijo mi abuela encogiéndose de hombros y siguiéndole por la puerta.

Cuando nos quedamos solas, mi madre decidió que no perdía nada por intentarlo.

—No sé qué decirte —empezó a hablar, mirándome un poco incómoda—. No creo que tengamos ningún interés en común. Me gusta hacer pasteles y leer. No creo que a ti te guste algo más que morder tu mantita y hacer gorgoritos. Me gusta bailar, pero no salgo mucho, no ahora que estás tú aquí. Para ser sincera, no sé qué se supone que tengo que hacer contigo, pero imagino que ese no es tu problema, ¿verdad?

La miré con curiosidad y me revolví un poco en su regazo. Se inclinó un poco para acercarse a mi cara mirándome con sus grandes ojos marrones.

—Crece, por favor —me susurró—. Puede que no sea la mejor madre del mundo, pero te quiero.

Yo me metí los deditos en la boca y le llené el jersey de babas. Ella dejó escapar un suspiro profundo lleno de agotamiento y preocupación.

—Bueno, supongo que puedo contarte una historia —me dijo—. Así al menos sabré qué contarte.

Carraspeó teatralmente para aclararse la garganta.

—En un país muy lejano vivía una criatura que no sabía muy bien lo que era…

Entonces, por primera vez en mi vida le dediqué a mi madre una sonrisa que mostraba las encías. Y mi madre jura y perjura que para cuando terminó la historia yo ya había crecido por lo menos tres centímetros.

Ahora el doctor Bloomberg me mira de la misma forma que debió de mirar a mi madre todos esos años: con unos ojos llenos de lástima y condescendencia, como si yo no fuera más que una niña que no ha logrado entender las reglas del juego.

Conocerle es como conocer a Papá Noel. Él ha sido una presencia que formaba parte de todas las historias que me ha contado mi madre prácticamente desde que recuerdo, y precisamente por eso nunca llegué a estar convencida de que realmente existiera. Cuando nos sentamos en su consulta, la gran mesa de caoba que hay entre los dos es lo único que me impide estirar la mano y acariciarle el suave pelo blanco o pellizcarle la nariz bulbosa para comprobar que es real. Intento imaginármelo veintiún años más joven, con esas manos grandes y tranquilizadoras palpándome y apretándome suavemente como si yo fuera un melón sin madurar, pero no consigo verle de una manera diferente a como es ahora. Parece una persona que siempre ha sido vieja, alguien que ha estado en esta tierra desde que empezó el tiempo. Es extrañamente reconfortante pensar que fue testigo de una época que yo no recuerdo. Su existencia parece darle validez a la mía.

—Veo que estas noticias han sido un gran *shock* para ti. Lo siento —me dice con suavidad, examinando mi cara con preocupación.

Niego con la cabeza, pero cuando abro la boca para hablar no consigo que salgan las palabras.

—N… no —consigo balbucear—, no estoy sorprendida. Sabía que le quedaba poco tiempo. Claro que lo sabía.

A pesar del dolor que siento, que es como si me hubieran golpeado en el estómago con un mazo de construcción, quiero mantenerme firme para que el doctor Bloomberg, este hombre que también adora la ciencia y la razón, no piense que he vivido engañándome en algún momento. No me voy a humillar delante de alguien con un intelecto como el suyo y no me voy a mostrar vulnerable para que me trate de forma condescendiente. El doctor Bloomberg es obviamente un hombre sensato y sabio, y la sola idea de que pueda ver lo desinformada que he estado todo este tiempo, lo tonta que he sido esperando que mi madre viviera más de un año, es mucho más de lo que puedo soportar. Puede que él alguna vez considerara a mi madre una chica algo infantil, pero yo no voy a permitir que me meta a mí en el mismo saco.

—A algunas personas les viene muy bien la ayuda psicológica —me sugiere con delicadeza, pasándome un folleto por encima de la mesa. En él hay una foto de un par de gafas y un eslogan que dice: «Para ayudarte a encontrar una nueva perspectiva».

—No necesito ayuda psicológica —le digo con rotundidad buscando en mi bolso una libreta y un bolígrafo—. ¿Le importaría decirme qué se puede esperar...?

Tomo apuntes como si estuviera en una clase y le interrumpo varias veces para pedirle detalles específicos. Al final el doctor Bloomberg deja de intentar elegir con mucho cuidado las palabras y me dice las cosas como son. No hay duda de que le sorprende que sea tan directa, pero a mí me gusta el orden, las reglas, el conocimiento y los hechos, sin importar si son muy clínicos o desagradables. Yo no soy una escapista como mi madre, no vivo en un mundo de fantasías.

—Mi madre parece no entender lo enferma que está. Es como si viviera en una negación total —le explico al doctor Bloomberg, esperando que comparta mi indignación. En vez de eso él asiente sabiamente, como si lo que acabo de describir fuera algo completamente aceptable.

—La negación es un mecanismo de defensa muy importante —dice—, una estrategia para manejar las cosas. Las personas tienen muchas formas de encajar las cosas que la vida les obliga a aceptar.

Mira mi libreta, en la que he dibujado una tabla que divide la enfermedad de mi madre en categorías: síntomas, medicación, citas en el hospital...

MARIA GOODIN

—¿Y qué podemos hacer con eso? —le pregunto.

Me mira por encima de sus gafas, levantando sus hirsutas cejas blancas como si amenazaran con obstaculizar su visión.

—Querida, no podemos hacer nada. Probablemente eso es lo único que le permite seguir cuerda.

Me quedo mirándole incrédula, como si el halo de luz que yo proyectaba sobre él acabara de desvanecerse. No puede estar diciéndolo en serio, ¿verdad? ¿Cómo alguien con una inteligencia y razón como las suyas puede creer que no hay problema en que mi madre siga engañándose a sí misma? Se equivoca. Tiene que estar equivocado. Pero no tengo intención de quedarme aquí sentada y perder el tiempo discutiendo con él.

—Gracias por su tiempo, doctor —le digo bruscamente a la vez que me pongo de pie. Me da vueltas la cabeza y me tiemblan las rodillas, pero lo achaco a la falta de aire de la consulta. Le tiendo la mano al doctor Bloomberg de una forma muy profesional.

Él se pone de pie lentamente y se inclina sobre la mesa para coger mi mano entre las suyas. Tiene los ojos llenos de compasión y siento ganas de gritarle: «¡Basta! ¡Deje de sentir pena por mí!». Me siento desnuda y expuesta ante él, como si pudiera ver lo tonta que he sido, como si pudiera saber, a pesar de todos mis esfuerzos por ocultarlo, que he estado pensando hasta ahora que a mi madre todavía le quedaban años de vida. Sus manos cálidas y pesadas rodean las mías y mientras le miro el vello blanco del dorso de sus nudillos recuerdo que esas mismas manos una vez me cogieron, me giraron, me examinaron y después me devolvieron a la seguridad de los brazos de mi madre. Unas lágrimas calientes me llenan los ojos y empieza a arderme la garganta.

—Adiós —le digo de manera cortante, intentando estrecharle la mano lo mejor que puedo.

—Adiós, Meg.

Recojo mi bolso y salgo de su consulta caminando apresuradamente. Pero antes de cerrar la puerta, vuelvo a mirarle. Ya está sentado de nuevo en su silla, mirando las notas del siguiente paciente.

—Meterme en el armario para orear la ropa no me ayudó a crecer, ¿sabe? —le digo de repente.

—¿Perdón?

Me quedo helada preguntándome qué es lo que me ha pasado. ¿Qué demonios me ha llevado a decir algo así? ¿Es que de verdad esperaba que él lo recordara, como si eso me sirviera para confirmar algo, para hacer real mi pasado? Abro la boca para hablar, pero me encuentro atrapada entre una explicación y una disculpa, entre el deseo de refrescarle la memoria y el de retirar mi ridículo comentario. Niego con la cabeza porque de repente me siento confusa.

—Nada —digo finalmente cerrando la puerta tras de mí y apresurándome hacia la calle.

De camino a casa desde la consulta del doctor Bloomberg sigo sintiéndome enferma y temblorosa, y solo puedo pensar que tengo que encontrar alguna solución.

—Tal vez deberías buscarle a tu madre otro médico —me está diciendo Mark por teléfono mientras doy largos pasos por la acera caliente—. Un psiquiatra quizá, alguien que pueda conseguir que se enfrente a las cosas. No hay que olvidar que hay muchos asuntos prácticos de los que ocuparse, Meg. ¿Ha llegado a escribir un testamento? ¿Qué va a pasar con la casa, cuál es el estado de sus finanzas...?

—Perdona, Mark —le interrumpo—, pero ¿te importa que hablemos de otra cosa?

Mi primer impulso al salir de la consulta del doctor Bloomberg ha sido llamar a Mark, porque sabía que él compartiría mi indignación ante la afirmación de que no debo hacer nada ante el estado de negación de mi madre. De hecho, él parece más indignado que yo y se ha puesto inmediatamente a señalar las consecuencias prácticas de permitir que esa situación continúe. Me encanta que comprenda de dónde vengo y su frustración por mí me conmueve, pero de repente deseo no haber sacado el tema con él. Quiero que me apoye en esta lucha contra la locura y las ideas delirantes, pero también quiero que entienda lo difícil de librar que es esta batalla, aunque eso es algo que no parece comprender. A sus ojos todo es muy simple: solo hay que separar la realidad de la ficción. Pero en mi mundo esas cosas nunca han sido así de fáciles.

61

—No voy a poder volver para el principio del curso, Mark —le digo—. De hecho, no creo que pueda volver en todo el año.

No le he dicho que a mi madre no le queda tanto tiempo como yo creía. No quiero que sepa que he estado basándome en un error de juicio todo este tiempo. Él habría comprobado los hechos mucho antes, habría hecho sus investigaciones, habría escarbado bajo la superficie de falsa tranquilidad y se habría armado con la verdad. Ahora mismo estaría llamando a psiquiatras, directores de funeraria, clérigos, asesores financieros y abogados, todas esas cosas que me acaba de decir que necesito hacer. Pero yo no tengo fuerzas para hacer ninguna de esas cosas y de repente me siento inútil y abrumada. Nunca he demostrado incompetencia delante de Mark y tampoco quiero hacerlo ahora.

—Creo que haces bien en quedarte ahí —me responde Mark—. Parece que tu madre necesita ayuda para afrontar todo esto. Te llevaré allí tus cosas mañana.

—Oh, ¿no te importa? Me vendría muy bien.

Contengo un suspiro de alivio; una cosa menos de la que preocuparme. Siento que se me llena el corazón de gratitud y cariño. Mark es como una roca, siempre está ahí para mí cuando le necesito, siempre es una persona fuerte y capaz, anticipándose, planeando cosas, asegurándose de que todo esté en orden. Con él me siento segura y protegida, y aunque yo soy perfectamente capaz de cuidar de mí misma, a veces (por mucho que me cueste decirlo) es agradable tener a alguien en quien apoyarse.

—¿Has hablado con el doctor Coldman? —me pregunta Mark.

Se supone que durante el verano iba a trabajar como ayudante de investigación del doctor Larry Coldman, pero no he tenido oportunidad ni siquiera de empezar. Me siento fatal al pensar que le voy a decepcionar, pero ¿qué otra cosa puedo hacer?

—No, mañana le llamo y se lo explico —le contesto.

—¿Y has hablado con tu tutor sobre la posibilidad de tomarte un año de excedencia?

—No, todavía no.

—Y deberías dejar tu piso de alquiler. ¿Qué dice tu contrato?

—No lo sé.

—¿Y las llaves de tu casa? ¿Tienes algún libro de la biblioteca que haya que devolver? ¿Algo urgente que tuvieras que hacer?

—Eh… Mark, ¿podríamos hablar de eso en otro momento?

—Lo mejor es poner las cosas en orden cuanto antes, Meg. Unos libros de la biblioteca que se devuelven tarde pueden degenerar rápidamente, convertirse en un descontrol, y en un abrir y cerrar de ojos estás rodeada por el caos.

—Claro, por supuesto. Haré una lista.

—Buena idea. Las listas son buenas. Bien, te veo mañana. Estaré ahí alrededor de las cuatro. Cuatro y cuarto si el tráfico está muy mal. Pero si está bien puede que llegue un poco antes, depende. Si el tráfico de la circunvalación es fluido, entonces…

—Adiós, Mark.

—Oh, sí. Adiós, cariño.

Siempre me he preguntado cómo reaccionaría si me encontrara cara a cara con un intruso en mi casa. ¿Me pondría a chillar como una loca? ¿Intentaría la técnica de «aturdir y salir corriendo» que aprendí en la única clase de defensa personal a la que asistí el año pasado en el polideportivo de la universidad? ¿Agarraría el arma más cercana: un cuchillo de cocina, un jarrón pesado, un atizador de chimenea…? ¿Me quedaría helada?

Por lo visto, haría esas cuatro cosas y en ese orden exactamente.

Me sobresalta tanto ver a un hombre joven y desaliñado entrar repentinamente por la puerta de atrás de la cocina de mi madre que chillo, levanto las manos en lo que creo recordar que es la posición básica de autodefensa (aunque parece que voy a empezar a bailar *YMCA* de un momento a otro), agarro lo primero que tengo a mano, que da la casualidad de que es una bayeta, y después me quedo allí, aterrada y con los ojos como platos.

—¡Qué…! ¿Qué es lo que quiere? —pregunto gritando y blandiendo la bayeta mojada como si fuera un crucifijo y él un vampiro.

Él se queda helado también, con una mano todavía en el pomo de la puerta de atrás y una expresión asombrada en su cara sin afeitar. Le miro de arriba abajo buscando un cuchillo o una pistola, pero veo unos vaqueros gastados, una camisa raída y las manos manchadas de tierra. Lleva el pelo despeinado con largos mechones que le caen sobre los ojos y tiene una mancha en la barbilla. Tendrá mi edad, tal vez un poco más joven, y en cinco segundos decido que seguro que lleva una mala vida, que probablemente es un drogadicto y que sin duda está ahí para robar las pertenencias de mi madre y después venderlas para comprar cocaína. Me fijo en sus brazos fuertes y fibrosos y concluyo en un segundo que, aunque no es más alto que yo, está claro que es más fuerte y por eso no voy a correr ningún riesgo.

—Si se acerca más chillaré hasta alertar a los vecinos.

Da un paso adelante. Yo sacudo la bayeta desesperadamente ante él.

—Le juro que si se acerca más yo... yo...

—¿Me vas a fregar con esa bayeta?

Su cara se relaja y parece ligeramente divertido. Me está mirando con interés. Yo me cierro el cuello de la blusa hasta pegármelo a la piel. Las rodillas, todavía un poco inestables después de lo de esta mañana, empiezan a temblarme de nuevo.

—¿Qué quiere?

—Un vaso de agua, nada más —dice muy tranquilamente.

En mi mente reviso todos los episodios del programa *Crimewatch* buscando información sobre criminales que le piden un vaso de agua a una mujer sola para después asesinarla. Sé que en el momento en que le dé la espalda se lanzará sobre mí y me agarrará con esas manos sucias para tirarme al suelo. O tal vez sacará un cuchillo del bolsillo y me rebanará la garganta antes de salir corriendo con el reproductor de DVD de mi madre.

—¡Salga de mi casa! —grito. De repente me siento furiosa y le tiro la bayeta con fuerza. Le da en plena cara con un ruido húmedo.

—¡Hey, basta! Me rindo. —Levanta las manos con la bayeta agarrada en una de ellas—. Solo soy el jardinero.

Niego con la cabeza enfadada.

—¡No es cierto! ¡Mi madre no tiene jardinero!

Cojo un cuchillo del escurridor. La sonrisa de su cara desaparece y rápidamente la sustituye un destello de pánico.

—¿Estás loca? ¡Me ha contratado esta mañana!

—¡Mi madre no contrataría a un jardinero!

—Bueno, entonces supongo que sería una alucinación...

Justo en ese momento oigo el portazo de la puerta principal.

—¡Hola! —saluda mi madre.

De repente mi mente se pone a funcionar a mil revoluciones. ¿Debería gritarle que huya corriendo? ¿Decirle que llame a la policía? ¿Intentar salir rápido y agarrarla en mi huida para arrastrarla conmigo hasta la puerta principal? Examino ansiosa al hombre, vigilando para detectar si se va a girar y salir corriendo o si va a intentar un ataque. Entonces me fijo en sus botas de trabajo llenas de barro y me pongo a pensar: ¿Y si...?

—Oh, ya os habéis conocido vosotros dos —dice mi madre alegremente soltando con un golpe seco la bolsa de la compra sobre la mesa de la cocina. Su respiración es jadeante y trabajosa. Apoya las manos en las caderas y espera un momento para recuperar el aliento—. Dios mío, estoy en baja forma —ríe—. Debería empezar a ir al gimnasio.

Me mira a mí y después al hombre para finalmente volver a mí. Se fija en el cuchillo y en mi mano estirada y temblorosa.

—Meg, ¿qué demonios estás haciendo?

—Mamá, ¿quién es este hombre? —le pregunto bruscamente, aunque ya me he dado cuenta de que he cometido un error terrible.

—Es el jardinero, ¿quién va a ser?

Me quita el cuchillo de la mano y lo guarda despreocupadamente en un cajón.

—Apareció en la puerta esta mañana buscando trabajo y pensé que me vendría bien que me echara una mano. Ya ha empezado y bastante bien, por cierto.

—¡Pero si me dijiste que no querías contratar a un jardinero! —le grito incrédula y muy avergonzada.

—¿Cuándo te he dicho yo eso?

—¡Ayer!

65

—Bueno, eso fue ayer. Cariño, no sé por qué te pones así. Si fue idea tuya…

Niega con la cabeza, mira al hombre y pone los ojos en blanco como queriendo decir: «¡Esta hija mía no tiene remedio!».

Él le sonríe.

—¿Quieres un vaso de agua, Ewan? —le pregunta mi madre educadamente mientras empieza a sacar la compra.

—Solo si no es mucha molestia —contesta él mirándome con una sonrisa.

Yo solo quiero meterme debajo de la mesa de la cocina y morirme.

—Claro que no. Dale un poco de agua a Ewan, Meg, por favor —me pide mi madre ya con la cabeza metida dentro de un armario de la cocina.

En un silencio absoluto provocado por mi humillación, lleno un vaso de agua del grifo y se lo doy, evitando su mirada. Se lo bebe en cuatro tragos rápidos, se limpia la boca con el dorso de la mano sucia y me devuelve el vaso.

—Gracias. Muy amable.

Le miro solo un segundo. Sus ojos marrones brillan con diversión e ironía y una sonrisa cruza sus labios. Es obvio que está disfrutando con mi tremenda humillación y eso hace que tenga ganas de darle un puñetazo.

—De nada —le respondo forzando una sonrisa.

Me giro y salgo de la habitación mientras calculo cuánto le puede llevar arreglar el jardín e irse para que no tenga que volver a encontrármelo.

Capítulo 5

*E*stuve a punto de casarme con Johnny Miller. Casi acaba siendo mío para toda la vida. En aquel momento no se me ocurrió que solo me había invitado a su fiesta de cumpleaños porque mi madre se había hecho famosa por proporcionar un servicio de catering excelente; ella solía dejarme en las escaleras de entrada a las casas de la gente cargada con montañas de sándwiches, gelatinas de frutas, pastelitos glaseados, rollitos de salchicha y merengues. Para mí el hecho de que yo fuera la única niña de mi clase a la que habían invitado a la fiesta significaba que Johnny tenía que estar enamorado de mí.

—Te quiere, seguro —me confirmó Tracey Pratt cuando estábamos sentadas juntas escribiendo aquel fatídico párrafo titulado «Mi primer recuerdo». Esa fue la última vez que Tracey Pratt se sentó conmigo en clase—. Prométeme que voy a ser tu dama de honor —me dijo—. Quiero llevar un vestido rosa que también tenga rosas. Te lo voy a enseñar.

Le dio la vuelta al papel y empezó a dibujar un vestido con enormes mangas abullonadas y corazones por todas partes.

—Me parece muy guapo —confesé derritiéndome por momentos y mirando al otro lado de la clase a Johnny, que le estaba tirando bolitas de papel a la espalda del pobre Podge Parkinson.

—A mí también —respondió Tracey—. Creo que es el chico más guapo de la clase, sin duda. ¡Qué suerte tienes de que te quiera!

Yo estaba en el séptimo cielo y veía toda mi vida con Johnny pasando por delante de mis ojos como un sueño de éxtasis. Me veía con un enorme vestido de novia blanco y palomas volando por el cielo. También veía dos bebés, gemelos quizá, y una preciosa casita en el campo. Me veía despidiéndome de Johnny con un beso cuando se fuera en un coche brillante a una oficina en la que hacía algo importante para lo que tenía que llevar traje. Nunca nos cortarían el gas o tendríamos que recoger el agua de una gotera con un cubo como pasaba en casa de mi madre. El casero nunca llamaría a la puerta enfadado y las tuberías no sonarían durante toda la noche. Tendríamos gatitos y un jardín enorme, una chimenea de leña y vacaciones en sitios exóticos. Y Johnny me traería flores todas las tardes cuando volviera a casa.

¿Cómo iba a saber yo que cinco minutos después mis sueños iban a acabar rotos en pedazos? ¿Que iba a estar allí de pie, con la cara roja y llena de vergüenza, viendo como Johnny Miller, el amor de mi vida y mi esperanza de alcanzar la felicidad futura, me llamaba «boba» delante de todos? ¿Que Tracey Pratt, mi mejor amiga y futura dama de honor, me daría la espalda y me llamaría mentirosa? ¿Que durante el resto del curso mis amigos me iban a rehuir y que ya no iban a querer que nunca más se les asociara con una niña de ocho años que creía que las judías trepadoras eran capaces de escalar por los muebles?

Nunca olvidaré ese día. Después del colegio, justo antes de salir por las puertas, me acerqué a Johnny Miller y le tendí el papelito de respuesta a su invitación en el que había marcado orgullosamente la casilla que decía: «Sí, estaré encantada de ir a tu fiesta».

—Estoy deseando que llegue el día —le dije alegremente sintiendo que me ruborizaba, todavía aferrada a mi sueño de un futuro juntos.

Detrás de Johnny, Podge Parkinson y Jamie Brunt se rieron tapándose la boca con las manos.

—Asegúrate que no traiga judías —le susurró Jamie—. ¡No vaya a ser que trepen por todos tus muebles!

Podge soltó una carcajada silbante y asmática. Johnny se puso a juguetear con el nudo de su corbata del uniforme, incómodo.

—La fiesta se ha cancelado —me dijo apresuradamente y, sin siquiera mirarme, se giró y echó a correr.

Me quedé allí de pie apesadumbrada, mirando el papelito de la respuesta que se había quedado en mi mano. Había pensado llevar mi vestido azul nuevo y los zapatos sin cordones con aquellos taconcitos tan pequeños. E iba a utilizar todo el dinero que tenía en la hucha de cerdito para comprarle una pistola de agua Power Splash.

No me hizo falta oír a la madre de Johnny gritarle a la madre de Jamie: «¡Nos vemos el sábado!» para saber que la fiesta seguía en pie.

Pero a mí me habían rechazado porque Johnny creía que yo era una mentirosa y una tonta.

—No hace falta que te escondas, ¿eh?

Me quedo paralizada a medio paso. ¿Cómo demonios ha conseguido oírme? Pero si estaba siendo silenciosa como un ratoncito… O eso me parece a mí. Maldigo a mi madre por haber insistido en que le sacara al jardinero una taza de café y un trozo de tarta de nueces. ¡Qué necesidad hay, si le está pagando! No me puedo creer que encima tenga que darle de comer. He caminado de puntillas por el camino de ladrillos y dejado el tentempié en el suelo entre el jersey que él se ha quitado y una hilera de coliflores. Creía que podría volver otra vez de puntillas a la casa sin que él se diera cuenta de mi presencia, pero, en cuanto he empezado a alejarme, me ha llegado su voz desde algún lugar del manzanal. Las ramas de los árboles cargados de fruta son una maraña de hojas y manzanas demasiado densa para poder ver a través de ella, pero obviamente está por ahí, en alguna parte, observando cómo intento escabullirme sin ser vista.

—¿Qué te pasa? ¿Me tienes miedo?

Me giro e intento buscarle entre las ramas llenas de hojas, irritada por lo que acaba de sugerir. Se está mostrando condescendiente, burlándose de mí por mi reacción del otro día, cuando me defendí de él con una bayeta. Bueno, lo siento, pero la verdad es que no creo que sea poco razonable sentirse un poco asustada cuando un hombre desaliñado irrumpe en tu cocina sin anunciarse. Estoy a punto de decírselo cuando vuelve a hablar.

—Vamos, no te escondas, cielo. Ten un poco más de confianza en ti. Estoy seguro de que podrías ser un verdadero bombón si te lo propusieras.

Se me abre la boca hasta el suelo. ¡Cielo! ¡Bombón! ¡Pero qué descarado! Obviamente estoy ante uno de esos hombres que se creen que son unos seductores, un tío al que «le gusta probar su suerte», uno de esos «canallas atractivos» que les hablan a las mujeres con una sonrisa traviesa y un brillo juguetón en los ojos. Pues conmigo se ha equivocado, porque a mí esos hombres me parecen misóginos, irritantes y demasiado comunes para que yo pueda encontrarles ni una pizca de atractivo.

—Eres una verdadera belleza, ¿lo sabías?

Su voz es suave y profunda, como si encerrara en ella la suave brisa del verano y, a pesar de mí misma y solo durante un segundo, siento que tengo una sonrisa juguteándome en los labios. ¿Una belleza? ¿Yo? ¿De verdad? Mark nunca me ha dicho nada como eso. Una vez me dijo que estaba bastante guapa cuando me coloco el pelo detrás de las orejas, pero nunca ha dicho nada que incluyera la palabra «belleza». ¿Pero qué es lo que estoy haciendo al permitirme sentirme halagada por eso? No debería hablarme de esa manera. Si mi madre insiste en que siga viniendo por aquí tendrá que aprender que debe limitarse a cortar la hierba y podar los setos, nada más. Por favor, si soy casi su jefa…

Me abro camino hacia el interior del manzanal apartando ramas a mi paso y tropezando con un rollo de cuerda, unas tijeras de podar y una caja de madera, objetos que están todos tirados por el suelo de cualquier manera, sin pensar en la seguridad de la gente. Tras apartar con esfuerzo unas cuantas hojas de un manzano, me encuentro mirándole directamente a la cara.

—Tengo novio, ¿sabes? —le digo sin rodeos mientras intento quitarme un trozo de malla verde que se me ha enredado en los pies—. Es profesor de física en la universidad.

El jardinero se me queda mirando sin expresión.

—Me alegro por ti —dice observándome con curiosidad mientras doy saltitos a su alrededor agitando los pies para intentar librarme de la malla, que ahora parece haberme atado los tobillos.

—Está bien que te alegres —le respondo—. Es un físico muy respetado. —Me apoyo en el tronco de un árbol porque estoy a punto de caerme—. Por eso no creo que sea apropiado que tú me...

—¿Quieres que te ayude con eso? —me interrumpe, y se agacha para desenredar la malla.

—Puedo yo sola, gracias —digo con mucha seguridad, y él se aparta inmediatamente. Al darme cuenta de que todos los movimientos que he hecho para quitarme esa condenada malla solo me han servido para conseguir apretarla más alrededor de mis pies, decido apoyarme despreocupadamente contra el tronco de un árbol con los brazos cruzados, como si estuviera muy cómoda allí de pie con los pies atados.

—Como te decía, tengo novio —continúo como si no pasara nada—, así que no creo que sea apropiado que me llames «cielo» o que hagas comentarios sobre mi apariencia. Además, solo para que conste, no hay nada en ti que me dé miedo, pero ayer irrumpiste en mi cocina sin haber tenido antes la consideración de llamar al menos.

El jardinero se me queda mirando desconcertado, como si le estuviera hablando en otro idioma. Intento pensar si he utilizado sin darme cuenta alguna palabra complicada que él podría no haber entendido, pero lentamente empieza a aparecer una expresión de comprensión en su cara.

—Oh. ¿No habrás creído que...? No sé si será eso lo que habrás pensado, pero no estaba hablando contigo...

Miro a mi alrededor (como si hubiera alguna posibilidad de que hubiera alguien más escondido allí...), y de repente caigo en la cuenta. Ya veo lo que pretende. Ahora está avergonzado porque le he dicho que tengo novio e intenta dar marcha atrás y retirar esos comentarios atrevidos y un poco machistas. Tal vez tema que mi novio sea un tío de uno noventa que hace culturismo en su tiempo libre y podría hacerle papilla en un ataque de furia si supiera que me ha llamado «bombón». Lo cierto es que la única vez que he visto a Mark enfadado fue cuando le gané jugando a *Cifras y letras*, y aquello fue más un enfurruñamiento que un ataque de furia propiamente dicho, pero el jardinero no lo sabe.

—Ah, ya veo —le contesto asintiendo incrédula—. No me

estabas hablando a mí. Evidentemente le estabas hablando a…
—miro a mi alrededor fingiendo que busco a alguien— a esta oruga, supongo.

Mark siempre dice que el sarcasmo es la manifestación de ingenio más mezquina, pero tengo que reconocer que ahora mismo lo estoy disfrutando. Está bastante claro que no hay nadie más allí, así que al jardinero no le va a quedar más remedio que admitir que ha estado intentando ligar conmigo y que ahora está muerto de vergüenza. Nunca me ha gustado la expresión «ella está fuera de tu alcance» porque suena muy arrogante, pero, seamos claros, mi novio es físico y él es… bueno… ¿qué se creía que iba a conseguir realmente?

El chico se está revolviendo, un poco incómodo, e intenta ocultar una sonrisa, que asumo que será consecuencia de la vergüenza y el sentimiento de culpa por lo impropio de lo que ha hecho.

—No, no estaba hablando con la oruga —admite estudiando a la asquerosa criatura amarilla que se arrastra por una rama cercana—. De todas formas, a ella no le diría que es una belleza. Ni tampoco que se esconde, la verdad. He estado hablando con ella hace un rato y charla por los codos; casi no me deja ni intervenir. No… la verdad es que estaba hablando con este árbol.

Y le da unas palmaditas al tronco del árbol que tiene al lado. Casi me parto de risa ante una mentira tan ridícula. ¿Eso es lo único que se le ocurre? Si se estuviera mirando en un espejo y me dijera que le hablaba a su propio reflejo me resultaría más convincente. Pongo los ojos en blanco en una forma de decir claramente: «¡Oh, por favor…!», pero no sé por qué me parece que lo dice completamente en serio.

Alzo una ceja inquisitivamente.

—¿Qué?

—Pero míralo —me dice—. No ha dado ni una sola fruta. Tiene todas las ramas mirando hacia dentro como si estuviera intentando esconderse. Las hojas son pequeñas y de un color apagado, como si no quisiera llamar mucho la atención. Está claro que está avergonzado de lo que es. Es un ejemplo clásico de árbol tímido y con miedo.

Estudio su cara en busca de alguna señal de que está de broma.

—¿Un árbol tímido? —repito pensando que seguramente es una de las frases más extrañas que han salido de mis labios.

—Uno de los árboles más tímidos que he visto en mi vida. Y es una pena, porque, como le estaba diciendo —dice lentamente y poniendo énfasis en las últimas palabras—, podría florecer si dejara de tener miedo y se lo permitiera a sí mismo. Es una belleza, la verdad. Por eso estaba intentando transmitirle un poco de refuerzo positivo.

Necesito unos segundos para asimilar el hecho de que, primero, es evidente que lo dice completamente en serio y, segundo, si lo está diciendo en serio eso significa que...

—No estaba intentando ligar contigo —afirma—. Siento que lo hayas entendido mal.

A pesar del hecho de que parece que intenta sonar totalmente sincero en lo de sentirlo por todo esto, veo que se está esforzando por no dejar escapar una sonrisa y está claro que mi error ha servido para divertirle, una vez más.

—No creía que... Yo solo... —balbuceo mientras me pregunto cómo puedo justificar mi error. ¡Cómo he podido creer que me estaba diciendo esas cosas a mí! Un momento: ¿por qué soy yo la que se siente estúpida? ¡Es él el que le estaba hablando a un árbol!

—Pero ¿qué persona en su sano juicio habla con los árboles? —le pregunto algo bruscamente, intentando que él vuelva a ser el centro de la conversación para apartar la atención de mi vergonzoso error.

—Muchas personas lo hacen —responde con toda naturalidad—. La gente lo ha hecho siempre. En todo el mundo existe la creencia de que podemos comunicarnos con los árboles. Sus espíritus tienen un importante papel en todo tipo de culturas: la nativa americana, la hindú, la celta...

—Pero eso es porque esas culturas todavía se aferran a ideas primitivas —le contesto con aire de autoridad, determinada a conseguir que sea él quien acabe sintiéndose idiota y no yo—. Estamos en Inglaterra en el siglo XXI. Si quieres que crezca un árbol, utiliza productos químicos; no pierdas el tiempo hablando con él.

—Los productos químicos no son ni mucho menos tan

73

efectivos como unas palabras de aliento y unas cuantas caricias.

—¿Caricias? Tienes que estar bromeando…

Niega con la cabeza.

—De verdad. No hay nada mejor.

—¿Y cómo ayuda exactamente eso a un árbol a crecer?

Vuelve a negar con la cabeza y parece pensativo, como si esa pregunta llevara mucho tiempo provocándole fascinación y confusión a la vez.

—No sé cómo lo consigue exactamente…

Dejo escapar un suspiro de desesperación. Si hay algo que no puedo soportar es a este tipo de *hippies new age*, personas que van por ahí abrazando árboles y dando la brasa sobre vibraciones, espíritus, almas y energías sin tener ni idea de lo que significa realmente la energía en el sentido científico de la palabra, que es su auténtico sentido. Se trata de gente que dice que existen los fantasmas y que la telepatía funciona, pero no son capaces de apoyar su argumento con los datos adecuados ni de dar una explicación científica; solo basan su «conocimiento» en una «sensación» o un «presentimiento», nada más.

—Los árboles no tienen alma ni espíritu y por lo tanto no pueden entenderte —le digo—. Todo eso no son más que tonterías.

En vez de defenderse, como haría yo si estuviera en su lugar, simplemente se encoge de hombros. Está claro que mi opinión no le importa mucho y que tiene intención de persistir en sus creencias infundadas a pesar de lo que yo diga. Nunca he comprendido cómo la gente puede ser así; me resulta confuso y frustrante. Si alguien pone en cuestión tus ideas, el objetivo del juego es probar que tú tienes razón y que ellos están equivocados, ¿no?

—Bueno —responde despreocupadamente—, no pasa nada por creer alguna tontería de vez en cuando. Creo que todos necesitamos un poco de tontería en nuestras vidas alguna vez, ¿no estás de acuerdo?

Me mira con una leve sonrisa y sus ojos color avellana brillan juguetones con la luz del sol. Por supuesto, no estoy de acuerdo con que todos necesitamos tonterías en nuestras vidas.

¿Qué sentido tiene eso? Qué ridiculez. Pero no sé por qué noto... ¡que soy yo la que se está sonrojando!

—Este jardín es un caos —respondo rápidamente—. No deberías perder el tiempo preocupándote por un solo árbol. Estoy segura de que a mi madre no le importan unas míseras manzanas más o menos.

—¡Míseras manzanas! —exclama con indignación fingida—. ¿Cómo puedes decir eso? Las manzanas nunca son míseras.

Coge una de las pequeñas frutas verdes que cuelgan de la rama de un árbol cercano, la retuerce para arrancarla y la sostiene delante de mí, contemplando cómo la luz del sol brilla sobre su piel encerada.

—Mírala —me dice de la misma forma que lo diría una persona que estuviera observando maravillada un Monet original—. Es perfecta.

Me la tiende con su mano mugrienta y yo la cojo a regañadientes, mirándola con desdén.

—Hay personas que han viajado lejos, casi hasta los confines del mundo, por unas míseras manzanas, como tú las llamas —continúa—. Hércules, por ejemplo.

—No me interesan los cómics —le respondo.

No sé por qué ese comentario le resulta divertido. De hecho, llega a echarse a reír. No tengo ni idea de qué puede ser lo que he dicho que le resulta tan gracioso, y si hay algo que no puedo soportar es que la gente se ría de mí. Sobre todo si no sé por qué se ríe.

—¿Qué te parece tan gracioso? —le pregunto molesta.

—No hablaba de un cómic —me explica—. Hércules era un héroe, hijo de un dios de la mitología griega, al que le impusieron doce trabajos. El undécimo de ellos consistía en conseguir unas manzanas que crecían en un jardín amurallado que se encontraba en tierras de poniente, en el extremo del mundo.

Estudia mi cara buscando algún signo de familiaridad, como si a mí tuviera que sonarme algo de lo que acaba de contar. Yo levanto una ceja y le miro aburrida para demostrar que esas historietas tontas no son de mi interés. No me voy a sentir avergonzada por no conocer un cuento de hadas. De hecho,

75

mi falta de conocimientos en esa área me parece una muestra de un intelecto superior, una prueba concluyente de que tengo cosas mucho más importantes en las que pensar. Alguien que sepa muchos cuentos de hadas de memoria obviamente ha tenido una juventud demasiado ociosa.

El jardinero se pone a acariciar las ramas de aspecto enfermo del árbol tímido mientras prosigue con la historia. Ahora ya no estoy segura de si me la está contando a mí o está otra vez hablando con el árbol.

—A Hércules lo pusieron a prueba enviándole a conseguir unas manzanas que crecían en un jardín amurallado en el extremo más occidental del mundo. En su camino se encontró con Prometeo, al que el dios Zeus había encadenado a una roca como castigo por haberle dado el fuego al hombre. Todos los días llegaba un águila que se comía el hígado de Prometeo, pero el hígado volvía a crecerle por la noche solo para que el águila volviera a comérselo al día siguiente. Hércules se quedó sobrecogido por su sufrimiento, así que le disparó una flecha al águila, la mató y liberó a Prometeo de sus cadenas. Este le quedó eternamente agradecido y le advirtió que tuviera cuidado en su intento de conseguir las manzanas, porque cualquier hombre mortal que entrara en el jardín amurallado acabaría muerto a manos del dragón que vivía en su interior. Aconsejó a Hércules que le pidiera a Atlas que entrara en el jardín por él, porque Atlas era inmortal y podría coger las manzanas sin peligro de morir.

»Tras un duro ascenso a las montañas, Hércules alcanzó al fin el jardín amurallado. Fuera encontró a Atlas, que estaba sosteniendo la bóveda celeste sobre los hombros como castigo por haberle declarado la guerra a Zeus.

»—Si entras en el jardín y me traes las manzanas —le prometió Hércules—, yo sujetaré el peso de los cielos sobre mis hombros un rato, mientras tú estás allí.

»A Atlas le gustó la idea de liberarse del peso de los cielos durante un tiempo, así que accedió. Se los pasó a Hércules y entró en el jardín, donde luchó contra el dragón hasta matarlo y consiguió las manzanas. Pero cuando volvió y vio a Hércules sufriendo al soportar el peso de los cielos se dio cuenta de que estaría loco si aceptaba recuperar esa carga.

»—Tú sigue soportando el peso de los cielos —le dijo a Hércules— y yo me quedo con las manzanas.

»Hércules tuvo que pensar rápido. Fingió aceptar el trato y le prometió a Atlas que si sujetaba los cielos un momento mientras iba a buscar una almohada para estar más cómodo, él volvería a asumir ese peso de nuevo y se quedaría con él para siempre jamás. Atlas confió en la palabra de Hércules y accedió a sostener los cielos un momento, pero en cuanto lo hizo, Hércules cogió las manzanas y huyó, dejando a Atlas atrás soltando maldiciones.

El jardinero sigue acariciando el árbol con aire soñador y parece perdido en sus pensamientos.

—Esa es una de las cosas más ridículas que he oído en mi vida —le digo.

Se encoge de hombros, como si el hecho de que te llamen ridículo no fuera gran cosa, como si no le importara que a mí me pareciera absurdo.

—Solo era un ejemplo de lo que algunas personas harían por unas míseras manzanas —responde.

—No es un ejemplo de nada. La verdad es que ni siquiera tiene sentido. Para empezar, no existe ninguna prueba de la existencia de los dioses. Ni tampoco de los dragones. E incluso si crees que el cielo existe, cosa que yo no, seguro que no es en una forma tangible que pueda ser soportada por los hombros de alguien. Además, a nadie le puede crecer el hígado de la noche a la mañana. Es anatómicamente imposible. De hecho, ese Prometeo habría muerto la primera vez que vino el águila a atacarle, y aunque no hubiera muerto, habría necesitado atención médica urgente. Hércules debería haber llamado a una ambulancia en vez de preocuparse por unas cuantas manzanas apolilladas.

El jardinero sigue sonriendo porque claramente hay algo que le resulta divertido. Sus ojos me examinan la cara con curiosidad, como si estuviera intentando ver qué es lo que pretendo.

—Tienes razón —me dice con una aprobación falsa—. Todo lo que has dicho es lógico. Supongo que quienquiera que se inventara esa historia no pensó bien las cosas.

—La gente que disfruta con esas historias muy pocas veces piensa bien las cosas —le contesto.

77

—Pero si quitases los dioses, el dragón, el águila y los cielos, no iba a quedar una historia que mereciera mucho la pena, ¿no? Solo quedaría un tipo que va a buscar unas manzanas y después vuelve a su casa.

—Bueno, ¿y qué hay de malo en eso? —le pregunto porque no comprendo dónde está el problema—. Si la gente siente la necesidad de contar esas historias, lo menos que pueden hacer es intentar que por lo menos reflejen la vida real.

El jardinero frunce el ceño como si yo no hubiera entendido realmente lo que ha dicho.

—Pero las historias se inventan para abstraerse de la vida real. Para ayudarnos a escapar de la realidad.

—¿Y por qué iba a querer alguien escapar de la realidad? —le pregunto, sintiendo que estoy empezando a enfadarme.

El jardinero se rasca la cabeza.

—Bueno, porque la vida puede ser dura. A veces es bueno escapar y perderte en tu imaginación…

—Sí, eso es exactamente lo que puede pasar, que te pierdas —insisto con firmeza—. Que te pierdas y no puedas encontrar el camino de vuelta. —Noto que he levantado la voz y se me ha acelerado el corazón.

El jardinero parece receloso y me doy cuenta de que no es esa la reacción que pretendía provocar con su historia.

—No creo que permitir un poco de fantasía de vez en cuanto pueda ser la causa de ningún daño —dice.

Siento que la ira me llena el pecho. ¡No tiene ni idea de lo que está diciendo! Si cree que un poco de fantasía no puede causar daño, que es un simple entretenimiento, entonces debería intentar vivir mi vida al menos un día. Si cree que no te puedes perder en algún lugar entre la realidad y la ficción, debería vivir un tiempo con mi madre. Pero ¿para qué se lo voy a decir? ¿Cómo puedo esperar que un hombre que le habla a los árboles entienda eso? Ya se ve claramente que está cómodamente situado en el lado equivocado de la brecha entre la cordura y la locura. No voy a perder más tiempo intentando hacer que entre en razón. Le devuelvo la manzana.

—Quédatela —le digo altanera—. Yo no la quiero.

Él gira la manzana en su mano, obviamente asombrado por mi brusquedad, y yo me vuelvo, furiosa por su ignorancia, con intención de salir del manzanal pisando fuerte. Pero en vez de eso me caigo y acabo aterrizando de bruces entre los troncos de dos árboles. Se me ha olvidado por completo la malla que tengo enredada alrededor de los pies.

—¿Estás...?

—Estoy bien, gracias —digo antes de que pueda acercarse.

Llena de frustración y de vergüenza rasgo la malla furiosamente y esta se rompe con un fuerte chasquido. Consigo liberar una pierna; ahora tengo la maraña de malla rodeándome únicamente un pie, pero sigue atascada. Me levanto del suelo, me sacudo la tierra, mantengo la cabeza muy alta y salgo del manzanal elegantemente como si la malla fuera un nuevo accesorio de moda.

—Es un idiota integral —le cuento a Mark cuando llega esa tarde—. ¿Quién en su sano juicio le habla a los árboles? ¡Y después se puso a contarme una historia fantástica sobre manzanas, dragones y no sé qué más!

—Parece un imbécil total. ¿Y cuánto le paga tu madre?

—Oh, no lo sé. Demasiado. Y la verdad es que no parece que esté haciendo nada útil. Por lo que sé, apareció en la puerta pidiendo trabajo. Probablemente no sabe nada de jardinería. Tal vez sea un vagabundo de los que se alojan en ese sitio que hay junto a la A10. ¡Podría ser incluso un criminal!

Mark descorcha el vino caro que ha traído y coloca la botella en la mesa de la cocina mientras yo voy colocando tenedores y cuchillos sin preocuparme de que estén torcidos. Mark me sigue por todas partes enderezándolos.

—Bueno, es cierto que dijiste que querías que tu madre buscara un jardinero.

—Sí, pero no a este.

Me coloca las manos sobre los hombros y me hace girar hacia él.

—Bueno, deja eso ya. ¿Qué tal estás?

Suspiro y me apoyo contra el amplio pecho de Mark. Me siento tan segura en sus brazos, tan protegida... Aunque por supuesto no quiero que lo sepa. Ni siquiera me gusta admitírmelo a mí misma. Con veintiún años no debería necesitar que me protegiera nadie. De hecho, no necesito que nadie me proteja. Solo es que a veces…

—Estoy bien —le digo volviendo a erguirme.

Él sonríe orgulloso.

—Claro que sí —me dice dándome unas efusivas palmaditas en la espalda—. Tú eres la chica más fuerte y capaz que conozco.

Un pensamiento se cuela en mi mente sin invitación: ¿Y si no fuera tan fuerte? ¿Y si me fallaran las costuras? ¿Seguiría él queriendo estar conmigo? Aparto inmediatamente el pensamiento de mi cabeza, preguntándome de dónde habrá salido.

—¡Mark! ¡Qué alegría verte!

Mi madre entra en la cocina secándose el cabello con una toalla rosa. Cuando ha llegado Mark ella estaba arriba dándose un baño muy muy largo. Aunque insiste en que no es así, yo siempre he tenido la impresión de que mi novio no le cae muy bien… O al menos no lo acepta encantada como su futuro yerno, que es lo que a mí me gustaría. No lo comprendo. Es listo, alto, guapo y de una buena familia (y bastante rica)… ¿Qué más podría querer ella para mí?

—¡Qué bien te veo! —exclama mi madre con una sonrisa acercándose para abrazarlo y darle un beso.

—Yo también te veo bien —responde él de forma poco convincente, sin hacer un gran esfuerzo por ocultar la impresión que le causa el cambio en su apariencia. Se aparta rápidamente y parece algo incómodo y turbado.

A Mark nunca se le han dado bien las enfermedades. En su mente la enfermedad va unida a la debilidad, que es algo que no puede soportar. Yo admiro la importancia que le da a la fuerza y la resistencia y me gusta pensar que compartimos esos valores, pero la verdad es que podría demostrar un poco más de tacto.

—Las flores son para ti —le dice señalando unos lirios blancos preciosos y delicados que ha colocado con mucho cuidado en un jarrón de cristal.

—¡Oh, qué bonitos! —dice mi madre sonriendo, aunque yo sé que no le gustan mucho los lirios—. Eres muy amable trayéndole las cosas a Meggie, aunque no sé por qué necesita tantas si solo se va a quedar una semana más de lo previsto…

Abre la puerta del horno, aparta el humo agitando la toalla y examina el pollo que se está asando. Yo siento que Mark me está mirando fijamente y me niego a enfrentar su mirada. No he conseguido plantarle cara a las fantasías de mi madre, como él insistió que debía hacer. A ella no se le ha pasado por la cabeza que yo no vaya a volver a Leeds; como las cosas aquí van a las mil maravillas… Sé que Mark cree que debería obligarla a afrontar la realidad, pero él no sabe lo difícil que es. Aun así noto que le he decepcionado.

—Pon otro cubierto en la mesa, por favor, Meg —me pide mi madre mientras pincha el pollo con un tenedor—. Ewan va a cenar con nosotros.

—¡El jardinero! Pero ¿por qué?

—Porque ha estado trabajando mucho todo el día y he insistido en que se quede a cenar, por eso. Y tiene nombre, ¿eh? Sus padres no le llamaron «el jardinero».

—Pero nosotros no invitamos a gente a cenar. Nunca lo hemos hecho.

—Bueno —me dice metiendo el pollo otra vez en el horno y cerrando la puerta—, pues ya es hora de que empecemos, ¿no crees?

No sé qué me hace sentir más incómoda, si el hecho de que mi madre se lleve tan fantásticamente bien con el jardinero o que sea tan obvio que Mark le odia. Después de pedirle que se quitara las botas antes de entrar por la puerta de atrás, Mark no ha hecho ningún esfuerzo por ocultar su horror ante el estado de sus calcetines gastados, la tierra que tiene bajo las uñas o el roto de su camiseta raída. Hay algo en la manera de comportarse de Mark que me hace sentir incómoda. Sí, el jardinero va desaliñado, sueña despierto, es un fantasioso y estoy segura de que es casi analfabeto, pero yo nunca haría nada intencionadamente para que alguien se sintiera inferior. Nunca intentaría sentirme mejor demostrándole mi superioridad intelectual. No, ¿verdad? No, seguro que yo no haría eso.

Siendo justos, el jardinero es tremendamente educado, y durante la mayor parte de la comida la verdad es que parece que los que sobramos allí somos Mark y yo. Mi madre está fascinada con lo que él cuenta sobre cultivar verduras y frutas, y, a menos que sea muy buen actor, él también está encantado

81

con lo que le cuenta ella sobre la forma de cocinar todo eso.

—Yo nunca uso pesticidas químicos —le dice mientras mastica un trozo de patata asada.

—¡Me parece muy bien! —exclama mi madre dejando la copa de vino sobre la vieja mesa de roble con un golpe seco, lo que provoca que el líquido se derrame por encima del borde de la copa. Tiene las mejillas sonrosadas y habla un poco más alto de lo normal. Está un poco achispada, está claro—. ¿Pero cómo consigues que las babosas no se coman las lechugas sin pesticidas? Yo he intentado un truco que se hace con cáscaras de huevo pero funciona *regulínnn rrregulán…*

Algo más que achispada, de hecho.

—Las babosas responden bien a las explicaciones sinceras —le dice el jardinero—. Tienen los corazones y los cerebros blanditos. No quieren hacer ningún daño, solo es que no se dan cuenta de que se están metiendo sin permiso en tu césped o entre tus verduras.

Mi madre asiente muy seria, como si lo que acaba de decir fuera una explicación perfectamente razonable.

—Ah.

Mark y yo intercambiamos miradas de indignación.

—¡No es posible que te creas eso de verdad! —se mofa Mark.

El jardinero se encoge de hombros.

—Claro que sí. Solo hay que decirles que no las quieres por ahí, que esas son tus lechugas y que no te gusta que otras criaturas se las coman. Pero no hay que entrar en discusiones legales sobre límites de propiedad, porque eso las confunde.

Está mirando a Mark directamente a los ojos, totalmente relajado. Este, sin embargo, lo mira suspicaz, intentando averiguar si está de broma o no. Poco a poco empieza a aparecer una sonrisa en la cara del jardinero.

—Oh, ya veo. Estabas de broma —dice Mark, que está claro que no le ve la gracia.

Pero el jardinero niega con la cabeza. Yo no tengo ni idea de si lo dice en serio o no, y mi novio tampoco. La diferencia es que a mí no me importa, pero Mark se toma como un insulto personal que la gente intente confundirle.

—Me sorprende que tengas tiempo para charlar con las babosas —interviene Mark maliciosamente—. ¿No estás demasiado ocupado hablando con los manzanos?

Creo que a Mark también se le está subiendo el vino a la cabeza. Hasta ahora ha conseguido morderse la lengua, contentándose con risitas silenciosas y miradas de desdén. No ha hecho ningún comentario cuando el jardinero ha sugerido que la envidia se puede curar con una mezcla de lavanda y melisa, o que los cánticos de los indios nativos provocan la lluvia, o que escupir en el suelo donde tienes plantados los repollos consigue evitar la infestación de mariquitas. Pero no tiene paciencia con la gente que cuenta ese tipo de supersticiones.

—¿Sabes hablar con los árboles, Ewan? —le pregunta mi madre apoyando el cuerpo sobre la mesa para acercarse más a él—. ¡Qué cosa más fascinante!

—¡No es fascinante, es una locura! —protesta Mark.

—Eso depende de cómo lo veas —responde el jardinero.

—Lo veo desde el punto de vista de una persona cuerda —dice Mark entre risas, arrellanándose en la silla.

—A mí me gustaría hablar con los árboles —musita mi madre soñadoramente.

—Pues deberías hacerlo —le contesta el jardinero—, porque les gusta. Les ayuda a crecer.

—No, mamá, no deberías —intervengo yo, molesta por la sugerencia. Lo último que necesita es que la animen a actuar de forma extraña.

—Pero, cariño, si les gusta y les ayuda a crecer…

—No hay ninguna razón científica que demuestre que los árboles crecen mejor si eres simpático con ellos —interrumpe Mark.

—La verdad es que —responde el jardinero rascándose la barba incipiente con sus uñas sucias y descuidadas— hay unos cuantos estudios que demuestran que las plantas responden a las emociones humanas. El informe de Cleve Baxter «Evidencias de percepción primaria en la vida vegetal» es seguramente uno de los más famosos. Deberías leerlo. Les ha hecho pruebas a sus plantas con un polígrafo y ha descubierto que reaccionan a los pensamientos y a las amenazas. Y se ha demostrado que más de mil especies diferentes de plantas son sensibles al contacto humano. Fue Darwin el que empezó todo esto al su-

83

gerir que las plantas tienen un sistema nervioso central basándose en sus observaciones de la *Dionaea Muscipula*. Ese es el nombre científico de la Venus atrapamoscas, por cierto.

Mark y yo nos quedamos mirándole fijamente, sin habla.

—Puede que a veces parezca que tengo la cabeza en las nubes —dice mirándome directamente a mí—, pero eso no significa que no tenga los pies bien plantados en la tierra.

Siento que se me pone la cara roja y bajo la cabeza para mirar el plato. Mark, claramente molesto por la lección que le ha dado el jardinero, le da un sorbo al vino.

—¿No es fascinante? —repite mi madre con dulzura, completamente ajena a lo que está ocurriendo—. ¿Quieres un poco de macedonia, Ewan?

—No, gracias —dice poniéndose de pie y dándose una palmadita en el estómago—. Si me perdonáis, tengo unas cosas que terminar en el jardín antes de que se haga más tarde.

—¡Ah, no! ¡Ya has estado trabajando todo el día!

—Por favor —dice levantando las manos en señal de protesta—. No me gusta dejar los trabajos a medias. Saldré por la cancela de atrás cuando termine. Muchas gracias por la cena. Ha sido fantástica.

Junto a la puerta de atrás se pone las botas llenas de barro y vuelve a darle las gracias a mi madre antes de salir de nuevo al jardín.

—¡Bueno, ha sido una velada maravillosa! —exclama mi madre sonriendo.

Mark y yo nos quedamos sentados en un silencio apesadumbrado, como si fuéramos el equipo perdedor en un partido de algún deporte.

Mi madre al final acaba sintiendo la tensión y su sonrisa desaparece.

—Creo que voy a ir a tumbarme un rato… —dice incómoda, y sale de la habitación.

Yo empiezo a recoger los platos y a llenar el fregadero de agua. Mark se queda sentado en silencio, bebiendo sorbos de vino e intentando reponerse del zarpazo que ha sufrido su orgullo. De repente dice:

—Nunca he oído hablar del experimento de ese tal Baxter, ¿y tú? Ya lo investigaré. Seguro que no es un estudio científicamente concluyente. Me pondré en contacto con John Stokes, de la universidad; seguro que él lo sabe. ¿Y quién es ese Baxter, de todas formas? No es un nombre que yo haya oído…

No le estoy escuchando. Estoy mirando al jardinero a través de la ventana abierta de la cocina. Está removiendo la tierra, quitando malas hierbas y haciendo con ellas una pila sobre el césped. El sol está empezando a ponerse, dándole un brillo dorado a la piel oscurecida por el sol de sus antebrazos fibrosos. Veo cómo saca una rana de entre las cañas de las judías, la sostiene en la palma de la mano y empieza a hablarle. Señala la cancela del jardín como si le estuviera dando instrucciones a la rana y después la deja suavemente sobre la hierba. El animal se aleja saltando y el jardinero vuelve a cavar confiando en que encuentre el camino de salida del jardín.

—¿Meg?

De repente me doy cuenta de que no he estado escuchando ni una palabra de lo que Mark decía y que la espuma del jabón de los platos está a punto de escaparse por encima del borde del fregadero. Cierro rápidamente el grifo.

—Perdona, ¿qué?

—Está claro que es un lunático total, ¿verdad? El jardinero…

Vuelvo a mirar hacia el jardín y veo el último destello de la pequeña rana verde, que cruza la cancela abierta del jardín a la que en teoría se dirigía.

—Oh, sí —le respondo obedientemente—. Claro que está como una cabra.

Capítulo 6

—¿Qué mantiene las nubes ahí arriba? —te pregunté un día.

—El cielo, tonta —me dijiste.

Estábamos tumbadas boca arriba en el parque, una al lado de la otra, intentando ver formas en las nubes. Recuerdo que te señalé una que parecía un conejo, pero tú insististe en que era igual que una tarta de cumpleaños y que las orejas del conejo eran velas. Todo te recordaba siempre a la comida.

—¿Y qué mantiene ahí el cielo? —volví a preguntar.

Te quedaste un momento en silencio.

—El aire —dijiste al rato—, como pasa con los suflés.

—¿Los suflés?

—Sí, los suflés. Ponte la mano delante de la boca y suelta lentamente el aire. Así…

Tú exhalaste en la palma de la mano ahuecada y yo hice lo mismo.

—¿Notas lo calentito que está el aire? Pues cuando todas las personas del mundo respiran a la vez, se produce una gran cantidad de aire caliente. Y ya sabes que el aire caliente es lo que hace que suba el suflé…

Yo asentí seriamente fingiendo que lo sabía.

—Pues el aire caliente de la respiración de la gente hace que el cielo suba de la misma forma.

Yo era pequeña, demasiado para cuestionar lo que me decías. Me podías haber dicho que el cielo estaba cogido con pinzas de la ropa y yo te habría creído. Me creía todo lo que me contabas.

—¿Y qué pasaría si todo el mundo dejara de respirar? —seguí preguntando.

—No creo que eso pueda pasar, cariño.

—Pero ¿y si pasara? ¿Y si durante un segundo todos dejáramos de respirar a la vez? ¿Se caería el cielo?

—Supongo que sí.

—¿Y qué pasaría entonces? ¿Nos aplastaría a todos? ¿Y yo me quedaría chafada como aquella mariquita sobre la que dejé caer mi libro sin querer?

—No, yo no dejaría que te aplastara. Te cogería en brazos y te llevaría al borde de la tierra y después saltaría para huir del cielo que se cae.

—¿Y te daría tiempo?

—Claro. Porque el cielo se irá cayendo muy lentamente, como un suflé cuando lo pinchas con un tenedor y el aire se va escapando, y yo corro muy rápido.

—No tan rápido —respondo—. Yo corro más rápido que tú… ¿Y si no estuvieras conmigo? ¿Qué me pasaría entonces?

Tú rodaste hasta quedar tumbada de costado para mirarme y me hiciste cosquillas en la barbilla con una margarita.

—Yo siempre estaré contigo, tonta —dijiste.

Y, como siempre, yo te creí.

—Lo que me atrajo de la física de la materia condensada —le está contando Mark a mi madre— es que trata de las cosas que nos rodean todos los días. No se ocupa de cosas minúsculas como la teoría de las partículas, ni de cosas enormes como la astrofísica o la cosmología, sino que se centra en lo que hay entre esos dos extremos: esas cosas normales de todos los días, las que hacen que el mundo siga girando.

—Oh, eso suena fascinante. —Mi madre sonríe con poco entusiasmo, acariciando con el dedo el borde de su taza de café—. ¡Buenos días, cariño! —Parece aliviada de verme cuando me uno a ellos en la mesa de la cocina—. Mark estaba contándome un montón de cosas sobre la conductividad cuántica y la supermecánica.

—La mecánica cuántica y la superconductividad —la corrige Mark.

Ella ríe nerviosa.

—¡Uy, qué tonta! No se me dan bien todas estas cosas científicas, ¿a que no, Meggie? Nunca entiendo nada cuando Meg me cuenta cosas sobre el gnomo humano ese.

—El genoma humano, mamá. Nada de gnomos.

—Por lo que veo, Meg no ha heredado su mente científica de ti, Valerie —le dice Mark a mi madre con una sonrisa encantadora, pero yo sé que su falta de conocimientos científicos le resulta frustrante. «¿Cómo puede la gente no estar interesada en el mundo que les rodea?», me pregunta siempre, indignado. Él no entiende que no todo el mundo es capaz de comprender las complejidades de la física con tanta facilidad como él.

—Oh, no, claro que no —le dice mi madre distraída mientras le echa azúcar al café—. La ciencia era cosa de su padre.

Yo me quedo helada con el cartón de zumo de naranja suspendido en el aire un poco por encima del vaso.

—¿A mi padre le gustaba la ciencia? —le pregunto, atónita ante esa revelación—. Me habías dicho que era chef.

Mi madre empieza a untar mantequilla sobre su cruasán con un ímpetu que hace que la mitad se rompa y salga volando por encima de la mesa para acabar aterrizando en el regazo de Mark.

—Hay una parte científica en el trabajo de un chef, ¿sabes, cariño? —dice apresuradamente—. Pesar cosas. Mezclarlas. Los hornos. Los hornos son cosas científicas, ¿verdad? Todas esas partes metálicas, la electricidad y esas cosas. ¿Quieres tostadas? ¿Café? Voy a hacer otra cafetera.

Se levanta de un salto y se lleva la cafetera con ella. Mark devuelve el trozo de cruasán a su plato y levanta ambas cejas extrañado. Le he contado muy pocas cosas sobre mi padre, aparte del hecho de que era chef de repostería y que está muerto. Lo que no le he dicho es que eso es prácticamente todo lo que sé. La familia de Mark es tan perfecta que estoy segura de que mi ignorancia sobre mi padre le parecería sorprendente y algo confusa. Me diría que le exigiera a mi madre detalles, acceso a la familia de mi padre y que preguntara dónde, cuándo, quién y por qué. «Tienes derecho a saberlo», me diría. Pero él no entiende lo difícil que puede ser intentar buscarle un sentido a mi mundo. Él no comprende cómo es darte con un muro una y otra vez, vivir todo el tiempo rodeada de una niebla gris y opaca en algún lugar entre el blanco y el negro.

—Bueno, sea quien sea de quien lo haya heredado, Meg llegará a ser una gran científica —afirma Mark acariciándome la nuca con cariño.

Me sonríe orgulloso y yo siento que el corazón me late con fuerza, como me pasa siempre que me gano su aprobación. He estado en un par de las conferencias que Mark ha dado en la universidad para hablar de los descubrimientos de su investigación y he visto cómo le miran las alumnas: como si fuera la fuente de todo el conocimiento, como un oráculo. He visto cómo levantan las manos como un resorte cuando él hace una pregunta, desesperadas por captar su atención, muriéndose por impresionarle con su inteligencia. Pero yo soy la que él ha elegido. Yo soy la que tiene la mente que le ha impresionado y sigue impresionándole cada día. Ese es el mayor de los elogios. Estando con Mark sé que soy lo bastante lista, lo bastante brillante, lo bastante buena. No hay forma de que la novia de Mark Daly (el doctor Mark Daly dentro de poco) sea el hazmerreír en ninguna parte.

—Ella será maravillosa en lo que quiera que haga —afirma mi madre echando agua caliente en la cafetera—. Tiene tantas habilidades… Antes le gustaba escribir y pintar, ¿sabes? Y hacer manualidades y actuar.

—¡Pero todas esas cosas se me daban fatal! —refunfuño sabiendo que Mark no le presta atención a las artes—. Era terrible en cualquier cosa que implicara cualquier tipo de creatividad.

—Solo cuando dejaste de intentarlo. Cuando eras pequeña te encantaba disfrazarte e interpretar tus fantasías. ¿No te acuerdas? —Vuelve a sentarse a la mesa sonriendo por los recuerdos que inundan su mente—. Te ponías unos leotardos verdes y mi blusa roja de volantes y decías que eras una rosa. ¡Estabas tan bonita!

La miro y frunzo el ceño, una advertencia para que se calle. No quiero que Mark piense que era idiota de pequeña, del tipo de niños que tienen amigos imaginarios y que creen que el hombre del saco vive debajo de su cama.

—Debía de estar ridícula —contesto—. No deberías haberme animado a hacer esas cosas.

—Una Navidad llamaste a todas las puertas del bloque de pisos vestida de Papá Noel y les dijiste a todos nuestros vecinos que venías de Belén para ver al niño Jesús.

—Obviamente, estaba confundida. No deberías haberme permitido ir por ahí sola diciendo esas tonterías.

—Ni siquiera me di cuenta de que te habías ido hasta que el viejo señor Ginsberg te trajo de vuelta de la mano. ¡Pobre señor Ginsberg! Un día le diste un susto de muerte: te pusiste un jersey de lana grande y marrón y le gruñiste cuando salía del ascensor. Me dijo que creyó que eras un oso, aunque no sé muy bien qué pensaría él que estaba haciendo un oso en la cuarta planta de aquel bloque de pisos…

Y de repente no puedo reprimirme. Me tapo la boca con la mano y suelto una risa ahogada a la vez que intento frenar las ganas de dejar escapar también una risita.

—Ah, te acuerdas, ¿a que sí? —ríe mi madre agarrándome el brazo.

Asiento y me tapo la cara con las manos porque estoy a punto de llorar de risa. Tengo el vago recuerdo de haberme puesto un jersey marrón que picaba y de la expresión de terror del señor Ginsberg cuando le di el susto. Miro a hurtadillas entre los dedos a Mark, que no se está riendo.

—Podrías haberle provocado un ataque al corazón al pobre hombre —dice muy serio.

Me muerdo el labio con fuerza.

—Fue una cosa muy tonta. Pero era pequeña. Y fue divertido.

—No habría sido divertido si el pobre hombre se hubiera caído muerto allí mismo. Más de doscientos treinta mil británicos mueren al año de ataques al corazón —me informa.

Recupero la compostura y asiento seriamente.

—Tienes razón. No habría sido divertido si eso le hubiera matado.

Mi madre deja de reírse también y da un sorbo a su café. Mark da un mordisco a su cruasán y mastica con lentitud mientras yo me centro en doblar la servilleta en cuadraditos.

—La cuestión es que de repente perdiste el interés en las cosas creativas —continúa mi madre—. De un día para otro. Un día llegaste a casa del colegio, metiste todos tus juguetes en una caja y declaraste que había llegado la hora de crecer. —Niega con la cabeza y sonríe nostálgica—. Debías de tener unos ocho años. No tengo ni idea de qué pasó.

Yo fijo la mirada en mi café y de repente me siento bastante triste. Ocho años parecen muy pocos para querer crecer, para dejar atrás definitivamente la magia de la infancia.

—Las artes son una pérdida de tiempo —declara Mark.

Veo que mi madre aprieta los labios. A ella le encantan el arte, la música, el teatro y la poesía. Dice que la ayudan a «salir un poco de sí misma», signifique eso lo que signifique.

—Oh, yo no creo que sean una pérdida de tiempo —le contradice con una sonrisa educada.

—Ningún artista va a encontrar nunca la cura para el cáncer ni ningún actor va a poder descubrir los secretos del universo. Meg, sin embargo, podrá dejar una verdadera marca en el mundo.

—Eso ya lo ha hecho —responde mi madre con brusquedad. Mark levanta la vista para mirarla, sorprendido por el tono de su voz. Ella vuelve rápidamente a sonreír.

—Claro que sí —concede—. Su proyecto de final de curso ha causado un interesante debate en la facultad y hacer pensar a la gente ya es tener la mitad del camino andado. Es una chica muy inteligente.

Me aprieta la rodilla y yo le sonrío amorosamente.

—Y divertida y compasiva y dulce también —añade mi madre.

Mark asiente distraído mientras recoge las migas de su plato. Mi madre lo observa detenidamente, esperando que diga que está de acuerdo. Yo quiero intervenir, cambiar de tema y evitar que sigan hablando de mí como si no estuviera allí, pero me doy cuenta de que yo también estoy esperando la respuesta de Mark. ¿Qué es lo que piensa de mí, aparte de creer que soy inteligente, lista y un desafío intelectual? ¿Qué es lo que piensa realmente de mí? Extrañamente, me doy cuenta de que nunca me lo ha dicho. Y lo que es más extraño todavía, yo nunca me lo he preguntado hasta ahora.

—Oh, claro, es un encanto —dice al fin dándose cuenta de que tiene que decir algo. Después coge la servilleta y se limpia los labios. Yo le observo esperando, deseando algo más, pero él se arrellana en la silla, suspira y se toca el estómago, y yo me doy cuenta de que eso es todo.

Mi madre estira el brazo por encima de la mesa y me toca la mano sonriendo.

—Siempre ha sido una chica muy dulce. Cuando era pequeña era tan dulce que yo acostumbraba a meter los dedos de sus pies en el té. Me ahorró una fortuna en azúcar. Incluso se la prestaba a veces a los vecinos. «No compréis azúcar —les decía a veces—. Mi hija es lo más dulce que hay y no os va a provocar caries en los dientes.»

—Mamá, por favor… —la regaño apartando bruscamente la mano.

—Los vecinos llamaban a nuestra puerta a todas horas del día con tazas de té o café y me decían: «¿Nos prestas un poco de esa cosita tan dulce?», y yo metía uno de los deditos de la mano o del pie de Meg en sus tazas…

—¡Mamá!

Siento que me arden las mejillas de vergüenza. Ya es bastante malo que Mark sepa que mi madre está loca; no hace falta que tenga que presenciar uno de sus arrebatos en directo.

—Entonces un día me di cuenta de que los dedos de Meg estaban empezando a mermar. ¿Te has fijado alguna vez, Mark, en que los dedos corazón de los pies de Meg son un poco cortos? Pues fue de tanto meterlos en todas esas tazas. Así que, en cuanto me di cuenta, tuve que dejar de hacerlo…

—¡Mamá! —le grito furiosa—. Mark no quiere oír tus ridículas historias. ¡Deja de ponerte en evidencia!

Mi madre se me queda mirando fijamente, en silencio y avergonzada. Y yo también siento muchísima vergüenza. ¿Qué estará pensando Mark de nosotras? ¿Por qué tiene que hacer siempre estas cosas? ¿Por qué tiene que hacer que parezcamos imbéciles?

Se levanta lentamente con las mejillas enrojecidas y tantea con las manos para coger su taza y su plato.

—Será mejor que me vaya a ocuparme de mis cosas —dice en voz baja—. Seguro que no quieres que la tonta de tu madre se quede aquí divagando todo el día. —Suelta una risita avergonzada y se encamina hacia la puerta. Justo antes de llegar, se vuelve y dice—: Pensé que tal vez Mark querría saber más cosas sobre ti.

—Él ya sabe de mí todo lo que importa —le respondo molesta.

Ella sonríe un poco y justo entonces me pregunto por qué yo me siento como una mentirosa, si es ella la que cuenta esas tonterías...

Cuando ya se ha ido, Mark niega con la cabeza incrédulo.

—¡Vaya, qué historia! —ríe—. Es un alivio saber que te pareces a tu padre, dado que tu madre está loca.

Eso duele. ¿Cómo se supone que voy a responder a eso? Mi madre es un poco rara, pero es mi madre. Miro a Mark, que sigue sacudiendo la cabeza con consternación y muestra un poco sus perfectos dientes blancos para demostrar que le hace gracia. Es tan inteligente y tiene tanta confianza en sí mismo... Es todo lo que yo querría ser.

Me obligo a reír con él.

—Sí —acabo diciendo—, mi madre está loca.

93

Durante el resto de la mañana nada parece ir bien. Mi madre y yo nos evitamos la una a la otra educadamente. Yo estoy irritada con ella por humillarme, pero también me siento culpable por mi reacción. Después decido que no debería sentirme culpable por haber explotado y mi irritación se multiplica por dos. Para poder salir de esa casa me llevo a Mark a la ciudad, donde comemos unos sándwiches bastante malos en un café barato. Me esfuerzo por mostrarme interesante, haciendo lo que a mí me parecen observaciones inteligentes durante nuestra conversación sobre la crisis política que vivimos últimamente, pero no tengo la mente realmente puesta en lo que digo.

Para empeorar aún más las cosas, nuestra vuelta a casa coincide con la llegada del jardinero. Mark normalmente insiste en aparcar su coche, perfectamente pulido y brillante, en la entrada, por si acaso a alguien se le ocurre robarlo, pero hoy, por alguna razón, aparca justo detrás de la furgoneta destartalada y oxidada del jardinero y parece extrañamente satisfecho. Por desgracia, esa distribución de aparcamiento parece que no le viene bien al jardinero, que le da unos golpecitos a la ventanilla de Mark justo cuando nos estamos desabrochando los cinturones.

Mark abre la puerta un poco molesto y murmurando algo sobre la marca de suciedad que el jardinero ha dejado en la ventanilla.

—¿Te importaría retirarte un poco? —le pide el jardinero—. Necesito abrir las puertas de atrás de la furgoneta.

Mark no responde porque está concentrado en examinar la mancha de tierra que Ewan ha dejado en el cristal. Yo me siento un poco avergonzada y quiero decirle a Mark por lo bajo que no es tan importante, que tenemos un montón de abrillantador en casa y que a mí no me importa salir un poco más tarde y limpiar la manchita. Pero me parece que eso no ayudará a mejorar la situación.

—No esperaba verte de vuelta tan pronto —dice Mark—. Pero, claro, tendrás que trabajar todos los días para que te dé para llegar a fin de mes, ¿no?

Estoy impresionada y aliviada al ver que Mark ha adoptado un tono tan amable y sensato. Pensaba que se iba a decantar más bien por la línea del insulto.

—Vengo de vuelta de otro trabajo —explica el jardinero—, pero he pensado que podía dejarme caer para terminar de poner las cañas. Ayer me quedé sin bambú.

—Veo que alargas lo que puedes el trabajo —dice Mark asintiendo—. Una estrategia muy inteligente.

Ambos se quedan mirándose fijamente durante lo que parece un tiempo vergonzosamente largo y yo me revuelvo en el asiento incómoda, pensando que Mark no puede haberse dado cuenta de las implicaciones que puede tener su comentario. Pero el jardinero se limita a sonreír.

—No le voy a cobrar a la señora por ello —explica—. Es que no me gusta dejar los trabajos sin terminar.

Mark asiente despacio y yo casi puedo oír el zumbido que hace su mente intentando pensar una respuesta.

—Ahora apartamos el coche un poco —digo apresuradamente, deseando acabar con ese tenso intercambio.

—Ten cuidado de no rayarme el capó al sacar las herramientas, ¿vale? —dice Mark, e intenta volver a cerrar la puerta.

—Tendré cuidado, jefe —responde el jardinero con un breve saludo—. Señorita.

Me guiña un ojo y hace otro saludo antes de darle al techo del coche un buen golpe y volver hacia su furgoneta fingiendo que inclina un poco un sombrero ficticio y que se estira unos tirantes que solo existen en su imaginación. Intento evitar sonreír diciéndome que no hay nada de divertido en esa insolente actuación cómica. Mientras, Mark niega con la cabeza contrariado y da marcha atrás.

A Mark no le gustan nada las alturas; por eso ese mismo día, más tarde, soy yo la que está subida precariamente a una escalera con la cabeza metida por la trampilla del desván y él quien se ha quedado abajo para pasarme las maletas.

—¿Qué es esto? —le oigo preguntar desde abajo.

De repente tira tan fuerte de la maleta que me veo obligada a soltarla porque, o lo hago, o me caigo de la escalera. Solo gracias a que me agarro al borde de la trampilla consigo no caerme y romperme el cuello. Oigo un grito de dolor y al mirar abajo veo a Mark tocándose la cabeza y la vieja y estropeada maleta de piel a sus pies.

—Meg —me dice levantando la vista para mirarme— , ¿podrías intentar ser un poco menos torpe?

—Pero si tú…

—Podrías haberme matado.

—Lo siento —me disculpo, aunque pienso que si alguien ha corrido peligro de morir he sido yo—. ¿Qué es eso? —pregunto mirando el trozo de papel que Mark está examinando.

—Parece una vieja propaganda de un grupo de rock —me contesta frotándose la cabeza aún—. Se escapaba por una costura de la maleta. He pensado que podía ser algo importante. Pero no tanto como para arriesgar mi vida, la verdad.

—¿Propaganda? —pregunto intrigada. Bajo de la escalera y le cojo el trozo de papel.

THE FROG AND WHISTLE EN KING'S CROSS TIENE EL PLACER DE PRESENTAR A CHLORINE (QUE ESTUVIERON A PUNTO DE SALIR EN LA REVISTA THAT'S MUSIC!). ENTRADAS DISPONIBLES EN LA PUERTA DEL LOCAL.

95

Υ

La fecha es del año de mi nacimiento.

—Probablemente será algo de los años locos de la adolescencia de tu madre —dice Mark—. ¿Andaba por ahí con grupos de música? No me extrañaría. Y seguro que también tomaba drogas. Eso explicaría muchas cosas…

Le doy la vuelta al papel. En la parte de atrás hay escrita, con la letra de mi madre, una dirección algo desvaída: 15 Gray's Inn Road, Londres.

—Las drogas fríen las neuronas. Seguramente ese ha sido su problema. Las conductas irresponsables siempre pasan factura, antes o después…

No estoy escuchando lo que dice Mark. Solo puedo pensar en que tengo un trozo del pasado de mi madre en las manos. Algo real y concreto del año en que nací que ha sobrevivido al paso del tiempo y ha acabado aquí, ahora, hoy, entre mis dedos. Me parece surrealista.

—Se debió colar dentro del forro —prosigue Mark—. Deberías tirar esa maleta. Mira en qué estado está.

Acaricio el trozo de papel como si se tratara de una pieza de museo de valor incalculable.

—Este papel es suyo —digo pensativa—. Y es más o menos de la época en que nací. Tal vez incluso de antes…

—Hummm. ¿Entonces quieres conservar la maleta o la tiro?

Mark no entiende lo que significa. A pesar de lo que le he contado de mi pasado (o mi falta de él), no comprende del todo el alcance del vacío que tengo. ¿Y cómo iba a entenderlo? ¿Cómo podría entenderlo nadie? Nadie entiende cómo se siente uno cuando tiene un enorme agujero donde debería haber una vida.

—¿Crees que es importante? —pregunta Mark notando la intriga de mi cara.

¿De quién será esa dirección?, me pregunto. ¿Será de algún familiar? ¿Algún viejo amigo de mi madre? ¿Será la dirección de la familia de mi padre, que tal vez ni siquiera era francés? ¡Podría ser la dirección de mi padre incluso!

—Seguro que no es nada importante —le contesto.

Mark me observa detenidamente.

—¿Estás segura? Porque, si crees que podría ser importante en algún aspecto, entonces deberías…

—Oh, no —le digo agitando una mano en el aire para quitarle importancia—, seguro que no es nada. Seguro.

Doblo el papel despreocupadamente y me lo meto en el bolsillo de atrás como si solo fuera a guardarlo ahí hasta que encuentre un cubo de basura. No quiero que Mark le dé mucha importancia a eso porque sé lo que pasaría después. Me diría que le preguntara a mi madre, que investigara los hechos, que la obligara a hablar… pero no entiende nada. Y yo no quiero tener ese tipo de presión precisamente ahora. Así que es mejor parecer indiferente y fingir que encontrar un trocito del pasado de mi madre es algo que me pasa todos los días, que no tengo el corazón latiéndome acelerado y la mente a mil por hora, y que no me estoy imaginando llamando a la puerta de una casa en Gray's Inn Road y gritando «¡papá!» antes de lanzarme a abrazar a mi padre perdido.

—¿Qué? ¿Intentamos subirla otra vez? —le pregunto subiendo rápidamente por la escalera antes de que le dé tiempo a hablar más del tema.

—Creo que no voy a poder acercarme la semana que viene —me comenta Mark cuando estamos los dos de pie junto al coche—. James tiene la entrega de un premio el sábado por la noche en Londres y he prometido que iría.

—No pasa nada —le contesto para tranquilizarle mientras pienso que preferiría que Mark no me hubiera recordado a su familia. Todos están cuerdos y tienen un éxito increíble. Su hermano James es un geólogo que parece que no para de hacer descubrimientos alucinantes, y tanto su padre como su madre son médicos. Solo los he visto una vez. Son muy inteligentes y respetables y ninguno de los dos tiene la necesidad de inventar historias ridículas sobre la infancia de su hijo.

—Pero vendré a verte el fin de semana siguiente —asegura Mark.

—Vale —acepto.

Para ser sincera, estoy deseando que Mark se meta en el coche y se vaya, pero sé que es algo mezquino por mi parte. Agradezco mucho todo lo que ha hecho por mí y ha sido muy amable ofreciéndose a empaquetar mis cosas y traérmelas, pero todavía siento la hoja de propaganda en el bolsillo, quemándome como un carbón ardiente a través de la tela de los vaqueros, pidiendo a gritos que le preste atención urgentemente. Seguro que no es nada importante. Pero ¿y si lo es? ¿Y si esa pista me lleva a alguien o algo de mi pasado? Es que mi madre es tan escrupulosamente reservada... Ha tejido su red de mentiras con tanto cuidado que nunca he encontrado una pista que seguir. Pero ahora tengo algo: un trocito de papel con una dirección. Que puede que no signifique nada. Pero ¿y si...?

Mark me rodea la cara con las manos y me da un beso en los labios.

—Habla con tu madre —me aconseja sabiamente—. Tiene que enfrentarse a la verdad de lo que está a punto de ocurrir. Vuelve a hablar con el médico. Y llama a un abogado, ¿vale? Es mejor no dejarlo todo para otro momento; tienes que planificar las cosas con antelación. Si quieres, mis padres tienen un abogado muy bueno...

—No te preocupes —me apresuro a interrumpirle, apretándole el brazo—. Ya lo arreglaré.

Mark me sonríe.

—Sé que lo harás. Eso es lo que admiro de ti, que...

—¡Oh, Mark, mira qué hora es! No te va a dar tiempo a llegar al túnel de lavado antes de que cierren a las cinco.

Mark mira el reloj con una expresión de pánico de las peores que le he visto.

—¿A esa hora cierran? Está bien, será mejor que me vaya, entonces.

Mark se aleja conduciendo muy despacio por la carretera de acceso y yo me quedo allí despidiéndole con la mano y dando golpecitos con el pie sobre la acera caliente, sintiéndome muy culpable por estar deseando que se fuera. Cuando el coche llega al final de la carretera y se detiene en la intersección con el intermitente parpadeando, yo ya he sacado la propaganda del bolsillo y la estoy desdoblando torpemente con una mano mientras sigo diciendo adiós a Mark con la otra. Aunque nunca hay tráfico en estas calles, sé que Mark estará comprobando ambos lados (izquierda, derecha, izquierda de nuevo, derecha otra vez), como siempre. Cuando por fin gira lentamente la esquina ya he logrado convencerme de que ese papel es la clave de todos los secretos del universo y ya no puedo esperar ni un minuto más.

—Bueno —me digo a la mitad del camino que cruza el jardín—, ha llegado el momento de la verdad.

—Nunca se me ha dado bien hacer ancas de rana al horno. No soy capaz de conseguir que esas ranas se queden en la bandeja lo suficiente como para que me dé tiempo a meterla en el horno. Supongo que ya saben lo que se les viene encima. Como sabes, a las ranas no les gusta mucho el calor, así que, en cuanto abro la puerta del horno, saltan a la encimera y se escapan dejando huellitas de salsa por todas partes.

Yo estoy detrás de una zarzamora escuchando las locuras de mi madre. Debe de estar hablando con el jardinero. Me sorprende lo sociable que está siendo; normalmente evita a otras personas como si fueran la peste. Por desgracia parece que al fin ha encontrado a alguien que está dispuesto a escuchar sus tonterías durante horas.

—¡Y cogerlas de nuevo es una tarea imposible! —sigue diciendo—. Ya son bastante resbaladizas en su estado natural, pero cuando están cubiertas de salsa todo se hace mucho más complicado.

Cierro los ojos y me aguanto las ganas de chillar. O de llorar. Ya es bastante malo que Mark crea que es una lunática, pero que lo piense un completo extraño...

—Tal vez deberías intentarlo con ancas de sapo, Valerie. Sé que las ranas son lo tradicional, pero las ranas son criaturas muy listas, mientras que los sapos... no son tan espabilados, digamos.

—¿Ah, no?

—No. De hecho los franceses comen más sapos que ranas. Porque son más fáciles de cazar, no tienen coordinación. Las ranas, sin embargo, en un segundo dan un salto y desaparecen de la vista antes de que te des cuenta.

—Vaya, no lo sabía... ¡Pues eso me habría ahorrado mu-

99

chas horas de andar corriendo por toda la cocina detrás de esas condenadas ranas! Y la verdad es que, cuando logro atraparlas de nuevo, al final no las meto en el horno. Tienen una manera de mirarme con esos grandes ojos tan tristes…

—Te entiendo. Las ranas son unas profesionales del chantaje emocional.

Me tapo la cara con las manos, desesperada. ¡Dios mío, no sé cuál de los dos está más loco! El jardinero le está dando alas. De todos los jardineros del mundo ha tenido que ser este el que ha venido a llamar a nuestra puerta…

—Hola.

Miro entre mis dedos al jardinero, delante de mí con una caña de bambú y un trozo de cordel en las manos, mirándome con curiosidad.

—¿Estás bien?

Aparto las manos de la cara y me coloco bien la blusa.

—Sí, gracias por preguntar. Estaba buscando a mi madre.

—Hola, cariño —me saluda ella saliendo de detrás de un arbusto con un sombrero de paja enorme y unas gafas que prácticamente le cubren la cara. Su voz ha perdido la emoción que tenía hace un momento y parece un poco nerviosa, como si estuviera esperando que vuelva a enfadarme con ella como esta mañana. Me siento fatal. No pretendía hacerla sentir mal. Al verla tan retraída (y tan ridícula con esas gafas) se me ablanda el corazón y me entran dudas sobre si debería preguntarle por esa propaganda o no. ¿No sería mejor intentar olvidar lo que ha pasado esta mañana con un buen vaso de limonada, charlando un ratito tumbadas sobre las hamacas? Seguro que tiene alguna receta que querrá contarme, y hace un día tan bueno… ¡Pero no! Si esa propaganda puede significar algo, si puede ser un vínculo con el pasado, tengo que saberlo.

—Mamá, ¿qué es esto? —le pregunto tendiéndole el trozo de papel—. Se había colado por dentro del forro de una maleta vieja.

Mi madre me coge el papel y lo examina, girándolo para leer la dirección. Una expresión que no he visto nunca antes le nubla la cara de repente. Parece que acabara de ver su sentencia de muerte. Se coloca una mano temblorosa sobre la garganta y parece que desaparece el color de sus mejillas sonrosadas.

—No… La verdad es que… No tengo ni idea —balbucea.

—¿De quién es esta dirección?

Mi madre se toca los labios nerviosamente.

—No lo sé, cariño. No tengo ni idea. ¿Es tuyo? —Me quedo mirándola sin expresión—. Oh, no, tú no vives en Londres. Ahora ya no. Vivías antes. Vivíamos. Pero ahora yo vivo aquí, y tú en Leeds. ¿Qué me habías preguntado? Lo siento, creo que estoy un poco confundida. Será el calor…

—¿Estás bien? —le pregunta el jardinero dando un paso para acercarse.

Mi madre se quita las enormes gafas y se frota la frente. Me fijo en que le tiemblan las manos.

—Estoy un poco mareada. Demasiado sol, seguramente. Creo que voy a entrar un momento.

Da un par de pasos inestables y está a punto de desplomarse sobre la zarzamora. El jardinero llega a su lado antes que yo y la agarra del codo para ayudarla a enderezarse.

—¿Necesitas sentarte? —pregunta.

—¡No, por favor! —dice riendo de una forma demasiado estridente—. Estoy bien. Solo me ha afectado un poco el calor. Hace bastante calor, ¿verdad? ¿Qué es esto? —Mira la propaganda que tiene en la mano como si no la hubiera visto antes—. ¿Es tuyo, cariño? ¿Tengo que firmarlo?

—Dámelo, ya lo guardo yo —le digo con suavidad y le cojo el papel, muy preocupada.

—¿Estás segura de que estás bien? —pregunta el jardinero.

—Sí, sí —dice mientras sigue por el camino del jardín—, no os preocupéis por mí. Solo es el calor. A veces no me sienta bien. ¡Volveré a salir dentro de un momento para seguir ayudándote!

—No es necesario, la verdad…

—¡Tonterías! ¡Dos pares de manos avanzan más que uno solo!

Si estuviera en condiciones la seguiría, pero estoy tan desconcertada que me quedo allí de pie, viéndola caminar hacia la casa. Miro la propaganda que tengo en la mano. ¿Ese trozo de papel es lo que le ha causado esa reacción? Seguro que no. Se-

101

guro que ha sido el sol, a veces le afecta mucho. Y ha estado aquí fuera todo el día, intentando no cruzarse conmigo. Pero también es verdad que se pone un poco rara cuando menciono cualquier cosa del pasado, así que tal vez…

—Tu madre es un personaje —dice el jardinero rompiendo el silencio—. Me ha estado contando unas historias de lo más increíble.

Sorprendida, doblo el papel y me lo vuelvo a meter en el bolsillo.

—Seguro que sí —respondo distraída.

Él señala con la cabeza la ventana del dormitorio de mi madre.

—Me ha contado que tú naciste ahí. Y que te atraparon con una cazuela, según me ha dicho.

—Fue con una sartén.

Ríe.

—Y que lo primero que hiciste fue cacarear como una gallina. Comió demasiados huevos, dice. Y entonces el técnico del gas…

—No la animes, por favor —le interrumpo.

Él deja de reírse.

—¿Que yo la animo?

—Sí. Te he oído contándole esa tontería de que los sapos son más fáciles de cazar que las ranas y que las ranas son muy listas…

—Le decía la verdad, nada más.

Cruzo los brazos y pongo los ojos en blanco.

—Oh, por favor…

—Un estudio reciente del Instituto Americano de Zoología dice que, en general, los sapos tienen un tiempo de reacción más lento que las ranas cuando se encuentran ante la amenaza de un depredador.

—Ah —respondo un poco desconcertada—, vaya. Bueno, de todas formas yo preferiría que no fingieras que te interesan las ridículas historias de mi madre. Si lo haces, seguirá contándolas.

—Pero me interesan de verdad. Son unas historias muy buenas.

—Son mentiras —le corrijo.

Él se encoge de hombros.

—¿Y qué importa eso?

—Claro que importa. La gente no puede ir por ahí contando mentiras.

—Hay una línea muy fina entre la verdad y la mentira, ¿no crees?

—No, no la hay. Una es real y la otra no. Es una cosa muy simple.

Soy consciente de que lo que acabo de decir suena bastante condescendiente, pero empieza a ser un día muy malo y ya tengo bastantes preocupaciones sin tener que enfrentarme a un jardinero que dice bobadas. Él sonríe con los ojos entrecerrados por los rayos del sol de última hora de la tarde. Me fijo en que tiene un diente un poco mellado y por alguna razón me molesta que no haya ido a que se lo arreglen. No hace falta vivir con imperfecciones si existe la odontología cosmética para arreglarlas con facilidad.

—Yo no creo que la vida sea así de fácil —dice pensativo—. Creo que la vida es una maraña de líneas que se cruzan constantemente; un conjunto de formas que no dejan de cambiar. Hay tantas formas diferentes de ver el mundo… ¿Cómo podemos decir dónde termina la ficción y dónde empieza la realidad, quién tiene razón y quién no?

—La persona que tiene la información correcta tiene razón, es así de fácil —le contesto lacónica—, y la persona con la información incorrecta, se equivoca. Mira, comprendo que a alguien a quien le gusta hablar con los árboles le parezcan divertidas las historias de mi madre, pero de verdad, te agradecería que no le dieras alas. Es posible que… bueno… que pierda un poco el control.

—¿Y qué tiene eso de malo? —me examina la cara con sus ojos avellana con unas motitas doradas que brillan juguetonas con la luz—. ¿Tú nunca pierdes el control?

Por primera vez me fijo en los pequeños hoyuelos que le salen junto a la boca cuando sonríe. De repente empiezo a sentir un poco de calor.

—No —respondo obligándome a mirar hacia otra parte—. Nunca.

Ríe.

103

—No sé por qué, pero eso no me sorprende.

—¿Qué quieres decir?

—Nada. Solo digo que creo que eres una persona con un fuerte autocontrol, eso es todo. Me cuesta imaginarte soltándote de verdad.

—¡Yo soy capaz de soltarme! —exclamo.

—Seguro, seguro —se apresura a decir—. Te imagino volviéndote loca con un gráfico de sectores, perdiendo la cabeza con una enciclopedia o descargando adrenalina con un tubo de ensayo…

—¡Al menos yo no pierdo el tiempo hablando con trozos de madera! —le contesto señalando a los manzanos.

—¿Estás segura de eso? —pregunta entre dientes.

—¿Cómo dices? ¿No estarás hablando de Mark?

Intenta ocultar una sonrisa culpable y levanta las manos manchadas de hierba como forma de disculpa.

—Perdona, eso no ha sido muy…

—Deberías saber que Mark es un hombre muy inteligente, expresivo y educado, y muy querido y respetado.

—Ya veo, ya.

—¡No solo por mí! Todos en la facultad saben lo inteligente que es.

—La inteligencia puede cegar.

—Y la insolencia, molestar.

—Estoy empezando a tener la impresión de que todo lo que tiene que ver conmigo te molesta. ¿Me equivoco?

—No mucho.

—En ese caso, no tengo nada que perder.

—Excepto tu trabajo, obviamente.

—Realmente no eres tú quien me da trabajo, es tu madre.

—Estoy segura de que podré hacerle cambiar de opinión respecto a ti.

—Parece que quieres cambiar muchas cosas de ella.

Le miro con la boca abierta.

—¡Pero cómo te atreves a juzgarme! No sabes nada sobre mí.

—¿Ah, no? Sé que naciste ahí arriba, en esa habitación —y señala la ventana del piso de arriba—, y que te cogieron con una sartén nada más salir.

—¡No! Bueno, sí, pero… Tal vez, pero yo…

—¿No lo sabes?

—¡Claro que lo sé! Pero es algo… algo complicado.

—¿Cómo puede ser complicado? O sí o no. Es una cosa muy fácil.

Me quedo mirándole fijamente, furiosa. ¿Cómo se atreve a utilizar mis propias palabras para burlarse de mí? ¿Por qué intenta quedar por encima? Abro la boca para soltarle un comentario sarcástico, pero no se me ocurre ninguno. En un ataque de furia hago lo único que se me ocurre.

—Creo que ya has acabado aquí —le digo sacando un billete de veinte libras del bolsillo y tirándolo a la hierba a sus pies—. Quédate con el cambio.

Me giro para darle la espalda y caminó hacia la casa a punto de estallar.

—¡Mamá!

Entro en la cocina como una tromba pero no está allí. Provocada por la insolencia del jardinero, estoy decidida a decirle un par de cosas. ¿Cómo puedo no estar segura de dónde nací? ¡Ni siquiera sé si me cogieron con una sartén o no! No tengo intención de seguir siendo el blanco de las burlas de todo el mundo. No quiero que vuelvan a hacerme sentir estúpida. Otra vez no. Olvidemos la propaganda y la dirección. No debería tener que andar rebuscando pistas como Sherlock Holmes. ¡Merezco que simple y llanamente me digan la verdad! ¡Tengo derecho!

—¡Mamá!

No puede seguir haciéndome esto. Mark tiene razón, no es justo. Tengo derecho a saber la verdad sobre quién soy. Y el jardinero se equivoca: la vida no es un conjunto de formas en constante cambio. Hay verdades y hay mentiras, y yo necesito saber cuál es cuál.

Irrumpo en el salón.

—¡Oh, dios mío!

Me dejo caer de rodillas al lado de mi madre, que está tirada inconsciente junto a la chimenea con el brazo derecho retorcido debajo de su cuerpo. Me cuesta apartarle el cabello de la cara porque me tiemblan las manos. Tiene la piel muy blanca, como si toda la sangre hubiera abandonado su cuerpo, y la cara fría al tacto.

—¿Mamá? ¿Me oyes?

Cegada por el pánico, corro hasta la puerta de la cocina y grito con todas mis fuerzas.

—¡Socorro! ¡Ayuda!

Él sigue de pie, exactamente igual que cuando le he dejado hace unos dos minutos, jugueteando con el billete de veinte libras.

—¡Mi madre! ¡Ayúdame, rápido!

Viene corriendo hacia la casa. Yo vuelvo a cruzar el salón y unos segundos después está allí agachado a mi lado, intentando oír el corazón de mi madre.

—¿Le ha pasado esto antes? —me pregunta.

—No sé lo que ha pasado. Entré y estaba aquí tirada. ¿Qué podemos hacer? —grito con la voz descontrolada—. ¡No sé qué hacer!

—¿Tiene alguna enfermedad?

—¡Oh, dios mío! ¿Qué le ocurre?

—Meg, ¿está enferma?

Lo miro sin expresión. No soy capaz de entender nada de lo que dice, estoy aturdida por el pánico. Todo lo que se me pasa por la cabeza es que sus botas están llenando la alfombra de barro.

—Yo… ¿Qué hago? ¡Mamá!

—¿Dónde está el teléfono?

—¿Se va a poner bien?

Él me pone las manos en los hombros con calma.

—¿Dónde - está - el - teléfono?

—¿Qué? ¡No lo sé! ¿Por qué me preguntas eso? ¿Qué podemos hacer?

Me tapo la cara con las manos. La cabeza me da vueltas. Cuando levanto la vista, el jardinero ya tiene el teléfono en la mano.

—Una ambulancia, por favor.

Le observo dar nuestra dirección con calma y claridad. Explica que la hemos encontrado inconsciente hace un momento. No, no sabe si está enferma. No, no sabe si ha tomado algo. Yo estoy petrificada, incapaz de hacer ni decir nada de utilidad. Solo puedo quedarme mirando mientras las cosas suceden a mi alrededor a cámara lenta y otra persona, la última persona que se me habría pasado por la cabeza, se hace con la situación y toma las riendas cuando yo no puedo.

—¿Ha estado enferma últimamente? —me pregunta el jardinero.

Sujeta el teléfono entre el hombro y la oreja mientras coge la muñeca de mi madre para tomarle el pulso.

Trago saliva con dificultad y asiento.

—Se está muriendo.

Se me queda mirando, sin palabras. Puedo oír la voz de la operadora telefónica, que sale por el auricular del teléfono.

—Vengan rápido, por favor —dice él.

107

Capítulo 7

*I*ntento imaginarme un mundo en el que no estés tú. Un mundo en el que no haya nadie a quien llamar cuando no me acuerde de la receta de la sopa de pollo, en el que nadie me haga mi tarta de chocolate favorita para mi cumpleaños, en el que nadie me llame una mañana fría de invierno solo para asegurarse de que llevo unos calcetines calentitos. En el que no tenga a nadie que me diga que tengo que cortarme el pelo, que me ponga derecha o que estoy trabajando hasta muy tarde. Un mundo en el que nadie se preocupe de si no me como la verdura o si leo con poca luz o si no me he llevado la gabardina. Un mundo en el que nadie me diga: «¿te acuerdas cuando…?» o «cuando eras pequeña…».

Lo intento, pero no puedo imaginármelo.

No puedo imaginarme llegando a una casa que no huela a guisos, a bollos o a pasteles, en la que tú no estés para saludarme con tu alegre voz cantarina y recibirme con historias emocionadas de lo que has cocinado y lo que has quemado. No me puedo imaginar no poder acurrucarme en el sofá contigo delante de la chimenea para abrir regalos de Navidad y fingir sorpresa al encontrar los que las dos habíamos pedido. No me puedo imaginar no encontrarme la bolsa de agua caliente que has colocado secretamente debajo de mi colcha o no descubrir que me has grabado mis programas favoritos o que me has cosido un agujero del jersey que ni siquiera te había dicho que tenía. No me puedo imaginar no ver mi cara en la tuya, compartiendo la vida que hemos vivido, teniéndote aquí conmigo.

Y las veces que sí puedo imaginármelo, el dolor es demasiado grande para poder soportarlo.

—Estáis haciendo todos una montaña de un grano de arena —oigo que mi madre le dice al doctor Bloomberg—. Solo me ha dado demasiado el sol, nada más. Estaré fresca como una lechuga dentro de media hora.

—Aunque tengas razón —le responde el doctor—, yo prefiero que te quedes en la cama el resto del día.

Estoy fuera, en el pasillo frente a su habitación, escuchando la conversación. El estrés por el desmayo de mi madre me ha provocado dolor de cabeza y todavía me tiemblan las manos. Me las meto en los bolsillos de los vaqueros y me reprendo a mí misma por no haber sido capaz de controlar la situación.

—Te lo tienes que tomar con calma, querida —oigo decir al médico.

—No necesito tomármelo con calma, doctor, porque estoy perfectamente. La que me preocupa es Meg. Parece agotada, ¿no cree? Y ha retrasado su vuelta a la universidad hasta la semana que viene y eso no es propio de ella. Creo que trabaja demasiado, ¿sabe? Siempre está estudiando y sinceramente… —De repente baja la voz hasta convertirla en un susurro un poco alto—. Creo que puede ser su forma de evitar enfrentarse a algo.

Eso me hace poner los ojos en blanco. ¡Mi pobre madre, pensando que soy yo la que está evitando algo! Espero oírle decir al médico que se equivoca, que yo estoy bien y que es ella la que necesita ver la verdad.

—Puede que tengas razón —responde.

Se me abre la boca por la sorpresa.

—Pero eso no es algo malo en sí mismo —continúa—. Solo es una forma de sobrellevar las cosas. Yo no me preocuparía por eso, aunque puedes intentar hablar con ella.

Niego con la cabeza llena de incredulidad. ¡Las cosas que está diciendo para contentarla!

—Es bastante difícil hablar con ella sobre ciertas cosas —le dice mi madre—. Tiene una mentalidad bastante particular.

—Sí, es una chica muy decidida. También fue un bebé muy testarudo, creo recordar. No quería crecer, si no recuerdo mal.

En ese momento pienso: «No, mamá, no le recuerdes al

doctor que te aconsejó que me metieras en el armario para orear la ropa. ¡Seguro que intenta librarse de ti inmediatamente y meterte en alguna institución mental!».

—Doctor, ¿quiere otra taza de té? —pregunto apresuradamente, entrando en la habitación.

Los dos se vuelven hacia mí con expresión culpable porque los he pillado con las manos en la masa, hablando de mí a mis espaldas. Mi madre está pálida y se la ve cansada, y el doctor me observa algo avergonzado por encima de las gafas desde la silla en la que está sentado junto a la cama.

—Gracias —murmura el doctor Bloomberg levantando su pesado y viejo cuerpo de la silla y recogiendo su gastado maletín de piel—, pero debo irme. —Le da unas palmaditas a mi madre en la mano—. Pasaré a verte dentro de unos días —le dice sonriendo amablemente.

—Oh, no te molestes. Seguro que estaré bien —responde mi madre.

—¿Se va a poner bien? —pregunto cuando llegamos al pie de las escaleras.

El doctor Bloomberg va bajando lentamente detrás de mí, aferrándose a la barandilla y enfrentándose a cada escalón como si fuera un obstáculo peligroso. Cuando se reúne conmigo al pie de las escaleras ya respira con dificultad. Durante un segundo pienso que al menos mi madre no tendrá que soportar las dificultades de la vejez.

—Estará bien por ahora —me dice—, pero has hecho bien llamando a la ambulancia inmediatamente. Te felicito por haber mantenido la calma y haber sido tan sensata.

Me muerdo el labio, avergonzada. ¿Le digo lo inútil que he sido en esa situación? ¿Que ni siquiera he sido capaz de recuperar la compostura el tiempo suficiente para recordar dónde estaba el teléfono? Seguro que ese hombre, cuyo trabajo consiste en tratar con emergencias, en salvar vidas y en tomar decisiones a vida o muerte, piensa que soy ridícula. Tal vez le quiero contar toda la verdad porque estoy pasando por un momento de debilidad o porque busco algún tipo de consuelo. Sea por lo que sea, se me escapa la confesión antes de darme cuenta.

—La verdad es que no he podido mantener la calma. Me ha dado un ataque de pánico. No era capaz de pensar. Normalmente suelo ser una persona muy controlada, pero no sé lo que me ha ocurrido. No he sido yo quien ha llamado a la ambulancia —digo mirándome fijamente los pies y revolviéndome incómoda—, sino el jardinero.

Nada más contárselo ya me arrepiento de habérselo dicho. Seguro que está pensando que soy una incompetente total.

El doctor Bloomberg me mira comprensivo.

—A veces todos necesitamos un poco de ayuda, Meg —me dice con amabilidad—, venga de donde venga.

Me coloco un mechón detrás de la oreja y asiento, sintiéndome estúpida.

—Felicita al jardinero de mi parte, entonces —añade girando el picaporte, a punto de irse.

—Ewan —digo apresuradamente.

—¿Perdón?

El nombre suena raro al salir de mi boca y me doy cuenta de que me parece que es la primera vez que lo pronuncio.

—Ewan —repito—. Se llama Ewan.

111

Es verdad que Ewan es la persona que ha salvado el día, pero no puedo evitar sentirme molesta por su repentina desaparición poco después de que llegara la ambulancia. Cierto es que no ha pasado mucho tiempo hasta que mi madre ha recuperado la consciencia, pero en cuanto ha vuelto en sí, Ewan ha desaparecido dejándome sola para que me las arreglara como pudiera con dos paramédicos, una madre desorientada y una llamada de teléfono al doctor Bloomberg. Claramente eso era todo lo que daban de sí sus ganas de ayudar.

Por eso me sorprendo mucho al entrar en la cocina y encontrarlo junto al fogón, cociendo algo en un cazo humeante. El olor me resulta familiar; es algo ligeramente herbal, que me recuerda mi residencia de estudiantes.

—¿Te estás haciendo un plato de fideos instantáneos? —exclamo bastante irritada por su atrevimiento y algo dolida por su abandono de antes.

Él frunce el ceño y me mira por encima del hombro.

—¿De qué? No, estoy preparando una infusión de hierbas.

—¿Una infusión de hierbas? ¿Ahora? No sé si te has dado cuenta, pero acaba de producirse un incidente bastante angustioso aquí, así que si te apetece una infusión, mejor que…

—Es para tu madre —me interrumpe—. He salido a recoger algunas hierbas del jardín. Está todo tan lleno de maleza que he tardado mucho tiempo en encontrar lo que buscaba.

Miro con suspicacia el líquido amarillo que se está cociendo en el cazo.

—¿Y qué demonios es eso? —le pregunto pensando que no tengo intención de permitir que mi madre se beba algún tipo de brebaje de curandero lleno de hojas y ramitas.

—Menta para aliviar el dolor de cabeza, mejorana y tomillo para recuperar las fuerzas y melisa para ayudarla a relajarse.

Olisqueo el líquido sin tenerlas todas conmigo.

—Y antes de que digas nada —añade—, no, esta receta no está científicamente probada y no, no tengo ningún título universitario que tenga que ver con las propiedades medicinales de las plantas.

—No iba a preguntarte ninguna de esas cosas —le respondo a la defensiva a la vez que me pregunto cómo ha podido leerme la mente.

Vierte el líquido humeante del cazo en una taza.

—Pero sabes lo que estás haciendo, ¿no? —digo preocupada—. Eso no puede hacerle ningún daño, ¿verdad?

Él se gira hacia mí con la cara seria y ni rastro de su sonrisa pícara habitual.

—¿Por qué no te ocupas tú de tu ciencia y me dejas a mí con la mía?

Y antes de que tenga oportunidad de discutir con él, coge la taza y sale de la cocina.

Cuando era pequeña y había hecho algo malo, salía al jardín y cogía un ramo de flores para mi madre. Lo ponía en su mesita de noche en un tarro de mermelada y ya no se hablaba ni una palabra más sobre el tema. El silencio incómodo se rompía y el crimen y el castigo se olvidaban. Pero las flores que le llevo esta noche no son solo para pedirle perdón por haberle hablado con malas formas esta mañana; son para decirle muchísimas cosas que no encuentro palabras para expresar.

Ewan está sentado en una silla al lado de su cama, con unos vaqueros raídos y mugrientos y una vieja camiseta roja que lleva escrito «Max Out». No tengo ni idea de qué quiere decir eso. Fuera la luz está empezando a desaparecer y un sereno resplandor amarillo entra en el dormitorio. Él ha abierto un poco la ventana, justo como le gusta a mi madre, y una brisa fresca provoca una ligera ondulación en el visillo. Me quedo un momento en el umbral de la puerta, donde ninguno de los dos puede verme, y les escucho. Ewan le está contando una historia con una voz profunda y tranquilizadora.

—En el principio solo había oscuridad y como nadie podía ver nada, todo el mundo se pasaba el día chocando con los demás. Así que se dijeron: «¡Este mundo necesita luz!» El zorro dijo que conocía a algunas personas del otro lado del mundo y que allí tenían luz de sobra, pero que eran demasiado avariciosas para compartirla con el resto de la gente.

»—Yo iré allí, se la robaré y la traeré escondida en mi cola peluda —propuso la comadreja. Y así fue como la comadreja fue hasta el otro lado del mundo y se encontró al sol colgando de un árbol. Cogió un poquito de luz y la escondió en su cola, pero estaba muy caliente y le quemó todo el pelo, así que su treta quedó al descubierto.

»—Dejadme intentarlo a mí – dijo el águila ratonera—. Traeré aquí la luz sosteniéndola sobre mi cabeza.

»Así fue como el águila voló al otro lado del mundo, cogió el sol con sus garras y se lo puso sobre la cabeza. Pero estaba tan caliente que le quemó las plumas de la parte superior de la cabeza y tuvo que dejarlo caer.

»La abuela araña, al ver que la comadreja y el águila no lo habían conseguido, dijo:

»—Quitaos de mi camino. Yo lo haré.

»La araña hizo una olla de arcilla y tejió una tela que cruzaba hasta el otro lado del mundo. Era tan pequeña que nadie la vio llegar y, rápida como un rayo, cogió el sol, lo metió en la olla y corrió de vuelta a casa. Al fin su lado del mundo consiguió tener luz y todos hicieron una gran fiesta para celebrarlo.

113

»Los indios cheroqui cuentan que esa pequeña araña les trajo no solo el sol, sino también el arte de hacer vasijas y ollas de barro.

Oigo a mi madre reírse bajito.

—¡Qué historia más maravillosa! —le dice. Su voz suena débil pero llena de entusiasmo—. Ya no voy a volver a ver a las arañas de la misma forma que antes. —Entro con mucho cuidado—. Hola, cariño.

La cabellera color caoba de mi madre está desparramada por la almohada y tiene las mejillas sonrosadas. Los ojos le brillan más de lo que lo han hecho últimamente.

—¿Cómo te encuentras? —le pregunto.

—Estoy bastante bien —me dice con una sonrisa—. Ha desaparecido por completo el dolor de cabeza.

Le echo un vistazo subrepticiamente a la taza vacía que hay en la mesilla. El pequeño ramo de flores que traigo en la mano de repente me parece poca cosa en comparación con la infusión curativa de Ewan. Me quedo de pie incómoda, sintiéndome inútil.

—Ewan me ha estado contando unas historias maravillosas —comenta mi madre para llenar el silencio.

Le sonrío mansamente a Ewan, como ofrenda de paz, pero él se mira los pies mientras mueve los dedos dentro de los gastados calcetines verdes. Mi madre me mira a mí, después a él y otra vez a mí, intentando evaluar la situación.

—Debería irme —dice él. Se levanta y tira hacia arriba de la cintura de los vaqueros.

Mi madre le sonríe.

—Gracias por la infusión.

Él asiente.

—De nada. No voy a trabajar en el jardín esta semana, para darte un poco de silencio y tranquilidad. Volveré el miércoles que viene, si no te parece mal.

—Muy bien. Gracias.

Pasa muy cerca de mí junto al pie de la cama, pero no me mira a los ojos.

—Esto es tuyo —me dice en voz baja al pasar, tendiéndome el puño cerrado y colocándome en la palma de la mano el billete de veinte libras que le tiré hace horas—. Quédatelo —añade mientras sale de la habitación—. Yo no lo quiero.

Siento que se me llenan los ojos de lágrimas. ¿Cómo he podido ser tan grosera como para tirarle dinero a la cara? ¿Quién soy yo para tratarle como si no estuviera a mi altura? ¿Qué demonios me está pasando?

Trago saliva con dificultad mientras escucho sus pasos bajando por la escalera.

—Son para ti —digo rápidamente poniéndole el ramo de flores en las manos a mi madre, intentando evitar con eso que se me salten las lágrimas. Durante un horrible segundo veo en mi cabeza una imagen de ella devolviéndomelas y diciéndome: «Quédatelas. Yo no las quiero». Eso sería exactamente lo que me merezco.

Pero en vez de eso me toca la mano y sonríe.

—Gracias, cariño.

—¿Estás enamorada de Mark? —me pregunta mi madre.

Es tarde y ya he echado las cortinas y encendido la lamparilla, que proyecta una luz rojiza por la habitación. Estoy sentada hecha un ovillo al pie de la cama de mi madre, con los pies entrelazados con los suyos bajo las mantas. Llevamos casi una hora hablando de barómetros, de queso, de gatos y de soplado de vidrio. Mi madre y yo podemos pasarnos horas así, hablando de cualquier cosa.

—Creo que estoy aprendiendo a querer a Mark —le contesto con sinceridad—. Le respeto. Es bueno conmigo. Nos llevamos bien. Nunca discutimos. Y es muy interesante, inteligente y guapo…

Mi madre me mira extrañada, como si me hubiera preguntado por la capital de Italia y yo le hubiera dicho que es Vladivostok. Sé que no es la respuesta que ella querría, pero la vida no es un cuento de hadas.

—Yo no creo en eso de caer en los brazos del amor —le digo—, ni en los fuegos artificiales y las estrellitas en los ojos. Es algo que no es realista.

Ella juega con un mechón de su pelo caoba, enroscándoselo perezosamente alrededor de uno de los dedos, y mira al techo desde la almohada.

—Yo vi estrellas en los ojos de tu padre la noche que nos

conocimos —dice—, miles de estrellas brillando. Al principio creí que sería un reflejo del cielo, pero cuando levanté la vista para mirar el cielo nocturno…

—No había ni una sola estrella —la interrumpo—. Ya lo sé, me lo has contado cien veces.

—Podía oír los latidos de su corazón desde un metro de distancia, sonando como un timbal. Y cuando me besó, un relámpago cruzó el cielo, dejando una estela de electricidad chisporroteante. Un ruiseñor empezó a cantar y una brillante nube de polvo de estrellas nos envolvió a ambos. Él sabía a canela y a fresas, el sabor más delicioso que te puedas imaginar. Y después, cuando me pasé la lengua por los labios, me di cuenta de que estaban…

—Cubiertos de azúcar, lo sé.

—A veces lo llaman «caer en los brazos del amor» porque es exactamente eso lo que ocurre, ¿sabes? Vas cayendo lentamente durante mucho, mucho tiempo. Yo empecé a caer en el mismo momento en que tu padre me abrazó y seguí cayendo durante días. Pensé que nunca más iba a sentir el suelo bajo mis pies. Te sientes ingrávida y libre, como si volaras por el cielo, pero asusta un poco porque no sabes cuándo acabará.

Tiene la mirada vacía y la voz soñadora. Yo ya he oído estas historias muchísimas veces en el pasado y todas las veces se me llena la cabeza de preguntas. En un intento de hacer que los hechos encajen, siempre quiero interrumpirla y preguntarle por las fechas, los momentos y los lugares. Quiero señalarle todas sus incoherencias. Pero no sé por qué, nunca lo hago. En vez de eso acerco las piernas al cuerpo, las rodeo con los brazos y la escucho. Veo el primer encuentro de mis padres exactamente como lo describe mi madre: la luna llena brillando en el cielo, el ruiseñor cantando en un árbol y el aroma a flor de manzano y cerezas maduras flotando en el aire.

—Por las noches solía quedarme de pie justo ahí —dice señalando la ventana— esperando que él apareciera en el césped del jardín que hay debajo. Si la brisa venía de la dirección correcta, su aroma llegaba mucho antes que él: olía a miel y a canela, a azúcar y a vainilla, a almendras tostadas y a vino caliente y especiado. Entonces corría escaleras abajo y salía por la puerta de atrás mientras mis padres dormían. Él me cogía de la mano y me llevaba a los campos que había más allá del jardín, donde nos tumbábamos entre el trigo y nos dábamos de comer delicias turcas el uno al otro. —Mira el estrecho rayo de blanquecina luz de luna que se cuela a través de las cortinas—. El día que volvió a París lloré lágrimas amargas como el zumo de un limón. Deseaba desesperadamente que volviera, pero supe que había muerto antes de que me lo dijeran. Todo perdió de repente el sabor, ¿sabes? Ya no podía diferenciar el dulce del amargo, ni el salado del agrio. Mis papilas gustativas ya no me cosquilleaban y la boca nunca se me llenaba de saliva. Así fue como supe que se había ido. —Se vuelve hacia mí—. Así es como te sientes cuando te enamoras, y algún día te ocurrirá a ti.

Intento imaginarme esa sensación de ingravidez, de estar fuera de ti misma, de ver estrellas aunque en el cielo no las haya. Pero yo no me sentí así cuando conocí al hombre de mis sueños.

—Cuando vi a Mark por primera vez —me pongo a contarle— él estaba dando una clase sobre el desarrollo de las tecnologías criogénicas. Me había confundido de clase, claro, pero cuando me di cuenta ya estaba enganchada a sus palabras. Hablaba con una confianza y una convicción absolutas, con gran claridad y entendimiento. Estaba explicando algo muy complejo y potencialmente confuso, pero hacía que pareciera lo más simple del mundo. Tiene la capacidad de hacer que todo parezca fácil, porque lo reduce todo a categorías, reglas y hechos. Y por encima de todo se trata de alguien que entiende cómo funciona el mundo. Eso es lo que pensé cuando le conocí. —Echo atrás la cabeza para apoyarla en la pared y estudiar las sombras del techo—. Con Mark no es caer, sino exactamente lo contrario: es como si alguien te cogiera y te plantara firmemente en el suelo. De repente todo está claro. Todos los porqués tienen una explicación y todos los misterios tienen respuesta. Es como cuando estás perdida y alguien te encuentra o como cuando alguien te da la solución a un enigma que te ha atormentado durante años. El mundo no se pone a girar como loco cuando estoy con Mark, sino que deja de girar.

Miro a mi madre que me observa fijamente con una mirada un poco triste.

117

—Tal vez estar enamorado también pueda ser así —dice al fin.

Más tarde, mientras mi madre duerme en el piso de arriba, llamo a Mark para contarle lo del desmayo de mi madre.

—El médico está de acuerdo en que puede que haya sido un exceso de sol. Pero estoy empezando a creer que él va a estar de acuerdo con todo lo que ella diga solo para que se calle.

—¿Tú no crees que haya sido por eso?

—Bueno, cada día está más débil. Tal vez estas cosas sean parte de la enfermedad. La verdad es que no lo sé. —Oigo el cansancio en mi voz. Me siento exhausta—. Y además estaba ese trozo de papel. Al principio pensé que eso la había alterado por alguna razón, pero puede que sean imaginaciones mías…

—¿El papel? ¿El que encontramos en la maleta?

Me froto los ojos e intento reprimir un bostezo.

—Sí. Se lo enseñé y se puso un poco rara. Pero la verdad es que es un poco rara siempre, así que es difícil de decir…

—Rara, ¿cómo? ¿Qué hizo? ¿Quieres decir que se puso a la defensiva? ¿Como si eso la hubiera puesto nerviosa?

Mi sensación de cansancio se acaba de multiplicar por dos. ¿Por qué demonios habré mencionado el papelito? Con todo el estrés y la conmoción del desmayo de mi madre, me he olvidado por completo de eso. No quiero que Mark me haga toda una planificación para obligar a mi madre a que confiese precisamente ahora.

—No lo sé, Mark. Seguramente fue solo una coincidencia.

—¿Se la enseñaste y cinco minutos después ella se desmayó?

—Bueno, no. Se la enseñé y empezó a sentirse mareada. Y muy confundida. Y después se desmayó.

—¿Y a ti eso te parece una coincidencia? Meg, eso no es una coincidencia, ¡es una evidencia!

Ahora desearía con todas mis fuerzas no haberlo mencionado.

—Está claro que esa dirección significa algo para ella. Es una pista, Meg. Tienes que descubrir lo que hay detrás de esto. Necesitas llegar al fondo del asunto.

118

—Pero eso no es tan fácil. Ya te he dicho que...

—Nada que merezca la pena en la vida es fácil, Meg. El ADN no lo descubrieron personas que se sentaron a esperar que las cosas les cayeran en el regazo, ¿verdad? Es un punto de partida. Tienes que pensar de forma metódica en la forma de investigar esto. Después de todo vas camino de convertirte en una científica.

—Ya soy científica.

—Entonces piensa como tal. Piensa cómo vas a utilizar esto...

—Pero, Mark —le interrumpo preguntándome una vez más por qué habré sacado el tema—, ahora mismo está enferma. Si su desmayo ha tenido algo que ver con ese papel que yo le he enseñado, lo último que quiero hacer es...

—¿Qué quieres decir con «si su desmayo ha tenido algo que ver con ese papel»? Está claro que ambos hechos están relacionados. De hecho, probablemente estaba fingiendo. Hizo como que se sentía mareada para no tener que seguir hablando de ese tema contigo.

—Oh, no, yo no creo que...

—Estamos hablando de una mujer que ha sido capaz de mentir a su hija un día tras otro durante toda su vida, ¿y tú no crees que sea capaz de fingir un desmayo?

—Pero estaba inconsciente. Y vino la ambulancia. E incluso el doctor Bloomberg dijo...

Mark suspira como si yo no estuviera entendiendo nada.

—Se provocó una conmoción. ¿Y qué ocurre cuando se produce una conmoción? Que la gente se distrae. Estoy seguro de que se te olvidó por completo el folleto, ¿a que sí?

No le respondo, pero mi silencio lo dice todo.

—Exacto. Es la mayor mentirosa que ha pisado este mundo. Hay espías entrenados que han desvelado más secretos que tu madre. Es muy astuta, Meg. Muy, pero que muy astuta.

¿Astuta? Mi madre no es astuta. Es rara, confusa y exasperante, pero no astuta. Y no puede fingir su enfermedad. ¿O sí? No, claro que no. Pero supongo que Mark tiene razón: consiguió que me olvidara del papel. Me froto los ojos cansados sintiéndome confundida y hago lo que suelo hacer últimamente cuando tengo la cabeza hecha un lío.

119

—¿Y entonces qué debo hacer? —le pregunto a Mark.

—Olvídate de todos estos rodeos, Meg. Si ella no va a hablar, vete a esa dirección. Averigua quién vive ahí. Quién vivía en esa casa en aquel momento. Ve y descubre todo lo que puedas.

—¿Crees que eso es lo mejor? Tendría que hacerlo a sus espaldas, y preferiría que ella me dijera…

—¡A sus espaldas! ¿Crees que eres tú la que le está ocultando cosas?

Me doy cuenta de que tiene razón.

—Quizá debería volver a intentar hablar con ella. Quizás esta vez…

Dejo la frase sin terminar, porque sé perfectamente que me estoy engañando.

—Tienes que hacer algo, cualquier cosa, para ponerle fin a esta situación tan ridícula, Meg. Y tienes que hacerlo ahora. Porque pronto…

—Ya lo sé —le interrumpo.

No puedo soportar que lo diga, pero Mark nunca evita la verdad. Nunca permite las excusas, las evasivas, ni ninguna forma de rehuir los hechos.

—Porque pronto será demasiado tarde.

Capítulo 8

Las zanahorias llevan el féretro y unos pequeños calabacines forman el coro infantil. El pastor es una berenjena ataviada con un collar de perro y un horroroso peluquín. Yo observo desde los bancos cómo las zanahorias, con su pelo verde peinado cuidadosamente hacia atrás, llevan el ataúd por el pasillo de la iglesia y lo colocan junto al altar. Delante de mí un espárrago se mete la mano debajo del velo negro y se enjuga los ojos con un pañuelo bordado. Los pequeños calabacines dejan de cantar y se ponen de pie solemnemente, con las cabezas gachas en señal de respeto, formando un grupito apiñado en la parte delantera de la iglesia. Están muy elegantes con sus trajes blancos almidonados y no puedo evitar pensar que sus padres estarán orgullosos de ellos.

El pastor empieza a hablar, pero no entiendo lo que dice. Todos los demás miembros de la congregación están escuchando con atención y asintiendo a la vez que se secan los ojos. Me esfuerzo por entender lo que dice el pastor, pero las palabras se mezclan unas con otras y solo percibo un sonido continuo y monótono. Me giro hacia la figura que hay a mi lado, una patata gorda con una chaqueta negra, y le pregunto:

—¿Qué está diciendo?

La patata me susurra algo, pero tampoco la entiendo. Antes de que pueda pedirle que me lo repita, saca un pañuelo del bolsillo y se suena la nariz sonoramente.

Entonces empieza un movimiento masivo hacia la parte delantera de la iglesia. La tapa del ataúd está abierta y todo el mundo quiere presentarle sus últimos respetos a la difunta.

—Yo debería ser la primera —digo bien alto, pero nadie me escucha.

Intento abrirme camino hacia la parte delantera, desesperándome cada vez más por mirar al interior del ataúd, por poner unas flores que ahora veo que llevo en la mano, pero de repente me veo envuelta por una gran oleada de verduras. Todas gritan para intentar llegar a la parte delantera y me apartan de su camino. Un nabo me da un codazo en las costillas y una rama de apio que lleva tacones altos me pisa. Ninguno de los dos se molesta en disculparse. Estoy casi aplastada entre una coliflor inconsolable y un pepino que no deja de sollozar, pero de repente alguien me empuja en medio de un grupo de champiñones histéricos. El ruido resulta insoportable. Hay cientos de verduras, todas gimiendo y llorando, tirando de los tallos de las demás para llegar al ataúd a la vez que me empujan a mí cada vez más lejos.

—¡Yo debería ser la primera! —chillo.

En ese momento resbalo y aterrizo de bruces sobre el suelo frío y duro de la iglesia. Estoy rodeada de pulpa. Miro hacia arriba y veo que las verduras se están poniendo blandas y convirtiéndose en puré, su interior carnoso escapándose por sus pieles reventadas, mezclándose con sus lágrimas y colándose por las rejillas metálicas del pasillo de la iglesia.

Y yo soy incapaz de hacer nada. Solo puedo observar con horror cómo gimen y se lamentan mientras se van convirtiendo poco a poco en crema.

—Corta el apio en trocitos —me ordena mi madre, pasándome un cuchillo.

Examino la rama de apio cuidadosamente y después la corto en dos con una ferocidad que hace que el cuchillo choque con fuerza contra la tabla de cortar.

—Eso por pisarme —gruño.

—¿Qué dices, cariño?

—Nada —murmuro—. Es que tuve un sueño muy extraño anoche.

—Cuando acabes con eso, corta en dados el cordero.

Me acerca un plato con una paletilla de cordero fría, roja y sanguinolenta. Me giro y me tapo la boca para evitar una arcada.

—Ya sabes que no puedo soportar la carne cruda —le digo—. No pienso tocar eso.

—¡No seas cría! ¿Cómo vas a cocinar carne si no eres capaz ni de tocarla? No es diferente de cuando está cocinada. Es la misma carne.

—Es el olor, ya lo sabes. Me da náuseas.

Nunca le he contado a mi madre lo de mis pesadillas y el olor a carne cruda que hay en ellas. No quiero preocuparla.

Mi madre pone los ojos en blanco por la impaciencia y coge el cordero del plato para trocearlo ella.

—Cuando hayas acabado de trocear el apio —continúa—, añádelo a la sartén con la patata y los champiñones y después échale el caldo. Déjalo hasta que hierva, añade el atadillo de hierbas aromáticas y parte de los condimentos... Meg, ¿me estás escuchando?

Me froto los ojos somnolientos. Llevamos con esto cuatro horas ya. Bajo la vigilancia de mi madre y siguiendo sus claras instrucciones ya he hecho crema de espinacas y nuez moscada, galletas de avena con chocolate y arándanos, palitos de pan al queso *gruyère* y ahora estamos con el guiso de cordero. Durante su corto período en cama mi madre aparentemente ha decidido que ha llegado la hora de que yo aprenda sus recetas y ahora ha establecido una misión casi militar con la intención de enseñarme.

—Podría retrasar el momento de enseñarte otro año y después otro, pero ¿qué sentido tiene? —me dijo ayer—. No quiero esperar hasta que sea demasiado vieja para enseñarte.

Al bajar esta mañana me he encontrado las encimeras de la cocina llenas a rebosar de ingredientes y una planificación de lo que vamos a cocinar durante la semana pegada en la puerta de la nevera. Me ha llenado literalmente hasta los topes los siguientes siete días de lecciones de cocina. No sé si he entendido bien la planificación, pero me da la impresión de que no ha previsto tiempo ni para comer ni para dormir.

—Estoy muy cansada, ¿podemos tomarnos un descanso?

—Podremos descansar después de hacer el jarabe de arce y las magdalenas de nueces pecanas.

—No necesito saber hacer todas esas cosas —le digo cansada.

—La cocina no es una cuestión de necesidad, Meg, es una cuestión de gusto, de pasión. No cocinas porque tienes que hacerlo; cocinas por el puro placer de hacerlo. Bien, ¿has cortado las patatas?

—¿Y por qué no podemos cocinar una sola cosa al día?

—Eso no es suficiente. Hay tantas recetas maravillosas que quiero que aprendas… Tenemos mucho campo que cubrir.

—¿Y por qué no me las escribes?

—¡Eso no es lo mismo! Tengo que enseñártelas personalmente. Necesitas saber cómo hacer la tarta de queso con fruta de la pasión perfecta y la gelatina de uvas y vino blanco más dulce. Todo está en la mezcla, en la combinación. ¿Cómo podría escribir eso? No puedo. Tengo que transmitírtelo bien. ¡Necesito enseñártelo yo misma!

Mi madre empieza a asustarme. Parece frenética, enloquecida. Me coge el apio y el cuchillo y empieza a cortarlo a mil por hora, haciendo que algunos trozos salgan volando por el aire y se desperdiguen por la encimera.

—Tienes que escucharme, Meg. Tienes que mirar y aprender.

—Pero ¿por qué?

—¡Porque tienes que hacerlo, por eso! Necesitas saber cómo se hacen estas cosas. Necesitas saber todas las cosas que yo he aprendido. ¡Tienes que recordar!

Da un golpe con el cuchillo sobre la tabla de cortar, frustrada. De repente parece a punto de llorar.

—¿Recordar qué? —le pregunto.

Respira muy rápido y tiene la cara congestionada y llena de angustia. Se queda mirando los trocitos de apio esparcidos por toda la encimera como si estuviera intentando descifrar algún tipo de patrón.

Le toco suavemente el hombro.

—Lo recordaré —le digo en voz baja.

Ella cierra los ojos y respira profundamente; la tensión empieza a abandonar poco a poco su cuerpo. Después se vuelve hacia mí y me examina la cara como si no comprendiera lo que acabo de decir, como si no recordara lo que ha pasado hace un momento.

124

Le cojo el cuchillo con cuidado.

—Dime qué hago ahora.

Si pudiera capturar el tiempo, lo metería en una botella y guardaría este verano atrapado ahí dentro para siempre. El sabor de nuestras lecciones de cocina, el color de las rosas que florecen junto a la puerta principal, la brisa que sopla suavemente por la ventana abierta de la cocina, el aroma del café de Colombia que mi madre bebe por las mañanas… Lo guardaría todo encerrado en una prisión de cristal para tenerlo durante el resto de mi vida. De vez en cuando levantaría el corcho un poquito, lo justo para oír la risa de mi madre cuando escucha a Jonathan Ross en la radio, o para respirar la embriagadora esencia de su perfume, o para saborear las fresas que cogemos del jardín y nos comemos con tostadas francesas por las mañanas en el patio inundado por el sol. Pero el tiempo no se deja capturar. Los días pasan demasiado rápido, se escapan entre los dedos como la arena. Intento aferrarme a un momento y de repente descubro que ya se ha ido. Hago una foto mental y en un segundo ya se está desvaneciendo. Intento ralentizar el paso del tiempo haciendo menos cosas durante el día, insistiendo en que mi madre y yo solo cocinemos durante dos horas como máximo. El resto del tiempo me aseguro de que lo pasemos sentadas en el jardín, leyendo, hablando, comiendo… cualquier cosa que haga que se alarguen las horas. Mi madre echa una cabezadita en su tumbona, escucha la radio, lee una novela, pone plantas en macetas, recoge frutas del bosque y busca nuevas recetas. Yo intento quedarme lo más quieta posible, porque sé que en el momento en que mi atención se distraiga, pasará otra hora sin que me dé cuenta.

Pero esto no va a durar. El sol sigue saliendo y poniéndose, el mundo sigue girando, y sé que estoy condenada a perder esta batalla contra el tiempo.

Un día, sin previo aviso, mi madre me pregunta:

—¿Cuándo vas a volver a la universidad, cariño? Estarás perdiendo muchas clases.

125

Estamos comiendo una baguette con *brie* y uvas sentadas delante de la televisión viendo a la cocinera Nigella Lawson preparar una cena de tres platos para treinta comensales. Aparentemente eso se puede hacer en unos veinte minutos simplemente con un paquete de gambas congeladas, un poco de perejil de hoja plana y un mohín seductor.

—No voy a volver —le digo con toda la despreocupación de la que soy capaz, aunque me saca de quicio que se le ocurra siquiera hacerse esa pregunta.

Mi madre parece genuinamente asombrada.

—¿Que no vas a volver? ¿Y por qué no?

Durante un momento se me pasa por la mente que puedo mentirle; decirle que no me gustan las clases, que la universidad se ha quemado hasta los cimientos o que he decidido dejar lo de la investigación científica y dedicarme al circo. Eso sería más fácil para ambas, pero no estaría bien. Dejo el plato lentamente en la mesita de café.

—Porque estás enferma, mamá, y me voy a quedar aquí para cuidarte —le respondo con calma.

—¡Oh, pero no seas tonta! ¡Yo estoy bien!

Me clavo las uñas en el muslo.

—No —digo lenta y claramente, como si estuviera hablando con una niña pequeña—, no estás bien. De hecho estás muy mal.

—Solo he estado un poco pachucha. Pero tú tienes que volver a la universidad. Has trabajado tanto. No voy a dejar que…

—¡Me quedo aquí! —le grito, perdida ya la paciencia.

—Meggie —ríe—, no hace falta que te pongas así.

—¡Mamá, pero mírate! —sigo gritando, incapaz de contener mis emociones—. ¡Estás enferma! ¿Cómo demonios puedes seguir fingiendo así? ¿Cómo eres capaz de inventarte esas mentiras increíbles y autoconvencerte de que son ciertas?

Frunce el ceño y niega lentamente con la cabeza.

—¿Mentiras? No tengo ni idea de lo que…

—¡Estás siempre mintiendo! ¡Nunca cuentas la verdad sobre nada! Llevas haciéndolo desde que yo era pequeña, siempre contándome esas historias ridículas. Que mi primer diente salió tan afilado que me utilizabas como abrelatas. Que bebía tanta leche que tuviste que comprar una vaca para ponerla al lado de mi cuna. ¡Vivíamos en un piso, mamá! ¡Como si el ayuntamiento nos fuera a dejar meter allí una vaca! ¡Convertiste toda mi infancia en una farsa, igual que estás convirtiendo tu enfermedad en una mentira!

Mi madre se ha ruborizado y tiene los ojos como platos, llenos de dolor. Parece tan frágil y tan infantil ahora mismo, hecha un ovillo en ese gran sofá rojo, que inmediatamente me arrepiento de mi explosión, pero es que ya no puedo más con todo esto. No puedo más.

—Yo… no sé qué decir —dice dócilmente.

—La verdad —le suplico—, dime la verdad.

Se pasa los dedos por el pelo quebradizo y parece algo ausente. Me trago el nudo que tengo en la garganta y me siento sobre las manos para evitar echarme a llorar o lanzarme a estrangularla.

—Tienes razón —dice al fin tristemente—. No he sido sincera contigo.

Al apartar la mano, seis o siete cabellos caoba apagados se quedan enredados entre sus dedos. Ella los mira fijamente.

—No hubo vaca —suspira—. Tener una vaca al lado de tu cuna habría sido algo ridículo. No sé por qué te conté eso. Supongo que pensé que sonaba más interesante que la verdad.

Me muevo hasta el borde del sofá para acercarme, deseando que me cuente algo, escuchar cualquier cosa sobre mi infancia que sea verdad.

—Tenías intolerancia a la lactosa, así que la leche de vaca no era una opción —explica.

Asiento para animarla, preguntándome si, finalmente, después de todo este tiempo, sus mentiras van a dar paso a la verdad.

—Por eso compré una cabra y la puse al lado de la cuna. Tenías tanta hambre siempre que yo no podía más. Engullías leche de cabra como si se fuera a acabar el mundo. Y lo de la cabra me pareció la solución perfecta hasta que empezaste a balar y unos pequeños cuernos te salieron en la cabeza…

Me levanto de un salto, salgo de la habitación y doy un portazo.

Y

Arriba en mi habitación, saco la propaganda de donde la había escondido en la estantería, entre dos libros. Ahora mismo estoy tan enfadada que me tiemblan las manos, pero no estoy segura de si estoy más enfadada con mi madre o conmigo misma. Quiero ser sensata, racional y pragmática; entonces, ¿por qué me engaño esperando que mi madre me diga la verdad alguna vez?

15 Gray's Inn Road. ¡No debería tener que depender de una pista dudosa para descubrir cosas sobre mi vida! No debería tener que hacer averiguaciones a espaldas de mi madre, ni ir en busca de una dirección con la que mi madre podría o no tener alguna vaga conexión. Pero tampoco tendría que estar viviendo esta farsa de vida. Tal vez debería dejar de ser tan cabezota y olvidar el sueño de que algún día mi madre abandonará esta tontería y será sincera conmigo. Seguramente un bebé cabezota se convierte en un adulto cabezota. Pero ¿fui yo un bebé cabezota? Quién sabe. Y ese es exactamente el problema.

He intentado que hable conmigo. Lo he intentado una y otra vez, sin descanso. Y ya estoy harta de intentarlo.

Saco el callejero de Londres de la estantería.

Mark tiene razón.

En cualquier momento será demasiado tarde.

128

Capítulo 9

—*L*ondres huele fatal.

Bajo una marquesina de la parada del autobús, encaramadas en unos asientos de plástico fríos, observábamos la fina llovizna que caía sobre los edificios de un gris sucio mientras esperábamos al autobús 192.

—¿Ah, sí, cariño? —me preguntó mi madre distraídamente, buscando en su bolso para ver si tenía suficientes monedas para pagar el trayecto hacia donde íbamos.

Por lo que yo sabía, esta vez no había traído consigo una tarta jamaica, lo que significaba que no tenía nada con lo que sobornar al conductor del autobús para que nos permitiera quedarnos un par de paradas más. Si hubiéramos ido en la otra dirección, dos raciones de helado de coco habrían servido, pero con el conductor de la 192 era la tarta jamaica o tener que caminar el último kilómetro y medio. Era duro de pelar.

—En Londres lo único que se puede oler son coches y autobuses.

En ese momento, justo junto a la acera donde estábamos, pasó un viejo BMW con los cristales tintados y la radio atronando que nos salpicó los pies con el agua de un charco lleno de barro y nos hizo toser por la nube de humo negro que salía de su tubo de escape. El olor del petróleo y el aceite me revolvió el estómago.

—Pero Londres no huele solo a eso, ¿no, cariño?

Mi madre cerró el bolso con una expresión de decepción. Parecía que esta vez nos tocaba caminar ese kilómetro y medio.

—Hay muchos olores maravillosos más allá de la fetidez del tráfico, ¿verdad que sí?

Ella se volvió hacia mí y yo me encogí de hombros. En aquellos tiempos lo hacía mucho: encogerme de hombros y poner cara de aburrimiento. Debe de ser lo que hacen todos los niños a esa edad.

—Cierra los ojos —me dijo mi madre.

—Noooo —me quejé. Mi madre siempre me estaba pidiendo que cerrara los ojos por una razón u otra. Para imaginarme esto, para visualizar aquello o para recordar alguna cosa.

—Vamos… Yo también lo haré.

—¡No! —exclamé sorprendida por su persistente ignorancia—. La última vez que hicimos eso alguien nos robó las bolsas de la compra.

—Vale, entonces hazlo tú primero. Yo lo haré después.

Me lo pidió con tanto entusiasmo que yo suspiré y me rendí solo para hacerla feliz.

—Ahora respira hondo —me dijo— y dime lo que hueles.

—Coches y autobuses —dije y volví a abrir los ojos.

—No, vamos, esfuérzate —insistió mi madre dándome un manotazo suave en la rodilla—. Respira lenta y profundamente. Y olvídate de los coches y los autobuses. Ve más allá de eso, a los olores que hay debajo.

Hice lo que me había dicho e inhalé lentamente.

—Cubos de basura —añadí.

—¿Y?

Me encogí de hombros, pero no daba la misma sensación con los ojos cerrados. Supuse que gran parte de la diversión de encogerse de hombros era ver la expresión de frustración reprimida del adulto al que le respondes con ese encogimiento.

—Más cubos.

—¿Y?

—Caca de perro.

Mi madre chasqueó la lengua.

—¿Eso es todo? —me preguntó decepcionada.

—Bueno, ¿qué más hay? —le pregunté abriendo los ojos y mirando a mi alrededor. Estábamos en Tottenham, no en las

Bahamas. ¿Qué esperaba que oliera? ¿Crema para el sol y el aire salado del mar?

Mi madre cerró los ojos e inspiró hondo.

—Yo huelo patatas fritas calientes —dijo—, recién salidas de la freidora. Y trocitos de pollo crujientes de la tienda del señor Donos.

—¡Eso está en el otro extremo de la calle principal! —protesté.

—Y puedo oler el chile y el jengibre del pollo *jerk* que cocinan en el puesto de comida jamaicana. Y el comino, la cúrcuma y las hojas de curry del Raja Tandori.

—Están dos calles más allá.

Mi madre volvió a inspirar hondo.

—Y huelo también el *colcannon* con mantequilla del pub de O'Connell. Y el pastrami y el salami del italiano. También el jamón de Parma, el pan de chapata caliente y la salsa boloñesa…

Noté que empezaba a hacérseme la boca agua.

—La carne jugosa del Kebab Hut y los pimientos jalapeños y el pan de pita calientes. Y el pollo agridulce del chino para llevar Ming Che. Y sus bolitas de cerdo y el arroz con gambas fritas. Y las costillas con la pegajosa salsa *hoi sin*…

Para entonces ya estábamos las dos lamiéndonos los labios, perdidas en las fantasías de comida caliente en aquel día frío y húmedo. Mi madre volvió a inhalar profundamente.

—Y también huelo el beicon frito del restaurante de parrilladas de la señora Brand. Y la sopa caliente del restaurante de sopas Helping Hand; la sopa del día es de patata y puerro. El brazo de gitano de mermelada con natillas de la escuela de Saint Mary. Y las hamburguesas chisporroteantes y los perritos calientes del estadio de fútbol. Con cebolla frita, mostaza y salsa de tomate…

¡Piiiii-piiiii!

Ambas dimos un salto en nuestros asientos cuando pasó un coche haciendo sonar el claxon y nos sacó de nuestro ensueño con un sobresalto. Las dos nos miramos con la boca abierta, los ojos como platos por la sorpresa y mi madre se echó las manos al pecho.

Después las dos nos echamos a reír.

131

Υ

Hoy, de pie en el exterior de la estación de King's Cross, inspiro hondo e intento identificar los deliciosos olores de la cocina multicultural de Londres. Pero lo único que consigo oler son los coches y los autobuses.

Ahora, tres años después de dejar la ciudad, me siento rara al volver aquí. Desde que me mudé a Leeds y mi madre a Cambridge, no he tenido ninguna razón para volver a Londres. El tráfico, el caos, el ruido, las multitudes, el hedor…

Sonrío para mí. Siempre se siente uno bien en casa…

Me abro paso entre la multitud en el interior de la estación. Hay gente con maletines, maletas, bolsas de plástico, carros con ruedas, bolsas de deporte y cestas de gato. Todo el mundo va de camino a alguna parte.

Cinco minutos después voy bajando por Gray's Inn Road, preguntándome si estoy haciendo lo correcto. No me encuentro muy bien. Tal vez sean todos esos nauseabundos humos del tráfico, pero no lo creo; me parece que son los nervios. Me digo que no debería ser tan patética: hay muchas posibilidades de que no salga nada de esta ridícula misión. Es probable que me encuentre que la casa que busco se convirtió en una pensión para estudiantes o para turistas hace muchos años y solo me quede meterme de nuevo en el tren para llegar a Cambridge antes de la hora de la cena. O tal vez la casa ni siquiera existió. Mi madre siempre apunta las cosas mal. Nunca me fío de ella cuando apunta un número de teléfono porque, no sé cómo lo hace, siempre consigue coger por lo menos un dígito mal. Hay tantas razones por las que puede resultarme imposible encontrar esa casa que cuando me encuentro de pie justo delante de ella, menos de diez minutos después de dejar la estación, no estoy muy segura de qué hacer.

Es una casa de tres plantas estrecha, con la fachada de color blanco mugriento, metida entre una tienda de licores de apariencia dudosa y un café griego. Hay cinco o seis cubos de basura apilados en la acera y rodeados de moscas que zumban bajo el sol de la tarde. Vuelvo a mirar la propaganda que tengo en la mano y compruebo la dirección tres, cuatro, cinco

TU MENTIRA MÁS DULCE

veces. Sí, sin duda ese es el número 15. Ya debería estar frente a la puerta, golpeándola con el llamador oxidado. ¿Por qué estoy dudando?

«¿Y si hay algo ahí? —pienso—. ¿Y si la persona que abre la puerta es un pariente perdido? ¿Una tía o un tío que nunca he tenido? ¿O un primo? ¿Y si es mi padre?» En cuanto llame a esa puerta mi vida puede cambiar para siempre. Pero eso es lo que quiero. Eso es lo que siempre he querido.

¿Verdad?

Oigo que suena mi móvil desde el interior del bolso e intento encontrarlo antes de que salte el contestador. ¿Y si es mi madre? ¿Y si ha sufrido otro desmayo? ¿Y si es el médico diciendo que está en el hospital? Quizá debería irme a casa ya. Tal vez no es el mejor momento para hacer esto.

Pero el nombre que sale en la pantalla no es el de mi madre ni el del médico. Es el de Mark.

Sostengo en la mano el teléfono, que no deja de sonar, pero no me veo capaz de cogerlo. Estoy segura de que a Mark no le va a gustar que esté dudando. Si se viera en mi situación, él ya estaría aporreando la puerta y haciéndole al propietario una lista de preguntas que habría preparado con antelación, tachando una a una las cosas que ya ha tratado, interrogando a la persona y anotando pistas para llegar al fondo del asunto. Oigo el eco de las palabras de Mark en mi mente: «Tienes que hacer algo, cualquier cosa, para ponerle fin a esta situación tan ridícula, Meg. Y tienes que hacerlo ahora. Porque pronto…».

—Lo sé —me oigo decir en voz alta—. No lo digas.

La propietaria de la casa tiene un bebé apoyado en la cadera que no deja de llorar a pleno pulmón y me mira con recelo.

—No entiendo muy bien qué es lo que quieres —me grita con acento americano para hacerse oír por encima de los aullidos del bebé.

Ya somos dos las que no lo entendemos, creo.

Seguramente se estará preguntando si estoy mal de la cabeza por aparecer así aquí, de la nada, enseñándole un trozo de papel de hace veintiún años con su dirección escrita, preguntándole si conoció a mi madre o, al ver que no es mucho mayor que yo, si es posible que su madre conociera a la mía. O su padre, que también puede ser. O algún familiar. O tal vez la persona que vivió aquí antes que ella. ¿Sabe quién vivía aquí? ¿Ha oído alguna vez hablar de una tal Valerie May?

Por lo que parece toda su familia vive en Texas y nunca ha estado en Inglaterra (esa parece ser la fuente de parte de su enfado). Ella solo lleva viviendo en esa casa seis meses, no tiene ni idea de quién vivía allí antes y no ha oído nunca el nombre de Valerie May, aunque cree que es un nombre muy bonito.

—¿Estás intentando encontrar a tu madre? —me pregunta mirándome apenada.

—Oh, no, vivo con mi madre. Estoy intentando averiguar si ella conoció a alguien que vivía en esta casa.

—¿Y no puedes preguntarle a ella?

—Es algo complicado…

—¿Es que tiene pérdidas de memoria?

—Eh… Algo así.

—Qué pena —grita mientras le da al bebé unas palmaditas bastantes fuertes—, a mi abuela también le pasa eso. Se pasa la vida diciéndole a todo el mundo que fue campeona de baile de hula-hop.

Sonrío y me río un poquito porque quiero ser amable. Pero entonces pienso que seguramente es de mala educación reírse de su abuela senil, así que ahogo la risita.

—Estará un poco confundida —comento solo para que parezca que me interesa.

—Oh, no, sí que fue campeona de baile de hula-hop. Lo irritante es que vaya por ahí contándoselo a todo el mundo.

El bebé suelta un aullido que perfora los tímpanos, pero la mujer no se altera lo más mínimo y solo le da otras palmaditas aún más fuertes.

—¡Oh! ¿Entonces es a tu padre a quien quieres encontrar? —grita de nuevo, y la cara se le ilumina como si acabara de comprender la situación.

—No, tampoco. Aunque eso sería genial. Pero quiero encontrar a… cualquiera, la verdad. Cualquiera que pueda saber… algo.

—Cualquiera que pueda saber algo —repite confusa.

Esto es ridículo. Parezco idiota.

—No creo que pueda ayudarte —responde a gritos la mujer por encima del estruendo del bebé. Asiento agradecida y para transmitirle que ya me he dado cuenta de eso, pero que le agradezco la paciencia de todas formas.

«¿Y ahora qué hago?», me pregunto. Lo lógico sería decir «gracias» e irme para que esa mujer pueda seguir con sus tareas cotidianas. Pero en vez de eso me quedo allí de pie, incómoda.

Así que eso es todo. Ya se ha acabado mi investigación. No hay nadie en esta dirección que pueda decirme nada. No he encontrado a mi padre, ni a nadie que pueda ayudarme. No he descubierto nada. No importa cuántas veces me haya dicho que seguramente no iba a sacar nada de este intento, ni que una parte de mí quisiera dejarlo todo antes de empezar siquiera por razones que no comprendo del todo; ahora me doy cuenta de cuántas esperanzas había depositado en esto. En el fondo creía que me llevaría a encontrar alguna respuesta.

—¿Vienes desde lejos? —me pregunta la mujer al ver la tristeza en mi cara.

—Desde Cambridge.

—¡Oh, vaya! ¿Donde la universidad? No lo conozco. ¡Sí que vienes de lejos!

Cuando le digo que Cambridge está solo a cuarenta minutos de tren desde la estación que hay al final de la calle no acaba de creérselo, así que saco el horario del tren para demostrárselo, aunque sigue pareciendo que no me cree…

—¡Siempre se me olvida que este país es muy pequeño! —exclama.

Me pregunta por la universidad, la catedral y las famosas joyas de la corona. Le digo que se confunde con la Torre de Londres. Tampoco ha estado allí, por lo que se ve.

—Ha sido un placer conocerte —me dice diez minutos después, como si este encuentro hubiera estado programado—. Siento no haber podido ayudarte.

—No importa —le digo, y a estas alturas estoy tan harta de oír el llanto del bebé que soy sincera. Ahora mismo la pena

135

por el fracaso de mi búsqueda de información ha quedado en suspenso porque mi principal preocupación es alejarme de allí con los tímpanos todavía intactos. Incluso tengo la tentación de preguntar si al bebé le pasa algo malo.

Cuando ya estoy bajando las escaleras de la entrada, la mujer me grita:

—¿Por qué no le preguntas al casero? Se llama Tony.

Me detengo y me vuelvo para mirarla.

—¿La casa es alquilada? —le pregunto.

Saca un chupete de goma del bolsillo y se lo pone al bebé en la boca. Por fin el niño se calla.

—Oh, claro —dice acunando al bebé, que ahora parece feliz—, esta casa no es mía. ¿No te lo había dicho?

Me refugio en la entrada del restaurante El Rey del Pollo para evitar en lo posible el ruido del tráfico y marco el número de Tony, el casero. No es el sitio ideal para llamar, con gente entrando y saliendo y el olor del pollo escapando esporádicamente por la puerta, pero no quiero esperar ni un minuto más porque sé lo que va a ocurrir. Empezaré a dudar de nuevo, a decirme que esto no tiene sentido, que no me va a llevar a ninguna parte, que debería volver a casa. O, por el contrario, a ponerme muy nerviosa creyendo que ahí está la clave de todo y que esa llamada es lo único que me separa de la verdad tanto tiempo esperada. No tengo ni idea de por qué tengo esos sentimientos contradictorios sobre esto y estoy empezando a enfadarme conmigo misma. Debería ser muy sencillo. Quiero información. Tony, el casero, puede que la tenga. Y para hablar con Tony tengo que hacer esta llamada…

—¿Qué quieres ahora? ¡Quiero meterme en la ducha!

—Eh… Hola… ¿Es usted Tony?

—¿Joan?

—Eh… no. Me llamo Meg May. Yo… eh… La señora que vive en el piso del 15 Gray's Inn Road me ha dado su número…

—Oh, creí que eras mi mujer. No eres del ayuntamiento, ¿verdad? Ya les he dicho que voy a solucionar lo de ese olor…

—No, no, yo… Sé que es una pregunta un poco extraña,

pero estoy intentando ponerme en contacto con la persona que vivía en esta propiedad hace unos veinte años. Bueno, veintiún años para ser exactos. Sé que estoy hablando de hace mucho tiempo, pero me preguntaba si ya era usted el propietario de esa casa entonces y si tendría usted…

—¿Ponerte en contacto con alguien? Oye, que esto no es una asociación para recuperar viejas amistades…

—No, yo no quiero…

—¿Y cómo quieres que me acuerde de eso?

—Yo creía… Perdone, es que estaba intentando localizar a alguien y encontré en mi casa un folleto de un grupo de música que se llamaba Chlorine. En la parte de atrás estaba escrita esta dirección…

—¡Oh, caramba! No serás una grupi, ¿no? Dios mío, hacía muchísimos años que no me llamaba una grupi. Mira, no te voy a dar el número de Fizz o Fuzz o como demonios se llamara. Se mudó hace mucho tiempo y no he vuelto a verle desde entonces. Así que adiós…

—¡Espere! —le grito aunque no sé por qué. Siento que algo ha encajado en su lugar, pero todavía no he tenido tiempo para procesar el qué—. Me está diciendo que este grupo… Chlorine, ¿vivía en esta casa?

—Oh, sí, vivían ahí antes. Debió de ser en la época que me dices, ahora que lo pienso. Se pasaban día y noche montando escándalos. Me destrozaron la cocina. El desgraciado del batería tiró un televisor por la ventana una vez y estuvo a punto de matar a un indigente que pasaba por la calle. Y estaban esas dos grupis jovencitas que vinieron a vivir con ellos. Aquello era un pandemónium.

—¿Grupis? ¿Me está diciendo que había dos mujeres jóvenes?

—Sí, claro, no iban a ser hombres… Y no eran ni mujeres. Eran chiquillas. No creo ni que hubieran acabado el instituto. ¡Y una tenía un bebé! Intenté echarlos a todos, pero resultó que el batería era licenciado en derecho y…

—Perdón, ¿ha dicho un bebé?

Me tapo una oreja con el dedo y me acerco aún más a la puerta para intentar bloquear el ruido del camión de la basura que está pasando por la calle justo en ese momento.

—Sí. Un bebé pequeñísimo. Pobrecilla.

—¿Y de quién era el bebé?

—¿Y cómo lo voy a saber yo? Podría ser de cualquiera de ellos. Ya sabes cómo son esos tíos; se meten en un grupo, se ponen los pantalones pegados y toda esa parafernalia y luego…

—¿Y la madre? ¿Quién era la madre del bebé?

—Ni idea. Mientras paguen la renta a mí no me importa quién demonios viva allí. No sé quiénes eran las chicas. Un par de grupis con uniforme de colegio, y una obviamente se había dejado liar por alguno del grupo. Pero no se quedó mucho tiempo la chica del bebé. Y no me extraña.

—¿Sabe adónde fue?

—¿Te parezco alguien a quien le importa adonde se va la gente? Mira, si quieres saber todos los detalles de lo que pasaba allí, pregúntale a esos tíos.

—¿Pero cómo…?

—Has dicho que tienes la propaganda de uno de sus conciertos, ¿no?

—Sí, pero estamos hablando de hace muchos años.

Oigo al otro lado de la línea una risa profunda y bronca de fumador.

—No creerás que un grupo de desgraciados como esos habrá avanzado algo en este tiempo, ¿no?

Me lleva quince minutos ir andando hasta el pub The Frog and Whistle, un tiempo en el que paso de estar convencida de que ya estoy en la senda correcta para encontrar a mi verdadero padre —que probablemente es un músico del grupo Chlorine— a estar igual de segura de que solo estoy perdiendo el tiempo y que lo mejor que puedo hacer es volver a casa. Para cuando llego al pub estoy sudando, confundida, y tengo una enorme mancha de helado en la camiseta porque he chocado con una mujer que llevaba un polo de naranja. Me han ofrecido drogas, me ha acosado un mendigo y casi me atropella un taxi que se ha saltado un semáforo en rojo. Ahora mismo solo quiero irme a casa. Pero ¿y si de verdad estoy a punto de conseguir algo? No puedo dejarlo ahora.

El pub no parece un sitio muy alegre. Es un bar viejo y lúgubre con ventanas de cristales coloreados y una puerta con desconchones. Me quedo unos minutos fuera, preguntándome si de verdad tengo que entrar. «¿Qué significa que una chica joven y un bebé vivieran en esa casa? —me pregunto por enésima vez—. Podría ser cualquiera. ¿Por qué iba a estar mi madre viviendo allí? ¿Pero entonces por qué iba a tener una propaganda con esa dirección si no era ella…?»

—¡Oh, entra ya, imbécil! —me digo en voz alta.

Un hombre mayor que estaba teniendo problemas para abrir la puerta se gira para mirarme sorprendido, con los ojos muy abiertos.

—Oh, perdón. No me refería a usted —me apresuro a decir, y le abro la puerta para que pase como señal de disculpa.

Estoy empezando a ver por qué Mark se siente tan frustrado conmigo a veces. Solo hay dos caminos: hacia delante y hacia atrás. ¿Qué complicación puede tener eso?

Entro impaciente en el pub detrás del señor mayor, sorprendida de que alguien que se mueve tan lento todavía salga de su casa. En cuanto pongo un pie en el interior me golpea el hedor del humo rancio, la cerveza y los orines. No me puedo creer que alguien quiera pasar el rato aquí, y viendo que el pub está prácticamente vacío, deduzco que no soy la única que piensa así. Los únicos clientes que hay (aparte del anciano que se ha sentado a una mesa de la esquina sin pedir nada) son un hombre con una gorra plana que va con un rottweiler y una mujer con barriga cervecera que lleva unos pantalones de chándal con las palabras «Cuidado con las manos» impresas en la zona del trasero y está sentada ante una pinta. El lugar está poco iluminado y es bastante deprimente. Lo único que lo salva en este momento es que al menos en el interior se está más fresco que en la calle.

Me acerco rápidamente a la barra con la intención de hacer una visita lo más corta posible.

—Perdone, ¿conoce a un grupo que se llama Chlorine? —le pregunto, yendo directa al grano.

El camarero, un hombre fofo de mediana edad con un chaleco blanco, levanta la vista desde la barra, donde está estudiando la foto de una mujer con poca ropa en un periódico que tiene abierto delante de él.

—¿Cuál es la capital de Turquía? —me pregunta con voz monótona.

—¿Cómo?

—Turquía. ¿Cuál es la capital?

Se mete el extremo del boli en la boca y lo muerde perezosamente.

—Ankara.

Baja la vista y me doy cuenta de que está intentando hacer el crucigrama.

—Entonces no se puede poner «gnomo» —murmura tachando algo.

—¡Gol! —grita el anciano desde la mesa que ocupa en una esquina. Está mirando una pantalla grande de televisión que hay en la pared, que está emitiendo una partida de billar, lo que me confunde mucho.

—¿Todo bien, Jimmy? —grita la mujer del mensaje en el trasero de los pantalones desde su banqueta, haciéndole un guiño coqueto al viejo.

Tengo que salir de aquí lo antes posible.

—Me han dicho que un grupo que se llama Chlorine toca aquí a veces, ¿es eso cierto?

—Sí —bosteza el camarero tirando el boli sobre la barra y estirando los brazos en el aire. La parte inferior del chaleco se le sube y yo procuro no mirar el michelín de carne blanca que le cuelga por encima de la cintura de los vaqueros.

—Estoy intentando localizarles. No tendrá un número de teléfono de contacto, ¿verdad?

El camarero asiente lentamente.

—Sí.

Recoge el boli de la barra y yo me preparo para coger rápidamente el número y largarme de allí. Pero en vez de escribirlo, se mete el boli debajo del chaleco y se rasca la tripa con él.

—¿Podría darme el número? —le pregunto. Estoy empezando a encontrarme mal.

El camarero niega con la cabeza letárgicamente.

—No.

—¡Gol! —vuelve a gritar el viejo.

—Cállate, Jimmy —murmura con acento irlandés el hombre del rottweiler.

—¿Por qué no? —le pregunto.

—Mujeres —dice el camarero como si eso fuera una explicación en sí misma.

—¿Perdón?

—Wizz dice que no le dé su número a ninguna mujer.

—¿Wizz?

—El cantante.

—Yo no soy una grupi que…

—¿Estás buscando una pensión de manutención?

—¡No! Si ni siquiera los conozco… Solo quiero ponerme en contacto con ellos porque puede que conocieran a mi madre hace mucho tiempo, eso es todo.

—¿Es ella la que quiere la pensión? —El camarero me mira de arriba abajo perezosamente—. Me parece que tú eres un poco mayor para eso.

—Nadie quiere una pensión —le digo lenta y claramente—. Solo quiero ponerme en contacto con alguien del grupo. Cualquiera me vale.

El camarero se recuesta sobre el periódico y me observa con la mirada vacía. Espero una respuesta, pero me da la impresión de que se le están cerrando los ojos. Creo que está a punto de quedarse dormido allí mismo.

—Bueno, ¿me va a dar el número? —le pregunto con la voz bastante alta.

Abre los ojos bruscamente.

—No. No puedo. Mujeres.

—Pero yo no soy…

—¡Gol! —grita el anciano.

Dios mío, todo esto no tiene sentido.

—¿Cómo se escribe «gnomo»? —dice el camarero arrastrando las palabras y mirando el periódico.

—No lo sé —le contesto de malos modos—. Solo necesito el número para…

—N-O-M-O —grita la mujer de la barra.

—¿Estás segura? —dice el camarero metiéndose el extremo del boli en la oreja y rebuscando con él.

—Olvídelo —digo entre dientes; me giro y me dirijo a la salida.

—El último viernes del mes —me dice el irlandés con el rottweiler cuando paso junto a su mesa. Está mirando fijamente su pinta, así que necesito un momento para darme cuenta de que me habla a mí.

—¿Cómo?

—Chlorine. El último viernes del mes vendrán a tocar aquí, si es que quieres verles.

—Oh.

Estoy tan cansada y confundida que no sé si eso es algo bueno o no. Acababa de decidir que iba a abandonar esa búsqueda inútil, pero ahora parece que el desafío continúa.

—Gracias —le respondo al irlandés—, ha sido de gran ayuda —le digo, aunque no estoy muy segura de ello.

Como gesto de gratitud, me agacho y doy unas palmaditas dudosas en la cabeza del perro. El animal me gruñe y me enseña los dientes más afilados que he visto en mi vida. Doy un salto hacia atrás y me llevo las manos al pecho para que el perro no intente comérselas. El irlandés ni siquiera aparta la mirada de su pinta.

—El último viernes del mes —digo pensativa mientras me encamino hacia la puerta. El perro me mira enfadado—. Genial. Qué suerte he tenido de encontrarles.

—No tanta —murmura el irlandés—. Vienen aquí los últimos viernes de cada mes porque nadie más los quiere.

Quince minutos después estoy sentada en el tren de las 21.10 de vuelta a Cambridge, comiéndome una empanada que he comprado en un puesto de la estación de King's Cross y sintiéndome extrañamente optimista otra vez, de nuevo en un estado de excitación.

¿Y si realmente he descubierto algo? ¿Y si mi madre era una grupi y Wizz es mi verdadero padre? ¿Y si ha estado buscándome todos estos años, pero no sabía dónde buscar? Tal vez mi madre me ha ocultado la verdad todo este tiempo porque mi padre es un rockero demasiado aficionado a las fiestas que ha vivido una vida de hedonismo, tocando la guitarra eléctrica día y noche y tirándoles televisores a los mendigos. Tal vez ahora vaya a tener un reencuentro emotivo con mi padre y descubra algún otro lado de mí misma. Quizá yo también empiece a tirar televisores por las ventanas. Yo nunca he tenido talento musical, pero tal vez sea porque jamás lo he intentado.

Con la boca llena de empanada empiezo a tararear, buscando algún potencial en mi voz. Creo que al menos no desafino hasta que me atraganto con un trozo del relleno. Acabo tosiendo y ahogándome mientras la mujer que hay a mi lado me da golpes en la espalda.

Para cuando llego a la puerta principal de la casa de mi madre, mi mente va a mil por hora. ¡Lo tengo! Estoy segura. Mark tenía razón. Siempre la tiene, no debería haber dudado de él. La conmoción de mi madre al ver la propaganda era evidentemente una prueba. Soy como una detective desentrañando mi propio pasado. Quién sabe qué secretos estoy a punto de descubrir. Si Wizz es mi padre, tal vez pueda volver a reunirle con mi madre para una reconciliación final. Fuera lo que fuese lo que sucedió en el pasado, seguro que ya está olvidado y, aunque sea por poco tiempo, ¡podremos ser una familia! Cuando mi madre sepa que he descubierto la verdad, ya no tendrá sentido que siga mintiendo. Seguro que se encoge de hombros y dice: «Bueno, pues ya está; ¡me rindo!»; y me cuenta todos los detalles que me faltan para rellenar las lagunas. Y sus últimos momentos serán claros y lúcidos, las dos seremos sinceras la una con la otra de una vez por todas y estaremos juntas en unos momentos finales llenos de paz y comprensión.

Sobre la mesa de la cocina hay un plato de chuletas de cordero con verduras y un cuenco con manjar blanco de color rosáceo espolvoreado con confeti de todos los colores. Los dos están cubiertos con un plástico. Al verlos siento una punzada de culpa. Mi madre ha hecho manjar blanco solo para mí. Es mi postre favorito, pero es algo que ella no es capaz de comer.

—Me produce tantos gases que sería capaz de hacer volar con ellos un bosque entero —me dice siempre, un poco escatológicamente.

Me como el manjar blanco y después cruzo el vestíbulo de

143

puntillas. Todo está en silencio y todas las luces apagadas excepto la lamparilla que hay junto al teléfono, que mi madre ha dejado encendida para que pueda subir las escaleras sin matarme. Pero cuando paso junto al salón la veo allí, dormida en el sofá, con una manta de cuadros escoceses cubriéndole las piernas. Estoy a punto de encender la luz y decirle que se levante, porque si se queda ahí toda la noche tendrá dolor de espalda por la mañana, pero me quedo quieta con la mano al lado del interruptor de la luz.

Se la ve muy frágil. E infantil y vulnerable. No es la madre que yo conocía, que me llevaba sobre sus hombros y me levantaba cada vez que me caía. Ya no es la madre que me hacía girar cogida de las manos, que corría conmigo por el parque o que me cogía de los pies para ponerme boca abajo mientras yo chillaba de felicidad. Ahora está débil. Es una sombra de la mujer que fue.

¿Qué estoy haciendo? Debería haberme quedado aquí esta noche. Debería estar dándole las gracias por hacerme manjar blanco y limpiando el cuenco con la cuchara mientras ella me observa engullirlo como cuando era pequeña. Casi puedo oírla decir: «Disfruto tanto al verte comerlo con esas ganas como si me lo estuviera comiendo yo».

Oigo cómo le silba el pecho cada vez que inhala, con un sonido como el de un globo cuando se le escapa un hilo de aire. Parece muy pequeña bajo la manta y me acuerdo de todas las veces que las dos nos acurrucábamos en el sofá de nuestro piso, bien envueltas en esa manta y tan juntas que parecíamos una sola persona. Entonces parecía grande, mucho más de lo que parece ahora. Me decía que aquello era un juego y que estábamos fingiendo que éramos un rollito de salchicha. Cuando me hice mayor me di cuenta de que teníamos que taparnos así porque la calefacción había vuelto a romperse o porque no podíamos permitirnos pagar la factura del gas. Pero nunca le dije que lo sabía. No quería dejar de fingir que éramos un rollito de salchicha.

¿Y si esta noche se hubiera caído? ¿Y si hubiera tenido otro desmayo? Yo no estaba aquí. Mark tiene razón: me estoy quedando sin tiempo. Pero el que me queda debería pasarlo con mi madre, no corriendo por ahí en busca de información.

¿Cómo le iba a sentar que yo destruyera el mundo que ha creado para mí? ¿Qué significaría para ella que de repente se hiciera pedazos? Esas historias tontas la hacen sonreír. La hacen feliz. Y no puedo quitarle eso. Ahora no.

Me siento egoísta y culpable por investigar a sus espaldas.

Saco la propaganda de mi bolsillo y la arrugo en la palma de la mano hasta convertirla en una bola.

Esa pista de mi pasado ha llegado demasiado tarde.

Capítulo 10

Me siento junto a la mesita del patio con el cálido sol del mediodía calentándome la espalda y observo un centro de flores bastante estrafalario que ha creado mi madre. Es una gran fuente que ha puesto en el centro de la mesa llena de pétalos de flores rojos, naranjas, morados y amarillos. Me pregunto por qué habrá decidido decapitar todas esas pobres flores. Nunca le han gustado mucho los arreglos de flores muy «formales», prefiere los que tienen una apariencia natural y desarreglada, pero hacer pedazos unas flores y desperdigarlas en una fuente no es algo que le haya visto hacer nunca antes. Quizás está otra vez «expresándose», como cuando pintó un mural enorme con un pulpo en la pared de su habitación o el día que se empeñó en comunicarse solo con canciones.

Ha estado extrañamente entusiasmada con la comida de hoy y cuando sale de la cocina entornando los ojos por la luz del sol y repiqueteando con las chanclas sobre los escalones de la puerta de atrás, cojo los cubiertos ansiosa por la anticipación, esperando que me ponga delante una delicia culinaria. En vez de eso lo que pone en la mesa es una simple vinagrera.

—Alíñalos, cariño —me dice sentándose frente a mí y señalando la fuente llena de pétalos de flores.

Me quedo mirándola y de repente me siento un poco preocupada. ¿Es posible que el cáncer se le haya extendido al cerebro?

—Mamá, pero si son flores —le digo como si estuviera chocheando—. O lo eran, antes de que acabaras con ellas.

—Claro —dice con gran entusiasmo, cogiendo sus cubier-

tos e ignorándome—. Son flores de cebollino, mejorana, capu-
china y caléndula. Y debajo hay hierbabuena, armuelle, ace-
dera y hojas de rúcula. Es bastante bonito el conjunto, ¿verdad? Da pena comérselo.

—¿Comérselo? ¡Pero si son flores! —le repito.

—Ewan dice que todas son perfectamente comestibles. Cariño, he aprendido un montón de cosas fascinantes de él estas últimas semanas. Fíjate que he estado cultivando todas
estas flores tan bonitas en el jardín y nunca he sabido que
podían comerse.

No me sorprende que todo esto haya sido idea de Ewan.
Una sugerencia como esa es muy propia de él. Al menos todo
esto no significa que mi madre tiene cáncer en el cerebro, pero
de todas formas a veces no entiende bien las cosas.

—¿Estás segura de que es eso lo que ha dicho?

—Oh, sí. Lección cuatro: flores comestibles. Lo he apuntado todo.

En las últimas semanas mi madre ha cogido la costumbre
de seguir a Ewan por el jardín haciéndole preguntas y escribiendo en una libreta sus «perlas de sabiduría». Ella dice que
son sus «lecciones de jardinería», pero no sé si alguien le ha
preguntado a Ewan si quiere ser el profesor de mi madre (aunque no sé si tiene alguna opción de no serlo en caso de que no
quiera). Parece tener la paciencia de un santo y la soporta con
un humor y una amabilidad infinitos. Y eso me da a mí un respiro de sus historias absurdas, que se han vuelto cada vez más
frecuentes desde la crisis del desmayo.

—Oh, hola, señora mariposa —gorjea mi madre cuando
una mariposa gran pavón se posa encima de nuestra comida—.
¿Ha venido a unirse al banquete?

—Ese pétalo no me lo voy a comer —le advierto—. Seguro
que ese bicho tiene algo sucio en las patas.

—¡Oh, mira, y el señor gorrión! A usted también le gusta
la pinta que tiene la comida, ¿a que sí?

Un pequeño pájaro marrón se posa en la mesa y mira la
fuente sin dejar de saltar nerviosamente de un lado a otro.

—Claro que les gusta la pinta de la comida —le digo—. Están acostumbrados a verla, en los parterres de flores. Donde
debería seguir estando.

147

—¡Oh, qué bonito! ¡Esto es como *Blancanieves*! —exclama mi madre, loca de contenta—. Solo nos falta un cervatillo que venga trotando hasta la mesa. ¿Te acuerdas del cuento, cariño? ¿La *Blancanieves* de Disney, con todos los animalitos del bosque? La vimos cuando eras pequeña. Y había una canción. ¿Cómo era la canción?

—No tengo ni idea.

Mi madre empieza a tararear algo que no parece tener una melodía reconocible. Nunca ha cantado muy bien, pero recuerdo que me encantaba que me cantara las canciones infantiles o que se inventara canciones tontas.

—«Con un poco de azúcar…» —canturrea mi madre—. Oh, no; eso era *Mary Poppins*, ¿no? ¿Decía algo de las abejas y las flores…? No, eso es otra cosa. ¿Cómo era, Meggie? ¿Esa canción? «La, la, la…»

Observo a mi madre cantando para sí, perdida en recuerdos de un tiempo pasado, de cuentos de hadas, personajes de dibujos animados y bosques encantados. El sol revela el tono rojizo de su pelo rebelde y hace que le brillen los ojos. Hoy incluso sus mejillas están sonrosadas, algo que no he visto desde hacía un tiempo.

Hoy es un buen día.

Hoy mi madre ha salido de la cama sin problema y no se ha quejado de que le dolía cada centímetro del cuerpo. No he tenido que volver a oírla decir: «a ese colchón le pasa algo, es la única explicación» o «quizás he empezado a andar sonámbula y me voy tropezando con todas las cosas». Hoy no está agotada, lo que significa que no tiene que decir: «es el calor, que me da sueño» o «lo del sonambulismo explica también este cansancio». Hoy no se encuentra mal ni tiene náuseas, así que no ha habido razón para que me preguntara: «¿Sabes si hay algún virus estomacal rondando por ahí, cariño?»; o para decirme: «Creo que anoche comí demasiada tarta de queso». Hoy no hay síntomas ni tampoco excusas que los acompañen. Hoy, si ignoro lo delgada que está, parece que nada va mal.

Pero el problema no es hoy. Es mañana. Porque siempre hay un mañana por venir.

—«Aijó, aijó, a casa a descansar…» Esa es la otra canción de *Blancanieves*, ¿verdad? La de los hombrecillos pequeños, los elfos. No, los enanos. Y estaba Mocoso, Feliz, Gruñón... ¿Había un Gruñón? Tímido y Dormilón...

Me alegro de haber tomado la decisión de dejar de ir tras la pista de mi pasado. Aquí es donde debo estar, sentada al sol, escuchando las divagaciones de mi madre, disfrutando de una comida de... bueno, disfrutando sin más. Me siento mejor, menos culpable, más relajada. No siento que soy una hija terrible que está destruyendo la esencia de nuestra vida juntas. Estas últimas semanas mi madre y yo hemos estado disfrutando de las tardes vagueando en el jardín, haciendo crucigramas, jugando al Monopoly y hablando de todo, desde el calentamiento global (del que mi madre culpa a las «flatulencias de las vacas») al último vestido que ha llevado la reina (que yo creo que es adecuado para una señora de su posición, pero que mi madre cree que debería haber alegrado con un pañuelo *hippie*). Y cuando le ha dolido algo, se ha cansado o le ha dado dolor de cabeza, yo me he alegrado de estar aquí para hervir el agua para el té, para obligarla a sentarse y descansar, o simplemente de estar por si acaso.

No le he contado a Mark lo que descubrí en Londres. Me he convencido de que no hay necesidad de hacerlo. Él me va a decir que busque a los Chlorine, que siga hasta encontrar la siguiente pista, que no deje de buscar... y eso no tiene sentido. Ahora estoy decidida a dejar las cosas como están. De hecho, le he dicho que la casa que buscaba ha sido demolida y convertida en un restaurante chino de comida para llevar. No hay mucho que se pueda decir al oír esa información. O al menos eso creía yo, pero Mark, que es como es, me ha dicho que llame al ayuntamiento y que pida hablar con alguien de urbanismo o algo parecido y que le cite no sé qué leyes que dicen que tengo derecho a saber quién vivió allí en el pasado. No he hecho nada porque ya no siento la necesidad. Ya ni siquiera pienso en la información que puede haber ahí fuera esperándome, ni en si mi verdadero padre podría ser uno de los miembros del grupo, ni en quién serían la madre y el bebé que vivían en aquella casa. Ni me he planteado que este viernes por la noche Chlorine va a tocar en el pub The Frog and Whistle y que es posible que ahora mismo lo único que me separa de la verdad es un viaje en tren de cuarenta minutos. No es importante. Porque al mi-

149

rar la cara alegre de mi madre sonriéndome por encima de la fuente llena de pétalos de flores, sé que todo lo que me importa es que estoy aquí cuidándola, compartiendo estos últimos momentos con ella, como debe ser.

—Come, cariño. No dejes que la ensalada se caliente.

Ríe. No sé por qué, pero esa frase siempre le parece divertida.

—Tú primero —le digo.

—¿Estás dudando de mis habilidades culinarias con las flores?

—En absoluto. Solo quiero que seas la primera en probar estos deliciosos geranios o lo que sean.

Mira la fuente de flores como si no estuviera del todo convencida y después pincha un gran pétalo naranja y se lo mete en la boca. Lo mastica lentamente con una expresión de intensa meditación en la cara y yo intento no reírme al ver los trozos de pétalo naranja que sobresalen de entre sus labios. Sigue masticando un tiempo que me parece largo, se pasa la lengua por el interior de la boca, pone la expresión de alguien que ha mordido un limón y por fin traga.

—¿Está bueno? —le pregunto inocentemente.

—Hummm —asiente intentando parecer convincente—. Delicioso.

—Mentirosa.

Una sonrisa llena la cara de mi madre.

—Voy a hacer unas tostadas con judías —me dice, y las dos nos echamos a reír.

Ewan viene dos días a la semana. Le oigo al fondo del jardín cavando, cortando el césped, cortando con la sierra o con el hacha, cantando algo de Paul Weller o hablando con las plantas y los insectos. Le veo desde la ventana de mi habitación arrancar raíces, podar los setos, desmantelar el viejo cobertizo y después montar uno nuevo. Le evito a toda costa; me viene una y otra vez a la mente el recuerdo de ese billete de veinte libras de nuestro último y gélido intercambio y me muero de vergüenza. Cada vez que viene le llevo un café y un trozo de tarta, siempre con la intención de aclarar las cosas, pero en vez de ir a buscarlo por el manzanal o entre las hileras de cañas, le dejo el refrigerio cerca y encuentro alguna excusa para evitarle un día más. Mi orgullo y mi cabezonería de mula no suelen permitir que la palabra «perdón» salga de mis labios.

Hoy le dejo el café y la tarta de plátano en la hierba, cerca de su bolsa, un viejo saco de lona que ha dejado abierto y en cuyo interior se ve una fiambrera, una botella de agua y una muñeca Barbie vestida con unas braguitas rosas y un sujetador. Me quedo mirando con curiosidad, preguntándome qué pensaría mi madre si supiera que ese hombre que ella cree que es maravilloso tiene predilección por las muñecas rubias pechugonas, cuando de repente oigo la voz de una niña pequeña que viene de alguna parte del manzanal.

Cautelosamente, camino de puntillas entre los árboles, donde me encuentro a una niña con el pelo de color miel vestida con pantalones cortos rosas, una camiseta rosa y un par de zapatillas también rosas con luces parpadeantes en los talones. Ella no se da cuenta de mi presencia porque está enfrascada en su juego, así que me escondo detrás de un árbol y la observo preguntándome quién demonios será. La idea de que Ewan, con su tendencia a hablarles a los árboles, sus calcetines agujereados y su furgoneta destartalada, tenga una hija me parece totalmente aterradora. Además, sería un padre muy joven.

—¡Bienvenido a mi castillo, príncipe Robbie! —exclama la niña abriendo una puerta invisible—. ¡Oh, qué unicornio más bonito! Déjalo en la puerta. Le pediré a mi sirvienta, Rosie, que le dé una zanahoria. Entra, por favor. Rosie, ¿nos traes un poco de té? El príncipe viene de muy lejos para verme. Pero claro, ¿cómo no iba a hacerlo? Soy la dama más bella del mundo.

Pongo los ojos en blanco. ¿Princesas? ¿Castillos? ¡Qué imaginación! Después de todo sí que podría ser hija de Ewan.

—Bueno, supongo que hay algo que quieres preguntarme —dice la niña, hablando con un árbol. Da un respingo y agita las manos por la sorpresa—. ¡Oh, claro que quiero casarme contigo! —Extiende la mano graciosamente—. ¡Qué anillo más bonito! Debe de ser el único diamante rosa y morado del mundo. ¿Cuánto vale? ¿Un billón de trillones de quintillones

151

de libras? ¡Oh, qué suerte tengo de casarme con el príncipe más guapo y más rico del mundo! Ahora tengo que acostarme para dormir un sueño reparador de belleza, porque mañana es el día de nuestra boda y diez mil invitados se fijarán en mí.

Se tumba sobre la tierra, cierra los ojos y finge roncar. Me dan pena estas formas tan ridículas que tienen los niños de perder el tiempo. Solo unos segundos después de haberse ido a dormir, la niña da un salto para ponerse de pie, se estira y bosteza. Ocho horas han pasado en menos de ocho segundos.

—¡Es el día de mi boda! Rosie, ayúdame a ponerme mi vestido de novia. —Finge ponerse varias prendas de ropa antes de adornarse la cabeza con una guirnalda de auténticas margaritas que seguramente ha preparado para la ocasión—. ¡Oh, qué guapa estoy! ¡Mírame! ¿Están preparadas mis cuarenta damas de honor? ¿Vestidas de rosa como ordené? Entonces tráeme el unicornio que me llevará volando a la iglesia. Vamos, Rosie, puedes montar en el unicornio conmigo porque eres mi mejor amiga en el mundo.

152 Levanta la pierna como si montara en un unicornio invisible, mira por encima del hombro (seguramente para comprobar que Rosie está bien montada) y luego corre en círculos esquivando árboles, agachándose para no chocar con las ramas y gritando «¡arre, arre!». Unos segundos después se agarra al tronco de un árbol y gira una y otra vez gritando algo sobre un tornado. El unicornio tonto se ha metido en una tormenta de camino a la ceremonia. Niego con la cabeza, perdida toda esperanza de racionalidad, a punto de salir de detrás del árbol y acabar con ese juego estúpido, pero en vez de eso sigo mirándola con curiosidad. Hay una pequeña parte de mí que quiere saber qué pasa después.

—¡Oh, Rosie, qué viaje más terrible! —exclama la niña balanceándose vertiginosamente de un lado a otro—. Pero hemos llegado a la iglesia y aquí están todos los invitados. ¡Hola! ¡Hola! —Gira en círculos estrechando la mano a varias ramas de manzano—. Oh, gracias. Sí que estoy guapa, sí. ¡Oh, y ahí está el príncipe Robbie esperándome!

Empieza a tararear la marcha nupcial, da unos pocos pasos lentos y se arrodilla solemnemente delante de un tronco de árbol.

—¿Tú, Jennifer Lucy Green, quieres al príncipe Robbie Williams como esposo? Sí, quiero. ¿Y tú, príncipe Robbie Williams, quieres a Jennifer Lucy Green por esposa? Sí, quiero. ¿Y juras cuidarla y comprarle cosas bonitas, entre ellas el nuevo juego de cepillos del pelo para la Barbie, y darle la última gominola del paquete y dejarle ver su programa favorito siempre que quiera? Bien, entonces yo os declaro marido y mujer.

Se pone de puntillas para darle un beso al imaginario príncipe Robbie. Entonces coge un puñado de pétalos de flores que tenía amontonados cerca y los tira al aire como confeti, dejando que caigan sobre su cabeza. Gira sobre sí misma lentamente con la cara vuelta hacia el cielo, riendo feliz mientras los pétalos caen sobre sus ojos cerrados y se le enredan en el pelo. Rayos de luz dorada se cuelan entre las hojas de los manzanos haciendo que le brille la piel rosada y el pelo color miel. Cuando han caído todos los pétalos, ella los recoge y los vuelve a tirar al aire sin dejar de reír. La contemplo con una sonrisa en los labios. Entre la luz vacilante de los rayos del sol casi puedo ver su vestido de novia cubierto de lentejuelas, a las cuarenta damas de honor vestidas de rosa, al guapo príncipe Robbie y al unicornio alado esperando para llevar a la feliz pareja a su luna de miel en una isla tropical. Incluso me pregunto adonde irán.

¿Pero qué demonios me pasa? ¿Unicornios? ¿Bodas imaginarias? ¡Qué montón de tonterías!

—No puedes casarte con alguien al día siguiente de conocerle —digo saliendo de detrás del árbol—. Las cosas no funcionan así.

Doy un susto de muerte a la niña. Está a un metro y medio de mí, petrificada y con los ojos como platos, con un pétalo amarillo pegado al labio inferior.

—Hay que reservar las iglesias con mucha antelación, para empezar. ¿Y cómo vas a organizar una boda tan grande sin tiempo? Además, no puedes querer a alguien que conociste ayer. ¿Y de dónde has sacado lo de los unicornios que vuelan?

La niña mira a su alrededor nerviosa, buscando una forma de escapar.

—No creo que pudieras seguir con la boda solo segundos después de salir de un tornado. ¿Te haces una idea de la destrucción que provoca un tornado? La gente pierde sus casas. Mueren. Familias enteras desaparecen. Un minuto están en la cama durmiendo y al siguiente el viento les arranca el tejado y todos ellos se ven volando por los aires, gritando, y todo es destrucción a su alrededor, con sangre por todas partes…

De repente la niña sale corriendo del manzanal todo lo rápido que puede con una expresión de horror en la cara.

—¡Oye, vuelve! —la llamo—. ¡Quiero hablar contigo sobre los sirvientes y las desigualdades sociales!

Para cuando consigo abrirme paso para salir del manzanal, Ewan ha venido al rescate de la niña y está agachado a su lado, limpiándole las lágrimas con el dorso de la mano mugrienta. La sienta en una carretilla boca abajo y le da su trozo de tarta de plátano a medio comer antes de acercarse a mí con paso decidido.

—¿Qué le has dicho a mi sobrina sobre gente a la que arrancan de sus camas chillando?

—Es que parece creer que los tornados son una especie de juego. ¿Nunca ha visto las noticias?

—¡Tiene seis años!

—Pues ya es hora de que se dé cuenta de las cosas. Por lo que se ve piensa que la gente sale ilesa de los tornados y que los unicornios existen.

—¡Es una fantasía! —me dice incrédulo.

—Ya, claro. Ese es el problema. ¿No te preocupa el daño que toda esa basura puede hacerle?

Se frota la frente confuso, dejándose una mancha de barro en la piel.

—¿Y por qué iba a preocuparme?

Miro a la niña, que ahora está masticando su tarta tranquilamente, doy un paso para acercarme a Ewan y bajo la voz.

—Puede que sean bodas imaginarias y unicornios voladores hoy, pero mañana andará diciéndole a la gente que ha visto una calabaza bailando a la luz de la luna o una coliflor haciendo una carrera con una lechuga en el camino del jardín. ¿Y entonces qué?

Ewan frunce el ceño.

—Que la gente se reirá de ella, eso pasará —continúo—. La llamarán mentirosa y cuentista y nadie querrá ser su amigo. Todos los niños del colegio la evitarán y tendrá que sentarse a comer sola porque creerán que es rara. Dirán que es todavía un bebé y no la dejarán jugar con ellos. Y estará muy confundida sobre lo que ha podido hacer mal, porque, por lo que sabe, los unicornios sí vuelan y las calabazas sí bailan a la luz de la luna. Nadie le ha explicado que eso no es así. Por eso no podrá entender por qué nadie la cree hasta que se dé cuenta de que todos los demás deben de tener razón y que esas cosas no pueden haber pasado como ella creía. Y entonces se sentirá estúpida y más confundida que nunca.

Ewan me mira perplejo.

—¿Estás borracha? ¿Qué es lo que te pasa? Tiene seis años, por dios. Ya sé que tú probablemente estabas estudiando la tabla periódica a su edad, pero es una cosa muy normal que una niña juegue así. Se llama «imaginación».

—No, se llama confusión. Y si todo el mundo deja que continúe, siempre estará confundida. Y cuando crezca e intente recordar su infancia lo único que recordará son castillos y unicornios y coliflores que bailan, y nunca tendrá ni idea de lo que realmente pasó porque su mente estará hecha un lío. Y te odiará por haberla animado con sus fantasías. ¡Y eso solo la llevará a más confusión, porque te odiará y te querrá a la vez!

Ewan entorna los ojos y me mira pensativo.

—Y supongo —dice lentamente, como si estuviera probando una teoría— que entonces reaccionará ante esa confusión intentando desesperadamente aferrarse a la realidad, ¿no?

—Podría ser —respondo satisfecha de que al fin lo haya comprendido.

Me observa con intensidad, su expresión se suaviza y su irritación parece desvanecerse.

—Si quieres contribuir a la confusión de la pobre niña, bien —prosigo—, pero ella será la que sufra y eso no te lo va a agradecer. ¿Me entiendes?

Asiente lentamente y me mira con algo que parece compasión.

—Sí, sí. Creo que lo entiendo.

155

—Bien —afirmo satisfecha de que por primera vez se haya retractado y haya prevalecido la razón—. Entonces te dejo para que te ocupes de la situación como mejor te parezca.

No sé por qué, pero cuando me vuelvo y camino victoriosa por el camino del jardín, no puedo evitar la inquietante sensación de que he hablado demasiado y de que tal vez no he sido yo la que ha ganado la discusión.

Capítulo 11

*E*s el Gigante Blanco el que intenta estrangularme en mis sueños. Se cierne sobre mí, sin cara, con los hombros tan lejos que su cabeza desaparece en las nubes. Él es el que huele a carne cruda. Un filete sanguinolento en la tabla de cortar. Una roja chuleta de cordero justo antes de ir a la parrilla. Unas serpentinas rosas de cerdo saliendo de la picadora. Las entrañas de un pollo. Contengo la respiración cuando se acerca por si vomito con su olor.

No sé lo que he hecho, pero está enfadado. Mucho. Se lanza sobre mí, bloqueando la luz, y me agarra con sus enormes manos para apretarme la garganta. Intento gritar pero no tengo aire en los pulmones. Puedo sentir cómo sus dedos callosos se hunden dolorosamente en mi tráquea por debajo de la mandíbula y las orejas, apretando. Intento tragar una vez y otra, pero no puedo, y de repente estoy boqueando como un pez en la orilla y noto una presión en la cabeza que parece que me va a explotar. Me imagino mis ojos saliéndose de mi cara y cruzando la habitación impulsados por muelles, como los de un dibujo animado. Intento apartar las manos del gigante, pero las tengo adheridas a la piel como si tuvieran pegamento. El mundo a mi alrededor se está volviendo gris, los colores desaparecen como los dibujos con tiza en la acera cuando empieza a caer la lluvia. La luz se está desvaneciendo, desapareciendo por un túnel estrecho que se va reduciendo hasta que no queda más luz que un diminuto puntito blanco.

Se va.

Se va.

Se fue.

Y

—¡Fuera, fuera, fuera!

Hay un perro sucio sentado en el centro de la cocina que mueve la cola y me mira expectante.

—¿Pero qué haces, animal estúpido? ¡Sal de aquí!

Me acerco para cogerle del collar, pero él parece creer que estamos jugando a algo y se tumba boca arriba con la larga lengua rosa colgándole por un lado de la boca.

—¡Levanta!

Mi experiencia con animales ha sido muy limitada hasta la fecha, y así ha sido porque yo lo he querido. Con trece años le cogí un cariño exagerado a un hámster que se llamaba *Jeremy* y que mi madre me regaló por mi cumpleaños. Semanas después de la muerte de *Jeremy*, cuando pensaba en sus ojitos negros y su naricita rosa, todavía sentía que se me llenaban los ojos de lágrimas y tenía que pellizcarme la nariz repetidamente para recuperar el control. Era ridículo que estuviera tan afectada por un animal que no hacía más que correr en su ruedecita toda la noche y no dejarme dormir. No tenía sentido seguir pensando en él y odiaba el hecho de que mis sentimientos fueran tan desproporcionados con respecto a lo que había perdido. Decidí entonces que los animales provocaban sentimientos irracionales en mí y que claramente no estaba hecha para tener uno.

—No deberías estar aquí —le digo al perro—. Estás muy sucio, haz el favor de salir afuera.

Le señalo la puerta de la cocina e intento pensar cuál es la orden para decirle a un perro que salga.

—¡Vete! ¡Fuera! ¡A la calle!

El perro rueda para ponerse de pie otra vez, mueve la cola furiosamente y me ladra.

—Veo que os habéis hecho amigos.

Me vuelto y encuentro a Ewan asomando por la puerta trasera abierta con una sonrisa divertida en los labios. Parece que no ha dormido ni se ha afeitado en una semana y tiene las manos cubiertas de arañazos y lo que parecen ser marcas de dientes.

—Supongo que es tuyo —digo señalando al desaliñado animal.

Ewan se tapa la boca con la mano intentando ocultar un bostezo.

—Sí. Pero parece que le gustas. Me imagino que nunca habrás querido tener un perro.

—Por supuesto que no. Sácalo de aquí, por favor.

—¿Seguro? Parece que los dos os lleváis muy bien.

Al ver que no estoy de humor para chistes, Ewan emite un silbido breve y agudo y el perro sale disparado por la puerta abierta y se sienta en el patio a sus pies, mirándole con ojos de adoración. Ewan se frota los ojos, bosteza otra vez y, como yo estoy tan cansada, empiezo a bostezar también. La mirada de Ewan se cruza con la mía y sonríe.

—Yo estoy así porque tengo un perro que se pasa la noche aullando. ¿Cuál es tu excusa?

—Pesadillas —le digo medio dormida antes de que me dé tiempo a pensar lo que estoy haciendo. Inmediatamente deseo no haberlo dicho. Nunca le he contado a nadie lo de las pesadillas. No quiero que la gente piense que me pasa algo, que no puedo controlar los pensamientos raros que me invaden la cabeza noche tras noche. No quiero que nadie piense que estoy trastornada.

—Oh, las pesadillas son una cosa horrible —dice Ewan compadeciéndose. Se agacha en el patio para acariciar la cabeza del perro entre sus palmas, tan fuerte que pienso que le debe de estar haciendo daño, pero el perro sigue moviendo la cola como un loco—. El año pasado tuve una horrible en la que me caía por un pozo. La tuve durante meses.

—¿Ah, sí? —le pregunto, aliviada de repente porque no soy la única.

—Sí, daba mucho miedo. Me despertaba cubierto de sudor frío, agarrado a un lado de la cama como si así pudiera dejar de caer. En el sueño incluso podía oler el cieno de las paredes del pozo y sentir el agua fría rodeándome los pies.

—¿Podías oler el cieno? —Me tranquiliza saber que otras personas también huelen cosas en sus pesadillas.

—Sí, era horrible. E incluso ya despierto, me pasaba toda la mañana oliendo ese cieno.

«Yo también —estoy a punto de confesar—. Me paso todo el día oliendo a ternera cruda, salchichas o pollo sin cocinar...»

159

—¿Y de qué va tu pesadilla? —me pregunta Ewan.

¿Debería decírselo? No puedo. Voy a parecer una loca. Pero él me ha contado lo de sus pesadillas con olor a cieno y me ha preguntado por las mías y yo estoy cansada y solo quiero sacar las imágenes de mi cabeza, contárselo a alguien…

—Hay un gigante que quiere estrangularme y que huele a carne —suelto sin pensar— y puedo sentir sus dedos contra mi garganta apretando hasta que los ojos están a punto de salírseme de las órbitas y salir volando por la habitación. De repente todo se vuelve negro y creo que estoy muerta.

Ewan me mira perplejo. Yo me miro los pies. Ahora desearía tener un botón para rebobinar. ¿Cómo debo sonar, hablando de carne y de gigantes? Es verdad que Ewan también tiene sueños locos, pero es un hombre que habla con los árboles. Tratándose de él, es normal. Se pasa la mayor parte del tiempo con la cabeza llena de ideas locas.

—Eso es aterrador —dice Ewan mirándome desde donde está agachado junto al perro. Parece verdaderamente agobiado por mí.

160

Y yo quiero gritar: «¡Lo es! Siento que me estoy muriendo, que voy abandonando mi cuerpo, y no puedo apartar esas manos, esas enormes manos callosas…».

—Sí, da un poco de miedo —admito, y en el mismo momento en que las digo, las palabras me resultan extrañas. Nunca he admitido tener miedo. Jamás.

—A mí también me daría miedo —dice Ewan mostrando empatía.

Nos miramos y me doy cuenta de lo morena que se le ha puesto la cara en las últimas semanas y el brillo rojizo que tiene la piel del puente de su nariz donde se ha quemado por el sol. También el pelo se le ha decolorado y tiene mechones rubios entre los rizos castaños. Siento que me ruborizo y aparto la mirada.

—Bueno —digo cambiando de tema—, ¿y cómo has acabado con ese perro que te tiene despierto toda la noche?

Al darse cuenta de que la conversación ha cambiado radicalmente de rumbo, Ewan se pone de pie y observa al perro.

—Su dueño era uno de mis clientes, el señor Gorzynski, un

anciano que vivía a unas calles de aquí. Murió la semana pasada. Siempre me dijo que quería que me quedara con el perro, así que aquí estamos. Un nuevo equipo.

—¿Y por qué quería que tú te quedaras con el perro? —le pregunto sin creerme que a alguien se le haya ocurrido confiarle a Ewan la responsabilidad permanente que supone una criatura viviente.

—Digamos que tiene una habilidad especial que es muy útil en mi oficio —me dice misterioso.

—¿Quieres decir que le gusta sentarse y beber café?

Ewan levanta una ceja y finge estar sorprendido.

—Vaya, señorita May. ¿Acaba de hacer un chiste?

Me muerdo el labio para evitar sonreír.

—Encima te burlas de nosotros —continúa—, que llevamos aquí fuera desde las nueve de la mañana sin tomar ni siquiera una taza de café ni un trozo de… —mira por encima de mi hombro a la tarta que hay sobre la encimera—, un trozo de tarta de chocolate para mantenernos en pie.

—Qué tragedia —le respondo con tono de burla, medio asombrada, medio divertida por mi audacia—. Solo podéis esperar que alguien se apiade de vosotros y os lleve un refrigerio antes de que os marchitéis bajo este sol.

Ewan sonríe.

—La esperanza es lo último que se pierde.

Me quedo esperando a que se vaya, pero se queda en el patio con aire pensativo.

—¿Sabes? Podría hacer una tintura para lo de tus pesadillas, si quieres. Melisa, lavanda, camomila…

—No, gracias —me apresuro a decir porque no quiero seguir con el tema. Ya siento que he hablado de más.

—Puede ayudar en momentos de estrés. Sé que las cosas con tu madre son difíciles…

—No estoy estresada. Estoy bien. Gracias. Te traeré un café —propongo como forma de terminar la conversación.

Ewan asiente brevemente antes de volverse hacia el fondo del jardín. Yo apoyo los codos sobre la encimera, me tapo la cara con las manos y me froto los ojos cansados con las palmas. Estoy agotada. Y tengo un dolor de cabeza terrible. ¿Por qué le habré contado lo de mis pesadillas? Me siento como si me hu-

161

biera desnudado y después me hubiera puesto a correr por el jardín delante de él.

—¿Sabes qué es lo mejor de *Digger*?*

Levanto la cabeza sobresaltada y veo que Ewan sigue allí.

—¿Qué?

—*Digger*. El perro. Lo mejor de él es que escucha muy bien. Si alguna vez necesitas hablar de algo, *Digger* siempre está ahí. Además es muy calladito, no te interrumpe. Y muy discreto.

—Yo no necesito hablar de nada —digo de forma concluyente. Miro a *Digger*, sentado en el patio jadeando y con una fina línea de baba colgándole de la boca—. Y aunque lo necesitara, no perdería el tiempo hablando con un chucho viejo y sarnoso.

Ewan se encoge de hombros.

—Como quieras. Pero creo que le voy a dejar aquí un rato. Por si cambias de idea.

—¿Por qué demonios iba a querer hablar con un perro? Estaría loca si... ¡Oye! ¡Vuelve! ¡No me lo dejes aquí!

Pero Ewan ya ha cruzado la mitad del camino del jardín, silbando mientras anda.

El perro y yo nos miramos.

—No se te ocurra entrar.

Digger suelta un gemido y apoya la cabeza en las patas. Durante un momento pienso que he herido sus sentimientos e incluso me siento un poco culpable.

—Oh, qué tontería. —Me acerco a cerrar la puerta de la cocina—. No voy a hablar contigo. Yo no soy tan boba como tu dueño.

El perro me mira acusatoriamente.

—Tu nuevo dueño, quiero decir —corrijo apresuradamente—, no el señor Gorzynski. Seguro que él estaba perfectamente cuerdo y no perdía el tiempo hablando contigo.

De repente el perro levanta la cabeza y suelta un aullido largo y agudo.

---

*. *Digger* significa en inglés «excavador», «que hace agujeros». (*N. de la T.*)

—¿Pero qué demonios te pasa? —le pregunto desconcertada—. No seas tonto. ¿Qué iba a pensar el señor Gorzynski si te viera?

El perro aúlla de la misma forma de nuevo.

—¿Por qué haces eso cada vez que nombro al señor Gorzynski?

Digger vuelve a aullar y yo me tapo las orejas. Estoy a punto de cerrar la puerta cuando se me ocurre algo.

—Oh. Echas de menos al señor… a tu antiguo dueño.

El perro vuelve a poner la cabeza sobre las patas con expresión deprimida.

—¿Por eso te pasas la noche aullando? ¿Porque le echas de menos?

Me siento en un escalón y le quito al perro una hoja que tiene en la cabeza con cuidado por si se gira y me muerde, pero solo me mira con sus grandes ojos, tristes y oscuros. Sin mucha convicción intento acariciarle una oreja. Es suave y cálida. Le acaricio un poco más. Miro al fondo del jardín para comprobar que Ewan no está por allí y también escudriño a mi alrededor para ver si hay otras personas escondidas entre los arbustos esperando el momento de humillarme. Cuando estoy segura de que no hay nadie para presenciar mi estupidez, me pongo a hablar con el perro en voz baja.

—No estés triste, tienes que recordar los buenos momentos. Las veces que salisteis a pasear juntos, cuando os sentabais acurrucados en el sofá o cuando os tumbabais al sol en el jardín el uno junto al otro. O cuando jugabais en el parque, echabais la siesta delante del fuego u os sentabais a ver la tele juntos.

Apoyo la cabeza en las rodillas y los dos tenemos ahora posturas de abatimiento parecidas. Sigo acariciándole la oreja.

—Todas esas cosas agradables que hacías con el señor… con tu antiguo dueño no te las va a arrebatar nadie. Siempre te quedarán esos recuerdos. —Le doy una palmadita en la cabeza—. Y cuando estés triste, siempre puedes acurrucarte con uno de sus jerséis viejos y de alguna forma la persona que se ha ido volverá a estar contigo. —Cierra los ojos—. Es triste perder a alguien que quieres tanto, ¿verdad? Pero tienes que ser fuerte, un perrito fuerte. Porque todavía tienes toda la vida

163

por delante y tu antiguo dueño no querría que estuvieras triste. Sé que es difícil creer que volverás a ser tan feliz como fuiste con él, pero tienes que seguir adelante y aprovechar tu vida al máximo.

El perro empieza a roncar bajito. Veo una lágrima caer al suelo del patio a mis pies y me doy cuenta de que debe de ser mía.

—Tienes que ser valiente —susurro.

—¡Maldito animal! —se queja Mark dejando su bolsa en la entrada y limpiándose sus perfectos pantalones de verano de color crema.

—Solo es un poco de barro —le digo cerrando la puerta—. Es que se ha alegrado mucho de conocerte.

—Meg —me dice en un tono que me deja claro que está a punto de decir algo importante y que debo escuchar con atención—. Acabo de pasar cuatro horas metido en un atasco. No me esperaba encontrarme un perro sucio que se me lanzara encima en cuanto abriera la puerta del coche. Estos pantalones solo se pueden lavar en seco, ¿sabes? Y la tintorería solo abre hasta las cinco los días laborables, así que tengo que salir del trabajo antes y… —Estornuda escandalosamente—. Y ya sabes, soy alérgico a los animales y…

¡Achís!

—¿En qué demonios está pensando ese jardinero para dejar que ese perro lo ponga todo patas arriba por aquí?

¡Achís!

—Es un perro muy gracioso —digo intentando ayudar a Mark a cepillarse los pantalones.

—Ha hecho agujeros por todo el jardín, ¿te has dado cuenta? —me pregunta Mark apartándome la mano.

—Sí, bueno, es que es un perro de esos que están siempre cavando. Aparentemente, a veces es muy útil, pero creo que Ewan está teniendo algún problema para controlar su entusiasmo.

—¿Quién demonios es Ewan?

—El jardinero.

—Ah, él. Bueno, seguro que ese perro no tiene pedigrí y

será un saco de enfermedades. Los perros tienen pulgas, garrapatas, ácaros, lombrices, tenias… No se me ocurre ninguna razón por la que alguien podría querer tener uno. A menos que seas pastor, tener un perro es algo totalmente innecesario en esta época y en este siglo.

—A algunas personas les gusta tener animales porque les hacen compañía —le digo vacilante.

—Para eso deberían relacionarse con otros seres humanos.

—Quizás a algunas personas les resulta más fácil hablar con los animales que con los humanos. A veces cuando están deprimidos y solos…

—Meg —me interrumpe Mark con tono duro—, solo las personas tristes y desesperadas hablan con los animales.

Jugueteo con un mechón de pelo avergonzada e intento borrar de mi mente la larga conversación que he tenido con *Digger* esta mañana. ¿Qué me habrá pasado? Solo quería decirle unas cuantas palabras amables al animal que tenía esa cara tan triste, y una hora después me encontré todavía sentada allí con él, divagando sobre mi madre, mi infancia, mis sueños, mis ansiedades, mis miedos ante el futuro… Es todo culpa de Ewan. Nunca habría hecho nada tan ridículo si no fuera por él.

—La gente que habla con los animales —prosigue Mark mientras comprueba minuciosamente sus pantalones en busca de alguna mota de suciedad— son las mismas personas que hablan con Dios. O con las hadas. Incluso consigo mismas. Son gente incapaz de relacionarse con otros seres humanos. O incapaz de gestionar sus sentimientos de alguna otra forma. Gente como tu madre.

Durante un segundo siento como si me hubiera abofeteado en la cara, pero entonces recuerdo que Mark tiene toda la razón. Asiento y me reprendo internamente por mi comportamiento; no voy a volver a hablar con ese maldito perro.

—Sí —le respondo—, es el tipo de cosa estúpida que ella haría.

—Y mírate —exclama con un chasquido de la lengua quitándome pelos de perro de la blusa—, tú también estás hecha un desastre. Debes insistir en que deje a ese chucho en su casa.

Me examino de arriba abajo rápidamente en busca de más

165

pelos indiscretos. He estado un siglo intentando ponerme guapa y escogiendo ropa que creía que a Mark le gustaría.

—Tienes razón —digo irritada tanto con Ewan como con *Digger*—, se lo diré.

—Bueno, olvidemos eso —dice Mark forzando una sonrisa—. Te he traído un regalito. —Abre la cremallera de su bolsa—. Cierra los ojos.

¿Un regalo? Mark no compra regalos. Cree que son «objetos innecesarios sustitutivos del cariño». Lo único que me ha regalado en este tiempo ha sido un bolígrafo de punta redonda, porque le parecía que me vendría bien para ayudarme a domesticar la caligrafía de mis letras mayúsculas, que son un poco rebeldes. Cierro los ojos bastante emocionada. ¿Serán flores? ¿Bombones? Un segundo después estoy agachada por culpa de una pila de libros que acaba de ponerme en los brazos.

—Todos los consejos prácticos que puedes necesitar para los meses que se avecinan. Así no tendrás que preocuparte por nada.

Examino los títulos: *Guía completa de los impuestos de sucesiones; Planificación financiera para menores de treinta; Alguien ha muerto y te ha dejado sus cosas, ¿y ahora qué?...*

—Creo que ese es demasiado humorístico —dice Mark—, pero tiene algunos consejos muy útiles.

—Vaya, Mark. No sé qué decir.

Sonríe orgulloso.

—Los otros dos son lecturas ligeras, para cuando simplemente te apetezca tumbarte y relajarte: *Mil cosas que no sabes sobre la investigación con células madre* y *El hombre mono y la mujer mona: reflexiones sobre la teoría del origen de las especies de Darwin*. Además, me pareció que este podía venirte bien.

Saca otro libro de la bolsa y me lo tiende con impaciencia. En la tapa delantera hay un hombre con un pasamontañas negro. El título, *¡HABLA!*, está escrito en la portada con grandes letras rojas.

—Lo ha escrito un hombre que antes estaba en los GEO. Habla de técnicas de interrogatorio.

Mark deja caer el libro encima de la pila que ya me cuesta sostener.

—Algunas partes son un poco extremas para propósitos domésticos y no lo recomendaría como lectura antes de acostarse.

Miro al hombre de apariencia militar y aterradora de la portada y me pregunto si Mark creerá que voy a atar las extremidades de mi madre al microondas con alambre o a amenazarla con una batidora eléctrica. Sé exactamente por qué me ha traído ese libro y en cierto modo es culpa mía. Le he engañado un poco diciéndole que, como hablamos, me he puesto en contacto con la oficina del ayuntamiento de Camden (cosa que no he hecho) diciendo que quería hablar con alguien sobre un restaurante chino de comida para llevar (que no existe) y que le cité la ley que Mark me había dicho (que ni siquiera recuerdo) solo para, después de muchos, muchísimos intentos, verme obligada a rendirme. Eso provocó una gran indignación en Mark por el estado de las oficinas del gobierno local y le llevó a tomar la férrea decisión de que si un método para obtener la verdad no funcionaba, en vez de perder el tiempo, lo mejor es encontrar una alternativa. Y supongo que ponerme un pasamontañas y amenazar a mi madre hasta que claudique es la alternativa que se le ocurre.

Me sonríe, esperando mi respuesta.

—No sé qué decirte —digo sonriendo—. Gracias.

—Sabía que te gustarían. He pensado mucho en el tipo de libros que podrían ser prácticos y levantarte el ánimo a la vez.

Me acerca la cara y yo le doy un beso rápido en los labios mientras sigo sosteniendo el enorme peso de los libros.

—Me alegro de que me conozcas tan bien —le digo agradecida.

—¿Nos tomamos el postre fuera? —pregunto después de que hayamos comido el desastroso intento de lasaña de verdura que he preparado yo solita en ausencia de mi madre. Después de haber estado muy animada toda la mañana, de repente mi madre ha empezado a encontrarse mal en cuanto ha llegado Mark y ha tenido que irse inmediatamente a la cama, dejándome para que pusiera en práctica las cuatro semanas de lecciones intensivas de cocina que llevamos. Tengo que admitir que no se me ha dado muy bien. Por suerte, echar una cucharada de helado en un par de cuencos es algo que me sale bastante mejor.

—Hace un poco de frío afuera —responde Mark.

Tiene razón. Hoy es uno de octubre. Los días largos y calurosos se han ido y las noches llegan cada vez más pronto, pero yo me niego a creer que se ha acabado el verano. Estoy decidida a no dejarlo ir.

—No, vamos, todavía hace buena temperatura —insisto abriendo la puerta de atrás. Una brisa fresca entra inmediatamente y hace que se me ponga la carne de gallina—. Podemos echarnos en una tumbona debajo de una manta. Será romántico.

—Comer así no es bueno para la digestión.

—Pues nos sentaremos en el banco.

—Ya sabes que no me gusta comer en el exterior. Con todas esas moscas…

—Ya es tarde para las moscas del verano.

—Parece que va a empezar a llover.

—¿Y qué problema hay? —le pregunto sintiéndome de repente extrañamente impulsiva—. Solo es un poco de agua. Ya se secará.

Mark me mira como si me hubiera vuelto loca y durante un segundo me pregunto si así es. Estoy deseando sentarme fuera como hemos hecho mi madre y yo casi todos los días del verano, con tostadas francesas bajo el sol brillante de la mañana, sándwiches de aguacate y beicon al calor del mediodía, tallarines con marisco mientras veíamos el atardecer…

—Aprovechemos el verano —le suplico.

—El verano se ha acabado —dice Mark cogiendo su helado y llevándoselo a la mesa de la cocina—. Y ya casi ha oscurecido.

Miro afuera y me doy cuenta de que ya no se ve el fondo del jardín. Los manzanos no son más que siluetas oscuras en la poca luz que queda. Me cierro la chaqueta y me da un escalofrío. Se me cae el corazón a los pies. De repente me siento abrumada con una acuciante sensación de cambio. No puedo recordar ningún momento en que me haya sentido tan impotente. Siempre me he enorgullecido de ser capaz, fuerte y de mantener el control. Pero ¿para qué me sirven esas cosas ahora? No puedo hacer que la luz no desaparezca, ni que la brisa deje de ser cada día más fría. No puedo hacer que las flores no se marchiten ni que las hojas no caigan de los árboles. El otoño llegará, seguido del invierno y la primavera, y cuando el verano vuelva no lo reconoceré. No habrá tartas en el horno cuyo aroma salga por las ventanas abiertas de la casa, ni tarrinas de helado casero en las bandejas del congelador. No cogeré frutos del bosque mientras hablo con mi madre de nuestras vidas, no podremos tumbarnos en el jardín la una al lado de la otra. Ya no habrá historias inventadas sobre los veranos pasados, como la de julio de 1985, que fue tan caluroso que hicimos un pastel de ternera a la cerveza en el alféizar de la ventana y las plantas de interior empezaron a dar piñas y mangos. No habrá nadie que me pregunte una y otra vez si me he puesto suficiente crema solar o si creo que debería ponerse un sombrero. ¿Cómo va a haber un verano sin esas cosas?

—Todavía no está oscuro del todo —le digo a Mark esperanzada, todavía mirando el jardín—. Queda un poco de luz.

Detrás de mí Mark rebaña ruidosamente el cuenco del helado con la cuchara.

—No por mucho tiempo.

Derrotada, cierro la puerta de la cocina.

—No, no por mucho tiempo.

169

Capítulo 12

*C*uando era un bebé, mi madre dice que tras comerme un trozo de su tarta de menta, que me sirvió de combustible, fui arrastrándome desde la calle principal de Tottenham hasta Enfield Chase. Eso asegura ella. Y hablo de arrastrarme porque fui gateando a cuatro patas, no porque fuera despacio; al contrario, recorrí esa distancia a la velocidad de un cohete.

Por si hay alguien que no conoce este postre, la tarta de menta está hecha de azúcar hervido con esencia de menta, dispuesta en forma de cuadraditos y cubierta de chocolate fundido. Y nunca debería dejarse al alcance de bebés glotones que cogerán y se comerán cualquier cosa que puedan atrapar con sus manitas regordetas. En este caso fue un error de mi madre.

—Estaba tan cansada —dice—. Ser madre soltera puede ser a veces demasiado trabajo, ¿sabes? Así que hice una tarta de menta, como hacía a menudo en aquel tiempo, para que el azúcar me diera la inyección de energía que iba a necesitar durante el día. Te perdí de vista un momento y lo siguiente que supe fue que la policía me llamaba para decirme que te habían pillado en un control de exceso de velocidad en Enfield.

Después, cruzando los testimonios de los policías, los testigos locales, el conductor del autobús 192 y un agente de la protectora de animales, se pudo determinar que acababa de vivir una aventura impresionante para una niña de un año.

Parece ser que después de comerme un cuadradito de tarta de menta, adquirí la energía y la fuerza que necesitaba para propulsarme hasta alcanzar el picaporte de la puerta principal y salir del piso. Luego bajé tres tramos de escaleras rodando a una velocidad asombrosa, pasando sin dejar de dar volteretas al lado del señor Ginsberg, que más tarde dijo que lo único que había visto era algo tan borroso que me había confundido con una pelota de fútbol; por eso gritó por las escaleras: «¡Malditos niños del piso 26! La próxima vez que os pille con un balón, os lo confiscaré y no os lo devolveré». Después gateé a unos treinta kilómetros por hora (según cálculos posteriores) por la acera de la calle principal llena de gente, provocando que los peatones tuvieran que saltar para quitarse de mi camino y que un barrendero tropezara con una alcantarilla, antes de unirme al tráfico de la B154. Al llegar a la intersección con la calle de la iglesia, la crucé sin prestar la más mínima atención a los semáforos por delante del autobús 192 que llegaba, lo que provocó que el conductor tuviera que pisar el freno y llamara por radio a la estación de autobuses para decir que había evitado por poco un accidente con un bebé que iba a mucha velocidad y pedir que alguien viniera a relevarle porque estaba bastante agitado y no se veía capaz de conducir. Para cuando soltó la radio yo estaba ya muy lejos, en alguna parte del centro de Enfield, donde un agente de la protectora de animales que estaba de patrulla me vio y empezó a perseguirme en su furgoneta, sacando el cuerpo por la ventanilla e intentando atraparme con una red. Mientras, el barrendero enfadado había llamado a la policía, que llegó armando alboroto por una esquina con dos coches patrulla justo cuando por fin me estaba quedando sin energía a punto de entrar en la estación de tren de Enfield Chase y me detuve mientras me salía vapor por las orejas. En cuanto un policía me cogió en brazos me quedé dormida y no volví a despertarme hasta tres días después.

—Pasé mucha vergüenza —explica mi madre— cuando los agentes aparecieron en la puerta contigo. ¡Ni siquiera me había dado cuenta de que te habías ido! Estabas muy sucia y tenías bichos espachurrados en la frente. Olías un poco raro, como a quemado, y el agente dijo que obviamente te habías recalentado, así que te metí en el frigorífico mientras les hacía a esos policías tan agradables una taza de té. Al principio se mostraron muy enfadados conmigo, pero cuando les expliqué lo de la tarta de menta y les di un cuadradito para que probaran, pude ver que se quedaban impresionados. Ambos dijeron que

171

quedaban exhaustos después de trabajar, sobre todo en el turno de noche, y que si tuvieran algo como esa tarta de menta para ayudarles a seguir el ritmo podrían detener el doble de criminales. Así es como empecé a hacer tarta de menta para la policía metropolitana.

Ewan le da otro bocado a su trozo de tarta de menta y le sonríe a mi madre.

—¿Y funcionó? —pregunta—. ¿Empezaron a atrapar más criminales?

—Oh, sí. Hubo una caída espectacular de la criminalidad ese año, pero claro, nadie admitió que se debía a que la policía tenía más energía.

—Fue por las grandes reformas que se llevaron a cabo ese año en el cuerpo —le explico a Ewan con sequedad—. Aprobaron una nueva legislación…

—Eso no es más que una tapadera, cariño —me interrumpe mi madre, agitando la mano para quitarle importancia—. No debes creer todo lo que te dice la gente. Fue por mi tarta de menta, créeme.

Niego con la cabeza y suspiro.

—Si tú lo dices, mamá.

—Bueno, a mí la tarta me ha funcionado —dice Ewan terminando el último bocado y limpiándose las manos pegajosas en los vaqueros sucios—. Ya estoy listo para seguir.

En un esfuerzo conjunto, los tres hemos pasado las últimas dos horas recogiendo toda la fruta y la verdura del jardín para cocinarla, hacerla en conserva, congelarla o dársela a alguien antes de que cambie la estación. Hay tanta que la encimera de la cocina está llena de fresas, manzanas, ciruelas, frambuesas, lechugas, cebollas, guisantes, tomates… Hemos utilizado todo lo que hemos podido encontrar para recogerla: cuencos, cazos, recipientes de plástico para lavar los platos e incluso un viejo sombrero para el sol. El cielo está gris y hay nubes oscuras cerniéndose sobre nuestras cabezas. Me duele la espalda de tanto agacharme y cargar, pero sobre todo estoy preocupada por mi madre. Ella ha desdeñado las afirmaciones de Ewan de que puede hacerlo solo y de que ese es su trabajo y ha insistido en que quiere ayudar y en que puede hacerlo. Que aunque se ha encontrado un poco pachucha últimamente porque le silba el pecho y le duelen las articulaciones, ahora mismo se encuentra del todo bien y quiere ser de utilidad. Y yo sé muy bien que no tiene sentido discutir con ella.

—Vamos —digo metiéndome el último trozo de tarta de menta en la boca.

Mi madre, que ha estado sentada en el banco que hay junto a la ventana de la cocina, intenta levantarse de su asiento, pero está frágil y débil como si fuera una anciana y no una mujer que todavía no ha cumplido los cuarenta. Se ha esforzado demasiado esta mañana y ya no le quedan fuerzas. Su tarta de menta milagrosa puede que le diera nuevas energías a todo el cuerpo de policía, pero no ha tenido ese efecto en ella. Lo intenta resollando, avergonzada.

—Mira, mamá… —empiezo a decir. Quiero decirle lo ridículo que es esto, que está demasiado enferma para hacer esfuerzos físicos y que debería estar en la cama, pero Ewan me interrumpe.

—¿Sabes qué nos vendría muy bien? —dice apresuradamente colocando una mano en el hombro de mi madre para evitar que se levante—. Que vayas buscándole sitio a todo lo que ya hemos recogido. Nos estamos quedando sin recipientes y ya casi no queda espacio en la cocina.

Mi madre le sonríe. Parece aliviada por su sugerencia.

—Bueno, supongo que no tiene sentido recoger más si no tenemos dónde ponerlo, ¿verdad? ¿Estáis seguros de que podéis sin mí? Estoy dispuesta a seguir si me necesitáis.

—No lo dudo —responde Ewan alegremente—. Puedes ganarme recogiendo otro día. Ya me has avergonzado bastante esta mañana.

Eso, por supuesto, es mentira. Mi madre, a pesar de todos sus esfuerzos, ha recogido muy poca cosa y se ha pasado la mayor parte de la mañana entrando y saliendo de la zona de los arbustos, contándole todo tipo de tonterías al que estuviera más cerca de los dos. Pero el elogio de Ewan la hace sonreír orgullosa.

—Deberías ponerte un chubasquero —me recomienda Ewan cuando ya está saliendo hacia el jardín—. Va a empezar a llover dentro de cuatro minutos.

Levanto la vista para mirar el cielo, que de hecho se ve más claro de lo que ha estado toda la mañana.

—No lo creo —le digo.

Se encoge de hombros sin darse la vuelta.

—Como quieras.

Hay rendijas entre las nubes por las que se ve un cielo azul grisáceo.

—¡Cuatro minutos! —me burlo—. ¿Cómo demonios puede decir que va a llover dentro de cuatro minutos?

Me giro hacia mi madre buscando una respuesta, pero ella ya se ha quedado dormida en el banco, echando una cabezadita plácidamente con la boca un poco abierta. Entro y cojo una manta.

—Te he dicho que no hicieras esfuerzos —la reprendo en voz baja mientras la envuelvo en la manta—, pero eres una cabezota.

Gime muy bajito todavía dormida y murmura algo sobre repollos.

—¿Por qué no escuchas nunca a nadie? —susurro.

Le meto las manos frías y delgadas bajo la manta, cojo un cuenco de plástico y me adentro en el jardín justo cuando empieza a llover.

174

Ewan y yo trabajamos en silencio durante un rato, yo agachada entre los fresales húmedos y él recogiendo ciruelas de unos árboles allí cerca y metiéndolas en una bolsa de plástico del supermercado. Ya no queda ninguna de las fresas buenas y las que estoy rescatando ahora van a acabar hechas puré para hacer mermelada, helado, salsa de fresa… Eso si mi madre se encuentra lo suficientemente bien. Todavía cocina, pero no al mismo nivel de actividad que antes, y las lecciones que me estaba dando han quedado abandonadas. Ahora se tumba en el sofá y mira libros de cocina francesa y ve los programas de los chefs de la tele hablando con ellos como si pudieran oírla a través de la pantalla del televisor, agradeciéndoles sus consejos o riñéndolos por dejar el aceite caliente sin vigilancia. Las posibilidades de que vaya a poder utilizar toda esta fruta son muy pocas y me imagino abriendo el frigorífico dentro de un año y viendo que siguen allí, como un extraño recuerdo congelado de ella. Esa idea hace que me dé un vuelco el estómago y de repente me pregunto qué sentido tiene todo esto. Estoy de rodillas sobre la tierra fría y húmeda, rodeada de fresas mustias y con el jersey empapado por la lluvia, ¿y todo eso para qué? ¿Para que toda esta fruta se pudra dentro de la casa en vez de fuera?

—¿Por qué estamos haciendo esto? —grito de repente tirando una fresa mohosa al otro lado del jardín. *Digger*, que ha estado obedientemente tumbado a los pies de Ewan, da un salto y sale corriendo tras ella muy excitado.

—¿A qué te refieres? —me pregunta Ewan, examinando una ciruela para buscar agujeros de gusano.

—¿Qué va a pasar con toda esta fruta? Mi madre no tiene energía suficiente para hacer algo con todo esto. ¿Para qué la estamos congelando? No la va a descongelar dentro de unos meses, como dice que hará. ¡Ni siquiera va a estar aquí para entonces, por dios!

Ewan me mira con gotas de lluvia cayéndole del pelo.

—¿Quieres ir y decirle eso?

—¡Alguien debería hacerlo! Esto es una locura. No tiene sentido.

Mete la ciruela con cuidado en la bolsa.

—Ya estás otra vez —suspira—. Siempre necesitas que todo tenga sentido.

—Es que no entiendo qué es lo que piensa. No va a poder hacer helado de fresa el verano próximo, ni usar estas ciruelas para el relleno de Navidad, ni ninguna de las demás cosas de las que ha estado hablando toda la mañana. ¿Por qué finge que lo va a hacer? Y tú no ayudas nada haciéndole parecer la campeona de recogida de fruta. Te he visto antes echándole moras a la cesta cuando no miraba.

—No está fingiendo. Fingir significa que lo estás haciendo a propósito. Y no creo que sea eso lo que hace tu madre. No es una decisión consciente. No te miente deliberadamente. Me parece que de verdad se cree que va a seguir estando aquí para hacer todas esas cosas. Se ha convencido de que así será. Su mente está intentando encontrar una manera de sobrellevar la enfermedad.

—Gracias, doctor Freud —digo entre dientes tirando otra fresa podrida al jardín para que *Digger* intente cogerla—. ¿Y desde cuando los jardineros son expertos en psicología?

175

—No es astronáutica —responde Ewan cubriéndose la cabeza con la capucha de su sudadera cuando la lluvia empieza a caer más fuerte—. La gente ha estado contándose historias desde el principio de los tiempos para poder encontrarle un sentido al mundo en el que viven. Por ejemplo esos mitos que te parecen tan estúpidos. Solo son otra forma de entender el mundo. ¿Recuerdas a tu amigo Prometeo, que les dio el fuego a los hombres y después fue castigado con un águila que se comía su hígado cada noche?

—Todo ello imposible y ridículo.

—Para ti tal vez, pero para la gente del momento eso explicaba la existencia del fuego. Otros mitos explicaban la muerte, las estaciones, por qué estamos aquí…

—Oh, no me digas más —suspiro molesta—. Lo de por qué estamos aquí tiene algo que ver con un dragón y una manzana.

Ewan sonríe y niega con la cabeza.

—No, pero ¿por qué no? Podría ser cualquier cosa que tuviera sentido. En la mitología egipcia al hombre lo hicieron de arcilla. En la china, Pangu salió de un huevo.

—¿Pan qué?

—Pangu.

Ewan levanta la cara hacia el cielo, dejando que la lluvia le caiga en la cara. Es la única persona que conozco que puede parecer contento recogiendo ciruelas bajo la lluvia un día triste y gris. Yo estoy harta, tengo frío y quiero entrar en casa.

—En el principio —empieza a contar— solo había oscuridad y caos. Pero en la oscuridad se formó un huevo y dentro del huevo creció el gigante Pangu. Durante millones de años Pangu durmió y creció hasta que un día se estiró y sus enormes extremidades rompieron el huevo. Las partes más ligeras del mismo flotaron para formar los cielos, y las más densas se hundieron y formaron la tierra. A Pangu le gustó esta nueva situación, pero se preocupó porque la tierra y el cielo podían volver a fundirse, así que se colocó entre ellos con los pies en la tierra y sujetando el cielo con la cabeza. Cuando Pangu murió, de su aliento salieron el viento y las nubes y de su voz, el trueno y el relámpago. Sus ojos se convirtieron en el sol y la luna y sus brazos y piernas en las cuatro direcciones de la rosa de los vientos. Su carne pasó a ser el suelo y su sangre corrió para formar los ríos. Sus huesos se transformaron en las piedras y los minerales. —Ewan le da un mordisco a una de las ciruelas—. Los mitos sobre la creación solo son otra forma de intentar darle sentido a nuestro mundo. Intentan hacer lo mismo que la ciencia, pero de una forma diferente.

Niego con la cabeza y estoy a punto de decirle que todo eso no son más que tonterías y que la historia de Pingu, Pongu o como se llame no tiene nada de científica. Pero mientras giro una fresa entre mis dedos para examinarla me encuentro pensando en que la ruptura del cascarón del huevo tiene cierto parecido con la teoría del Big Bang y que la forma del huevo puede tener algo en común con la teoría de Einstein del espacio curvo...

—Incluso aunque tengas razón —admito con reticencia— y la gente se invente historias absurdas para poder encontrarle sentido al mundo, no veo qué es lo que tiene eso que ver con mi madre. Ella no está intentando entender su enfermedad ahora. Mi madre ha estado inventándose historias ridículas desde que yo recuerdo, mucho antes de estar enferma. Todas esas historias fantasiosas sobre mi infancia, ¿a qué le está buscando sentido con ellas, doctor Freud?

Ewan se encoge de hombros.

—Tal vez esa sea la pregunta —responde con la boca llena de ciruela.

Sigo girando la fresa llena de barro entre los dedos.

«Tal vez esa sea la pregunta.»

Teniendo en cuenta que soy una persona que se cuestiona el propósito de todo, me sorprende darme cuenta de que hay algo que nunca me he preguntado sobre las historias de mi madre: qué propósito tienen. Si Ewan tiene razón, si las historias ayudan a que el mundo sea un lugar más manejable, ¿qué es lo que mi madre está intentando manejar?

Oigo a Ewan que me está comentando algo, pero no escucho lo que dice porque estoy perdida en esta nueva línea de pensamiento.

Tal vez siempre he estado demasiado atrapada en la frustración, el enfado, la lucha por encontrar la verdad, para siquiera hacerme la pregunta que realmente importa: ¿por qué?

Me doy cuenta vagamente de que la lluvia está cayendo

177

cada vez con más fuerza sobre los fresales y golpeando el suelo que me rodea.

¿Qué propósito puede tener contar todas esas historias?

«Tal vez esa sea la pregunta.»

De repente mi mente está funcionando a mil por hora.

¿Y si hay un propósito para todas esas mentiras? ¿Y si nunca llego a saber cuál es? ¿Cómo voy a encontrarle sentido a mi vida? ¿Cómo voy a encontrar el significado de todo esto? ¿Qué pasa cuando no sabes la verdad pero no puedes creer las mentiras, cuando no puedes encontrar la forma de darle significado a tu propia existencia, ni a través de los hechos ni con la ficción? Sin una narración de tu propia vida, ¿de verdad existes?

¿Te vuelves loca si no encuentras el significado? ¿Es eso lo que me va a pasar a mí? ¿Voy a acabar más loca que mi madre? Por lo menos su vida tiene una historia; es una locura ridícula y una mentira, pero al menos es algo que le proporciona explicaciones, razones y significado. ¿Y qué tengo yo? Nada. No tengo explicaciones para nada; no hay nada a lo que pueda aferrarme, nada que tenga sentido.

¿No es eso suficiente para volver loco a cualquiera?

—¡Meg! —grita Ewan para llamar mi atención.

Levanto la vista para mirarle con un mechón de pelo húmedo pegado a la cara.

—Entra en la casa —me dice. Caen gotas de lluvia de su capucha—. Te estás empapando.

¿Qué día es hoy? Viernes. ¿Y qué fecha? Veintiocho.

El último viernes del mes.

Me pongo de pie rápidamente. Me crujen las articulaciones y noto agujetas por todas las piernas.

—Me voy a Londres —anuncio de repente.

Ewan me mira con el ceño fruncido mientras salgo apresuradamente del fresal saltando hileras de plantas empapadas.

—¿Ahora? —le oigo preguntar.

Pero ya voy corriendo por el camino del jardín con los pies chapoteando dentro de mis zapatillas de deporte. No me detengo para volverme.

—Me acabo de acordar —le digo por encima del hombro— de que tengo que ir a un concierto.

Capítulo 13

*C*uando entro como una tromba por la puerta del pub The Frog and Whistle, calada hasta los huesos y sin aliento por la carrera que he tenido que darme por Euston Road en medio de la tormenta, durante un segundo creo que me he confundido de pub. Esta noche hay gente apoyada en la barra, sentada a las mesas, jugando a las viejas máquinas tragaperras y de pie en grupitos con sus pintas, todos disfrutando de una atmósfera bulliciosa y animada. Si no fuese por el olor familiar a cerveza rancia y a orines y porque nada más entrar veo a la mujer de los pantalones de chándal con mensaje partida de risa y escupiendo cerveza hasta ponerse perdida, pensaría que definitivamente me he confundido de lugar. Me sorprende ver que la vieja banda de rock Chlorine atrae a tanta gente.

Y cuando los oigo tocar me sorprende aún más.

Mientras estoy de pie junto a la puerta, todavía insegura, desde el fondo del local de repente emerge un ruido que suena como si estuvieran desguazando un coche y a la vez que alguien grita de dolor. Pasan unos segundos hasta que distingo que se trata de una canción y al fin reconozco que esos golpes y aullidos son una horrenda interpretación de *Satisfaction*, de los Rolling Stones. Pero a los clientes parece encantarles. Un grupo de hombres con la cabeza rapada empieza a gritar la letra agitando los puños en el aire, mientras la mujer con el mensaje en el trasero de los pantalones hace girar su enorme culo vestido con chándal para su diversión. Me pongo de puntillas para intentar ver al grupo, pero solo consigo distinguir de refilón una guitarra, la manga de una chaqueta de cuero y el pie de un micrófono que alguien agita en el aire. ¿Y si uno de ellos se parece mí?, me pregunto con el corazón latiéndome con fuerza. ¿Y si reconozco mi cara en uno de ellos? ¿Nuestros ojos se encontrarán instantáneamente a pesar de la sala abarrotada? ¿De repente parará la música y uno de ellos se me quedará mirando con asombro al reconocer en mí a su hija perdida hace tanto tiempo?

Me voy abriendo paso entre los grupos de gente, evitando por poco un codazo de uno de los hombres que canta e intentando no quedarme mirando el baile de mal gusto de la mujer del chándal, hasta que llego al fondo del pub. De pie delante de la banda observo a sus componentes: cuatro hombres de cuarenta y tantos, con entradas, caras ojerosas, vaqueros demasiado ajustados y voces desafinadas. No puedo evitar sentirme un poco decepcionada. Igual que en mi primer encuentro surrealista con el doctor Bloomberg, en este caso esperaba que este grupo, que hay posibilidades de que tenga una conexión tenue pero genuina con el pasado de mi madre, fuera diferente, especial y de alguna forma mágico. Pero no parecen más que cuatro hombres pasando la crisis de la mediana edad. Las miradas de todos ellos se cruzan con la mía en algún momento, pero ninguno la sostiene durante más de un segundo. Si alguno de ellos ha visto algo familiar en mi cara, un recuerdo de hace mucho tiempo, un fantasma del pasado, no lo ha demostrado. Ninguno de ellos se parece a mí y de repente me parece ridículo que en algún momento haya querido o esperado que así fuera.

Sin saber qué hacer y sintiendo un poco de vergüenza de estar allí de pie sola, encuentro un taburete en la esquina de la barra y le pido un zumo de naranja al mismo camarero gordinflón y letárgico que ya conocí la última vez. No tengo intención de bebérmelo por miedo a coger alguna enfermedad, pero al menos no llamaré la atención por no tener un vaso en la mano.

Ahora lo único que puedo hacer es esperar al descanso.

Después de casi dos horas de escuchar al grupo chillando y gruñendo sin que parezca que vayan a hacer un descanso, estoy empezando a sentirme frustrada. Siento como si mis oídos hubieran sufrido ya un daño irreparable, y desde la otra esquina del pub un hombre con el tatuaje de una sirena en el antebrazo no hace más que guiñarme el ojo. Cada vez que para la música me preparo para echarle el guante a alguno de los del grupo, pero solo paran para darle un trago a la cerveza e intercambiar bromas con los clientes, bromas que, después de los primeros treinta minutos, empiezan a aumentar considerablemente de número. Los que quedan en el local parecen ser bastante amigos de los del grupo y supongo que son también fieles seguidores (amigos, parientes y un puñado de fans leales y sin ningún oído musical). El cantante (supongo que debe de ser el tal Wizz) está tan borracho que se le olvidan las letras constantemente y las que recuerda cada vez le salen más desafinadas. La del chándal está todavía más borracha que él y en varios momentos de la noche les ha enseñado los pechos a los del grupo, ha empezado una pelea con el camarero y ha intentado hacerse con el micrófono para montar una especie de karaoke.

Pero por fin oigo lo que tanto tiempo llevo esperando...

—Damas y caballeros, han sido ustedes *maravillosossssss* —dice Wizz por el micrófono arrastrando las palabras—, un *púflico maravillosssso* de... damas y... de... caballeros. Y nosotros... se lo agradecemos. Nos veremos la semana que viene. No, el mes que viene.

—¡No os molestéis! —grita alguien.

Mientras se oye una mezcla de abucheos, aplausos con poco entusiasmo, silbidos y unos cuantos gritos desaforados de la del chándal, me acerco a los del grupo vacilante. La lista de preguntas que he preparado tan bien en el tren desaparece de repente de mi cabeza y cuando me encuentro de pie delante del batería alto y delgado, que es el primero que abandona el escenario directo hacia la barra, no se me ocurre qué decir.

—Hola. Eh... ¿Puedo hablar con usted? Es que tengo unas preguntas. Yo... Esto le sonará un poco raro, pero me preguntaba...

—¡Te quiero!

La del chándal me da un empujón para apartarme y se lanza con los brazos abiertos hacia el batería, que pone cara de espanto.

181

—¡Llévame al callejón de atrás e imagínate que soy una grupi! —grita lamiéndose los labios y tirando de la ropa del pobre hombre.

—¿Y no podemos irnos a casa? —le pregunta el batería algo contrariado—. Tengo que trabajar mañana. Y seguro que todavía está lloviendo.

—¡Oh, se supone que tienes que ser un salvaje y hacer locuras! —gime la del chándal dándole un empujón al batería que le deja a punto de perder el equilibrio—. ¡Es parte de tu trabajo!

—Yo trabajo en una ferretería —dice mansamente colocándose la camiseta—. No te has casado con Noel Gallagher, ¿sabes? No puedo fastidiarme la espalda haciendo cosas raras en un callejón. Tengo que mover dieciocho cajas de azulejos mañana.

Cuando la del chándal se va pisando fuerte y gruñendo algo sobre el mal partido que ha elegido teniendo en cuenta que podría haberse casado con cualquiera, el batería se va detrás de ella y me deja con un palmo de narices.

—¿Qué tal, nena? —me dice alguien al oído.

Me giro y me encuentro al bajista borracho bebiendo de un botellín de cerveza y mirándome de una forma que me hace rezar para que no resulte que él es mi padre.

—¿Qué te ha parecido? —me pregunta señalando la pila de instrumentos que han dejado abandonados en el suelo—. Somos buenos, ¿eh? Yo toco el bajo.

—Sí, lo sé —digo forzando una sonrisa—. Lo he visto.

—Es lo más difícil —alardea balanceándose un poco— porque tiene tantas cuerdas y... notas y esas cosas.

—Sonaba muy bien —miento—. De hecho me estaba preguntando si tú podrías ayudarme...

Al fondo de repente empieza a sonar la musiquita de una tragaperras que ha dado un premio, algunos gritos de sorpresa y el repiqueteo de las monedas cayendo en cascada. También se une a la algarabía la melodía del hilo musical.

—¿Qué? —me pregunta acercándose y poniéndose la mano en la oreja. El olor a alcohol rancio que despide me da arcadas.

—He dicho que tal vez podías ayudarme —le grito—. Estoy intentando encontrar a alguien que pueda haber conocido a mi madre.

El bajista da un paso atrás vacilante y me mira suspicaz.

—¿Se trata de una pensión?

—No. Encontré esta propaganda en casa de mi madre —le digo sacando el folleto arrugado del bolsillo y enseñándoselo— y tenía una dirección escrita en la parte de atrás, ¿ves? Y Tony, el casero, me ha dicho que vosotros vivisteis un tiempo en ese lugar. Necesito saber por qué mi madre tenía escrita vuestra dirección y…

—¡Wizz! —grita de repente el bajista por encima del hombro muy nervioso—. ¡Ven aquí!

Wizz, que está intentando meter el brazo por la manga equivocada de la chaqueta, abandona su empeño y la tira encima de un altavoz, coge su botella de cerveza y viene caminando en una línea llena de curvas hacia donde estamos.

—¡Mira esto! —sonríe el bajista agitando la propaganda delante de él—. ¡Esto es muy viejo! ¡De cuando éramos viejos!

—Jóvenes —le corrijo.

—¡De cuando éramos jóvenes!

Wizz examina de cerca la propaganda con los ojos inyectados en sangre. Tiene la cara descarnada y el principio de barba se le ve gris. Tal vez en algún momento fue guapo, pero veintitantos años de la vida de rockero le han pasado factura.

—¡Es suyo! —exclama el bajista señalándome con todo el brazo extendido, aunque estoy justo delante de él.

—¡Hey, Rocket! —le grita Wizz al teclista—. ¡Mira lo que ha encontrado Beasty!

Rocket, un tipo gordinflón con unas importantes entradas y un pendiente que ha estado contribuyendo a la celebración del grupo de gente que ha ganado a la tragaperras, viene arrastrando los pies hasta donde estamos.

—Vaya —dice Rocket cogiendo la propaganda—. ¡Esto es viejo!

—¡Es suyo! —vuelve a exclamar Beasty señalándome.

—Es de mi madre —les explico a todos—. Lo encontré dentro de una maleta vieja. He venido porque estoy intentando averiguar si alguno de vosotros conoció a mi madre.

183

Wizz y Rocket empiezan inmediatamente a parecer preo-cupados.

—No tiene nada que ver con la pensión —aclaro, y ellos se relajan al instante—. Solo necesito saber por qué mi madre te-nía esta dirección. Era vuestra dirección, ¿no es así?

Todos se quedan mirando el folleto.

—No, esta no es nuestra dirección —dice Wizz negando con la cabeza—. Es la dirección de un pub.

—Es la dirección de este pub —dice Beasty—. Este en el que estás ahora mismo.

—Esa no, la del otro lado —les corrijo impaciente cogiendo el papel y dándole la vuelta—. 15 Gray's Inn Road.

—Ah, esa. Sí, vivimos allí —asiente Rocket.

—¿Ah, sí? —pregunta Beasty.

—Sí. Acuérdate. Aquel sitio donde vivíamos cuando acabá-bamos de empezar. El que tenía moho en las paredes y un agu-jero en la bañera.

Beasty vuelve a negar y parece confundido.

184—Así han sido todas las casas —dice—. Podría ser incluso donde vivo ahora.

—El sitio aquel donde rompiste una puerta atravesándola con una moto. En el que Wizz les prendió fuego a sus pantalo-nes y tuve que rociarle con limonada para poder apagarlo. La casa en la que Bomber tiró una televisión por la ventana y casi mata a un mendigo.

Beasty sigue negando con la cabeza.

—La casa en la que mirábamos a aquella chica desnudán-dose en la ventana de enfrente —recuerda Wizz.

—¡Oh, esa! —exclama Beasty, sonríe y se le ilumina la cara—. ¡Ya me acuerdo!

Todos se ríen y se dan palmaditas juguetonas y yo ya no sé qué es lo que esperaba descubrir esta noche, pero definitiva-mente ya no es que uno de ellos es mi verdadero padre.

—Por lo que se ve había dos chicas que vivieron con voso-tros un tiempo —les explico intentando hacerme oír ahora que están todos riéndose de su pasado salvaje.

—¡Oh, hubo muchas chicas! —Wizz sonríe intentando ha-cer un guiño borracho y todos vuelven a echarse a reír.

—¡Esos fueron los buenos tiempos!

—¿Recordáis a las gemelas?

—¡Oh, las gemelas! Suzy y Sarah.

—Cómo podríamos olvidarlas…

—¡Por eso es por lo que nos metimos en un grupo!

—Una de las chicas tenía un bebé —digo por encima de sus risas. Todos dejan de reírse y se miran.

—¿Ah, sí? —pregunta Beasty—. ¿Cuándo?

—Yo no fui —dice Wizz.

—Ni yo —le imita Rocket.

—¿Cuál de ellas? —pregunta Beasty—. ¿Suzy o Sarah?

—No —suspiro y sacudo la cabeza deseando que todos estuvieran un poco más sobrios—. En aquella época había un bebé viviendo con vosotros. Me lo dijo Tony. Dos chicas vivían con vosotros y una tenía un bebé.

—¡Ah! —exclama Rocket—. Sí. Había un bebé.

— Yo no recuerdo ningún bebé —dice Wizz—. Me acuerdo de un gato. Creo que teníamos un gato.

—¿Y cómo era? —pregunta Beasty.

—Era naranja y blanco…

—¡El gato no, el bebé!

185

—¿Qué *quieressss* decir con *esssso*? —pregunta Rocket arrastrando las palabras—. Era como un bebé. Pequeñito.

—Todos los bebés son pequeños.

—No, pero era muy pequeño. Tenéis que acordaros. Demasiado pequeño. Eso es lo que recuerdo. Ella pensaba que le pasaba algo… malo al bebé.

—¿Quién?

—La madre. ¿Cómo se llamaba?

¿«Demasiado pequeño»? El corazón empieza a latirme con más fuerza en el pecho mientras espero que me digan el nombre. No puede ser, ¿verdad?

—¡Ya me acuerdo! —grita de repente Wizz—. Un bebé pequeñín. Lloraba mucho. Ah, era muy mono. Tienes que acordarte, Beasty.

—No, no me acuerdo. ¿Estáis seguros? ¿Por qué íbamos a tener un bebé viviendo con nosotros? ¿Estáis seguros de que no estabais alucinando? Porque entonces alucinabais mucho cuando estabais… ya sabes…

Wizz hipa bien alto.

—No, nos acordamos los dos, ¿verdad, Rocket? ¡Tienes que acordarte tú también, Beasty!

—¿Cómo se llamaba? —pregunto impaciente.

—Era pequeño, Beasty —insiste Wizz apoyando todo su peso en el hombro de Beasty— y hacía mucho ruido. Yo le cantaba, pero creo que no le gustaba mucho.

—¿Pero cómo se llamaba? —les pregunto casi a gritos.

—¿La madre o el bebé? —pregunta Rocket.

—Cualquiera de los dos.

—Ni idea. Oye, ¿cómo se llamaba? —pregunta tirando de la camiseta de Wizz.

—Oh, *esssa* es un *prefunta…* pregunta difícil —contesta Wizz señalándome con un dedo— y deberías hacérsela a alguien que no hubiera bebido tanto.

—¿Se llamaba Val? —pregunto con el corazón en la boca.

Todos niegan con la cabeza.

—Val. No. Val no —asegura Rocket—. Eso no le pegaría a un bebé tan pequeño.

—Los bebés se llaman cosas como… como Emily o Lucy —balbucea Wizz.

—O Thomas —sugiere Beasty.

Wizz le da una fuerte palmadita en la espalda a Beasty.

—Thomas es un *nombrrrr…* un nombre excelente para un bebé.

—Gracias, tío —dice Beasty devolviéndole la palmada.

—No, el bebé no —insisto—; la madre. ¿La madre se llamaba Val?

—¡Gwennie! —grita Beasty de repente—. ¡La chica se llamaba Gwennie!

—No, no, no, no —dice Rocket—; Gwennie no. Gwennie era la novia de Bomber.

—¡Su mujer! —grita otra vez Wizz levantando la botella en el aire como si brindara por la unión de la pareja.

—Sí, después se convirtió en su *mufer…* mujer —confirma Rocket—, pero en aquel momento vivía con nosotros y solo era su novia. Su mejor amiga también vivía con nosotros. Ella era la que tenía el bebé.

—¿Val? —vuelvo a preguntar esperanzada—. ¿Se llamaba Val?

186

Todos niegan con la cabeza.

—No, Val no…

—¡Valerie! —grita Rocket.

—¡Valerie! —corean Wizz y Beasty bien alto, asintiendo con la cabeza.

—¡Oh, sí, la guapa Valerie!

—¡La preciosa Valerie!

—¡Valerie y el bebé! ¡El pequeño bebé rosa!

El corazón ha empezado de repente a latirme tan rápido en el pecho que casi no puedo respirar.

—Y el bebé… —continúo sin hacer ningún esfuerzo por enmascarar la urgencia que siento—, ¿se llamaba Meg el bebé?

—¡Meg! —gritan todos a la vez.

—¡La pequeña Meg!

—¡Meggy!

—¡Esa soy yo! —grito emocionada—. Yo soy Meg. ¡Yo soy el bebé y Valerie es mi madre!

187

Todos dejan de gritar y me miran de arriba abajo confundidos.

—Estás muy… muy cambiada —dice Rocket.

—¡Es que ahora soy mayor! —Estoy tan abrumada por la emoción que ni siquiera me preocupa lo ridículo que es el comentario que acabo de hacer. ¡Ya está! ¡Lo he conseguido! He encontrado un vínculo con el pasado de mi madre. ¡Con mi pasado!

—¿Tú eres el bebé? —pregunta Wizz.

—¡Sí! No tengo ni idea de por qué estaba viviendo con vosotros, pero tengo esta propaganda con vuestra dirección —digo quitándole el folleto a Rocket y agitándolo ante sus ojos—. Es del año en que nací y mi madre se llama Valerie y yo Meg y…

Antes de que termine de hablar Wizz me rodea el cuello con los brazos.

—¡Meg! —me grita junto a la oreja—. ¡La pequeña Meggy!

—¡La pequeña Meggy! —corean los otros dos y se unen a nosotros—. ¡Meg, el bebé!

Estoy apretujada en un abrazo a tres bandas que huele a cerveza, cigarrillos y olor corporal y no puedo parar de pensar. ¿Qué significa todo esto? ¿Por qué estábamos viviendo con toda esta gente? ¿De qué los conocía mi madre? ¿Quién era esa Gwennie, la amiga de mi madre?

Todos se apartan y me examinan con asombro como si acabaran de descubrir que los bebés crecen y se convierten en adultos.

—Aaah, pequeña Meggy —repite Wizz dándome unas torpes palmaditas en la cabeza.

—¿Cómo está Valerie?

—¿Cuántos años tienes ahora?

—¿Por qué nos dejaste? Deberíais haberos quedado y vifir... vivir siempre con nosotros.

Me dan más palmaditas y me acarician el pelo, me pellizcan las mejillas y me hacen varias preguntas a la vez.

—¿De qué conocíais a mi madre? —pregunto desesperada por llegar al fondo de todo esto.

—Vivía con nosotros —asegura Rocket.

—Sí, pero ¿por qué? ¿Cómo acabó ella, digo, acabamos nosotras viviendo allí?

Todos parecen pensativos.

—Vino con su amiga, Gwennie —explica Beasty—. Creo que simplemente, bueno, aparecieron allí un día.

—Recuerdo que no se quedó mucho —aclara Wizz señalando al cielo con un dedo para indicar que está pensando—. No iba bien, creo, eso de tener al bebé allí.

—Se vino con nosotros —prosigue Rocket balanceándose un poco— porque la habían echado de casa.

Los otros asienten al recordar también esa información.

—Triste, muy triste —murmura Rocket.

¿Echado de casa? A mi madre nunca la echaron de casa. Se me cae el corazón a los pies y me pregunto si realmente estaremos hablando de la misma persona.

—A sus padres no les gustó que tuviera un bebé, ¿no? —pregunta Wizz volviéndose hacia los otros dos.

Rocket y Beasty murmuran confirmaciones cuando esos recuerdos vagos les vuelven a la mente. Yo me froto la frente preguntándome de qué estarán hablando. Tal vez sea el alcohol. O la están confundiendo con otra. Mis abuelos me adoraban. Ayudaron a criarme. Durante los seis primeros meses de mi vida vivimos como una gran familia llena de amor.

—Valerie nos siguió cuando nos vinimos de Cambridge —continúa Wizz—. No creo que tuviera otro sitio adonde ir.

—¿Sois de Cambridge?

Todos asienten. Tal vez sí que estén hablando de la persona correcta. Tiene que ser ella. Pero mis abuelos no nos echaron. ¿O sí?

—¿Y adónde fuimos cuando os dejamos? —sigo preguntando—. Mi madre y yo.

—Eso es lo que yo te he preguntado a ti —farfulla Wizz apoyándose en mí y sonriendo—. ¿Adónde fuisteis? Nos dejasteis.

—¡Deberíais haberos quedado! —asegura Beasty acariciándome la cara—. Deberíais haberos quedado para siempre y nosotros te habríamos criado.

—¡Deberíamos volver a vivir todos juntos! —sugiere Rocket a la vez que se le ilumina la cara.

Los tres levantan las botellas en el aire y las entrechocan para celebrar la fantástica idea. Después se ponen a discutir la logística para poner en práctica esa ocurrencia.

—¿Qué más podéis decirme? —pregunto intentando que no se despisten—. ¿Qué más sabéis de mi madre?

Todos niegan con la cabeza y se encogen de hombros.

—Tenía el pelo largo —aporta Beasty.

—No la conocimos mucho —aclara Wizz—. Solo se quedó unas semanas.

—Y eso fue hace mucho tiempo —se disculpa Beasty.

—Y ahora estamos muy borrachos —añade Rocket.

—¿Y Gwennie? —intento de nuevo—. Habéis dicho que era la amiga de mi madre. ¿Sabéis qué pasó con ella?

Todos vuelven a negar.

—Hace años que no la veo —asegura Wizz.

—Habéis dicho que se casó con alguien…

—Con Bomber —interviene Rocket—. El batería.

Me quedo con la boca abierta e intento procesar esa información. ¿La del chándal? ¿Mi madre era muy amiga de esa mujer?

189

—¿El batería? Quieres decir el hombre alto que se acaba de ir con…

—No, no, no —niega Rocket—, ese es Wonky. Él no es el batería que teníamos cuando empezamos. Bomber era el batería entonces. Después se casó con Gwennie. Pero no duró mucho.

Le pido a mi cerebro otro esfuerzo para conseguir encontrar alguna pista a partir de la cual poder seguir.

—Creo que necesito ponerme en contacto con Gwennie —les digo.

—Sí, claro, necesitas encontrar a Gwennie —me apoya Rocket—. Así podrás decirle que vamos a vivir todos juntos otra vez.

Todos sueltan vítores y vuelven a entrechocar las botellas.

—Bien —digo pensando que será más fácil si les sigo la corriente con esa ridícula idea—, ¿cómo puedo encontrarla?

Rocket y Beasty se quedan pensativos y después Beasty levanta el dedo. Parece que ha encontrado la solución.

—Podríamos llamar…

—¡Bomber! —le grita Wizz a su teléfono móvil antes de que Beasty termine la frase—. ¿Cómo estás? ¡Adivina! ¡Vamos a volver a vivir todos juntos! Tú y yo y Beasty y Gwennie y…

—Bomber, ¿a que no sabes qué? —grita Rocket quitándole al teléfono a Wizz—. ¡Tenemos una sorpresa para ti! ¡Es el bebé! ¡Está aquí!

Me pasa el teléfono y yo lo cojo vacilante.

—¿Hola?

—¿Quién es? —pregunta una voz cansada. Suena como si acabaran de despertarle.

—Me llamo Meg May —le explico tapándome la oreja con la mano libre para bloquear el ruido que el grupo borracho está haciendo al discutir cómo van a organizar nuestra nueva vida en comuna—. Mi madre es Valerie May. Vivimos con usted y con el resto de los componentes de Chlorine durante una temporada corta en la casa de Gray's Inn Road cuando yo era un bebé. Mi madre era muy amiga de su exmujer, Gwennie.

Se produce un silencio al otro lado de la línea.

—Vaya. Sí, lo recuerdo. Vaya. Eso fue hace mucho tiempo. Guau. ¿Cómo estás?

—Yo… estoy bien —tartamudeo un poco sorprendida por su tono sensato y su acento inteligente. Por el aire somnoliento de su voz de repente me doy cuenta de que debe de ser muy tarde y de que Bomber claramente ha abandonado la vida de roquero hace mucho tiempo—. Siento todo esto, Bomber. Obviamente no vamos a volver a vivir todos juntos…

Se ríe bajito.

—Claro que no. Y por favor, llámame Timothy. A la gente no le hace mucha gracia tener un abogado que se llame Bomber. Da una impresión equivocada. Además, no debería coger el teléfono un viernes por la noche. Supongo que estarán todos curdas, ¿no?

Miro a los tres hombres que se están abrazando y cantando algo sobre estar reunidos por fin.

—Están un poco borrachos, sí.

Me llevo el teléfono a una esquina del pub para poder oír mejor.

—Sé que esto debe de parecerle muy extraño, pero estoy intentando localizar a Gwennie.

—Está bien —dice lentamente como si estuviera reflexionando sobre todo esto—. ¿Tu madre ha decidido recuperar el contacto?

—Eeeh… bueno, algo así.

—Vaya. Eso va a ser una sorpresa para Gwennie. Se quedó destrozada cuando tu madre rompió todo contacto con ella, aunque comprendió sus razones. —No digo nada, preguntándome qué demonios querrá decir—. Para ser sincero —continúa—, siempre he estado agradecido a tu madre por lo que hizo. Tu padre era… bueno, supongo que sabes muy bien a qué me refiero. Perdón, tu padrastro, quiero decir.

—¿Mi padrastro?

—Sí. Robert.

—¿Robert?

Se produce una pausa muy larga durante la que solo oigo cantar a los miembros de Chlorine. No me doy cuenta de que estoy conteniendo la respiración hasta que empiezo a quedarme sin aire.

—¿Mi madre estaba casada? —le pregunto incrédula.

—Vaya, lo siento —responde Timothy dudoso—. Creo que no debería haber dicho… Es que… Creí que lo sabías. Bueno, que lo recordabas.

Tengo la mente totalmente en blanco. No se me ocurre qué decir. ¿Que creía que lo recordaría? De repente nada tiene sentido.

—Mira, tal vez lo mejor será que te dé el número de Gwennie.

—¡No, por favor! Necesito saberlo. Mi madre me ha contado muy poco sobre mi infancia. ¿Tenía un padrastro? ¿Mi madre estaba casada?

—Vaya. Lo siento pero será mejor que hables con Gwennie —se disculpa Timothy—. Ella podrá contarte todo lo que quieras saber. Ella fue la que…

—¡Gente, ya es la hora! —chilla el camarero gordo dando golpes en un vaso de cristal con una cuchara—. ¡Ya es la hora!

—Perdón, no le he oído —digo volviendo a taparme la oreja con la mano—. ¿Qué ha dicho?

Han apagado la música. Fuera se oye todavía el retumbar de los truenos.

—He dicho —repite Timothy— que fue ella la que te encontró.

192

Capítulo 14

*E*stoy deseando marcar el número de Gwennie; me muero por preguntarle, por oír todo lo que tiene que decirme, por saber por fin la verdad sobre mi vida.

Y lo haré, cuando haya ayudado a mi madre a descongelar el frigorífico. Y a ordenar la cocina. Y después de llamar al doctor Larry Coldman. Y de ir a la tienda a comprar el pan.

Pasa un día. Y después otro. Y otro.

Sin darme apenas cuenta ha pasado una semana. No lo entiendo.

He estado esperando esto durante toda mi vida: una flecha luminosa que señala directamente a la verdad. He suplicado y he rogado, discutido e insistido, luchado y buscado, y ahora aquí estoy, dudando. El posavasos con el número de teléfono de Gwennie está esperando pacientemente en el cajón de mi mesilla a que vuelva a mis cabales, me recomponga y haga lo que hay que hacer. Es como encontrar el Santo Grial y meterlo en una caja de zapatos para sacarlo en un día lluvioso; simplemente no está pensado para eso.

¿Qué será lo que me está reteniendo?, me pregunto mientras observo a mi madre desmigar un pastelito viejo en el comedero de los pájaros. Me está contando alegremente la historia del día en que echamos miguitas en Hyde Park y de repente miles de pájaros bajaron en picado desde el cielo, rodeándonos en una nube de alas, y después intentaron agarrarme y llevárseme volando.

—Eras tan pequeña que te confundieron con una miguita.
—Intenta reír, se queda sin aire en el pecho y acaba tosiendo.

«¿Qué es lo que hace que me cueste tanto coger el teléfono?», pienso mientras mi madre me pasa el batidor y un cuenco con clara de huevo y me dice que no me pase batiendo como le pasó una vez a ella.

—Llené toda la cocina de burbujas de clara de huevo —ríe con la cara cansada y pálida— y tuve que explotar una para poder sacarte de allí.

«¿Qué es lo que me hace dudar?», me pregunto mientras me cuenta que una vez metí la nariz en una bolsita de curry y estuve estornudando siete días y siete noches sin parar.

—Los vecinos se quejaban del ruido —comenta mientras se frota la espalda dolorida—, pero yo no podía hacer nada, solo esperar hasta que dejaras de estornudar.

¿Qué me está haciendo buscar excusas, día tras día, para no marcar el número de Gwennie? ¿Es la forma en la que sonríe mi madre, la forma en que se ríe, en que se le ilumina la cara cuando recuerda algo… aquella vez que… el día que…? ¿Es la forma en que parece que el dolor se desvanece cuando cuenta alguna historia de nuestro pasado?

¿Es la forma en que desaparece el mío también?

Nunca se me habría ocurrido que un día me iba a encontrar de pie en el borde del acantilado, preguntándome si quiero saltar. Nunca se me habría ocurrido que cuando me ofrecieran la llave del universo no sabría si cogerla o no. Nunca se me habría ocurrido que esta vida (estúpida, humillante y ridícula como es) podría significar más para mí de lo que nunca hubiera imaginado.

Nunca se me habría ocurrido que cuando ella se vaya, eso será lo único que me va a quedar de ella.

Me odio por ser débil, por no ser racional, fuerte, lógica y valiente. Odio esta indecisión y esta postergación continua. «Deja de ser tan patética —me digo—. ¡No seas tan cría!»

Pero necesito oír que soy débil; si no, no conseguiré coger el teléfono. Necesito sentir que soy patética para que eso me anime a actuar. Necesito que alguien me diga que esto no tiene nada que ver con los sentimientos y las emociones y todo con la lógica y la razón, y que todo está bien definido y es muy simple. Que todo lo que tengo que hacer es coger el teléfono porque solo hay un objetivo para todo esto y es encontrar la verdad.

Así que llamo a Mark, porque necesito oír que la vida no está llena de patrones cambiantes ni de tonalidades de gris. Todo es blanco o negro y nada más.

No le cuento que le mentí hace semanas cuando le dije que la casa de Gray's Inn Road había sido convertida en un restaurante, que las oficinas del ayuntamiento se habían negado a ayudarme y que había llegado a un punto muerto en mi búsqueda de pistas. No entendería nada. Lo que le digo es que cuando iba camino de la British Library me encontré por casualidad con un póster de una de las actuaciones de Chlorine, que fui a verlos tocar y a partir de ahí ya sigo con la verdad. Se queda impresionado tanto por mi determinación de seguir la pista de la banda como por mi dedicación al estudio académico en esta época tan difícil. Aparte de eso, por suerte Mark es tan duro y crítico como yo esperaba.

—Meg, ¿y por qué demonios no has llamado a esa mujer? ¿Qué te ocurre? Ahí lo tienes. Es tu oportunidad de descubrir la verdad.

—Lo sé. Y necesito saberlo ahora, ¿verdad? —le pregunto deseando que me diga lo que necesito oír.

—¡Claro que tienes que hacerlo ahora! Así podrás verificar cosas con tu madre, aclarar hechos. Cuando sepas la verdad habrá preguntas que necesitarás hacerle. Y la primera de ellas seguro que será por qué ha sentido la necesidad de ocultar las cosas todos estos años. Y no tienes tiempo que perder, porque morirá pronto.

Se oye un silencio en la línea mientras lucho con esas últimas palabras. Inspiro hondo e intento controlar mis emociones. «Tiene razón —me digo—. Lo único que hace es decirme la verdad. Mark, de todas las personas que hay en mi vida, siempre dice la verdad. Y eso es algo bueno. Es lo que necesito oír.»

—No sé por qué lo he estado postergando —le digo, avergonzada por mi propia falta de fortaleza. Me siento vulnerable por admitir mi confusión. Me siento débil. Y me odio por mos-

195

trarme débil delante de Mark, pero no sé qué otra cosa puedo hacer. Está claro que hay algo que no está bien en la forma en que funciona mi cerebro ahora mismo y Mark es la persona más inteligente que conozco. Si alguien puede decirme por qué no soy capaz de pensar y de comportarme de una forma racional, ese es él.

—Yo tampoco tengo ni idea de por qué lo estás posponiendo —dice directamente—. No hay ninguna razón para ello. No es nada propio de ti.

No era exactamente la respuesta que quería, pero es la respuesta que necesitaba. Cuando Mark dice «no es nada propio de ti» yo sé lo que quiere decir. Lo que significa es: «Esa no es la chica de la que me enamoré». Quiere decir: «Creía que eras mejor que eso». Me está diciendo: «Demuéstrame que eres tan fuerte y tan lógica como siempre has sido, porque una chica débil e irracional no es para mí».

Cuando cuelgo el teléfono tras hablar con Mark siento que me he liberado de una carga y que las cosas vuelven a estar claras. Sé adónde quiero llegar, sé lo que tengo que hacer y sé que solo hay un camino.

Miro a mi madre desde la ventana de mi dormitorio; está en el jardín hablando con las plantas. Mientras marco el número de Gwennie, me reprendo por haber perdido un tiempo tan valioso.

—No me puedo creer que de verdad seas tú —dice Gwennie, muy emocionada—. Suenas muy mayor.

A diferencia de lo que pasó en mi encuentro con Chlorine, esta vez no respondo con entusiasmo que he crecido desde que era un bebé. Este ya ha desaparecido y ha sido reemplazado por algo más incómodo. ¿Temor? ¿Ansiedad? ¿Miedo?

—La última vez que te vi fue el día antes de tu quinto cumpleaños. Te regalé una muñeca vestida de princesa. Seguro que ya no la tienes, ¿verdad? Supongo que no os la llevaríais cuando os fuisteis. Ya sé que no os llevasteis casi nada.

—¿Nos fuimos de dónde? —le pregunto.

—De vuestra casa. En Brighton.

¿De nuestra casa en Brighton? Yo nunca he vivido en

Brighton. Cuando yo tenía cinco años vivíamos en un piso en Tottenham.

Pero, claro, eso no es verdad. Y por eso estoy haciendo esto. ¿Por qué sigo pensando que lo que sé sobre mi vida es cierto?

—He pensado mucho en tu madre, en vosotras dos, durante estos años —continua Gwennie— y varias veces se me ocurrió que podía intentar encontraros. Estuve a punto de intentarlo hace dos años, después de que mi padre me dijera que creyó haber visto a Val en Tottenham, cuando iba de camino a un partido de fútbol, pero no estaba seguro de que fuera ella y yo no sabía por dónde empezar. Y para ser sincera supongo que no estaba segura de que ella quisiera volver a verme. Quería dejar atrás el pasado, y eso puedo comprenderlo. Solo es que me hubiera gustado tener la oportunidad de decirle adiós, eso es todo. Pero entiendo por qué no podía decirme adónde iba cuando se marchó. Estaba intentando protegerme. Lo entiendo.

¿Protegerla? ¿Dejar atrás el pasado? ¿De qué demonios está hablando? Me froto la frente; no sé por dónde empezar.

—Sé que esto te puede parecer extraño —le digo—, que te llame así, de buenas a primeras. Es que mi madre no me ha contado casi nada sobre mi vida en esa época. Y lo que me ha contado… bueno, digamos que hay muy pocas posibilidades de que sea verdad. Ahora acabo de empezar a descubrir cosas por otras personas, pequeños datos que no tienen sentido para mí. Hasta la semana pasada ni siquiera sabía que había tenido un padrastro, un hombre llamado Robert, y ahora tú me cuentas que he vivido en Brighton, algo que no sabía… y… y otra persona me contó que mis abuelos nos echaron de casa… y descubro que vivimos con un grupo de rock y… la verdad es que estoy muy confundida.

Se produce un largo silencio durante el que me doy cuenta de que me tiemblan las manos. Cierro los puños con fuerza intentando detener el temblor y me digo interiormente que tengo que controlarme.

—¿Me estás diciendo que Val no te ha contado nada? —dice Gwennie asombrada.

Niego con la cabeza, lo que no sirve de nada en una conversación telefónica, pero temo que, si hablo, se me quiebre la

197

voz por la emoción y lo último que necesito es que una extraña piense que soy emocionalmente inestable.

—¿Y no puedes preguntárselo? —continúa Gwennie.

Siento que el enfado me crece en el pecho y tengo que reprimir la necesidad de gritar: «¡Claro! ¡Cómo no se me habrá ocurrido...!».

—Ella no es lo que se dice muy comunicativa al respecto —le respondo con toda la tranquilidad que puedo reunir.

—Vaya —dice Gwennie, y durante un segundo recuerdo que estuvo casada con Bomber, Timothy o como se llame—. Vaya, Meg, mira, es que no creo que deba interferir. Estoy segura de que Val, quiero decir tu madre, tiene sus razones para no contarte ciertas cosas...

—¡Tengo veintiún años! —grito de repente. Un momento después, avergonzada por haber perdido el control de mis emociones, repito más bajo—. Tengo veintiún años. Y me encuentro con una enorme laguna en mi vida que nadie puede o quiere llenar. Por favor, ayúdame si puedes; por favor...

198

Oigo la respiración irregular de Gwennie al otro lado del teléfono y adivino que yo no soy la única que está temblando. La he asustado apareciendo así de la nada y presionándola de esta forma.

—Tu exmarido me dijo que tú me encontraste —le digo con calma—. ¿Qué quería decir con eso?

Casi puedo oír cómo la mente de Gwennie entra en un estado de pánico, preguntándose qué puede y qué no puede decirme.

—Meg, no creo que sea cosa mía... Tienes que hablar con tu madre de...

—Solo dime una cosa —la interrumpo, y de repente se me pone un nudo en la garganta—. ¿Soy hija suya?

Hago la pregunta antes de ser consciente de lo que estoy diciendo y durante un momento no sé de dónde ha podido salir esa idea, pero oigo que la voz me tiembla y me doy cuenta de que eso, esa pregunta, es una de las principales razones por las que no era capaz de hacer la llamada. «Ella fue la que te encontró.» Desde que Timothy me dijo esas palabras ha habido una idea repitiéndose en mi mente, una idea que no era capaz de reconocer ni de contemplar. Pero ha estado ahí, ahora lo veo claro. Lo siento en el temblor de mis manos y en el nudo de la garganta. «Ella fue la que te encontró.» ¿Qué otra cosa puede significar eso?

¿Soy realmente hija de mi madre?

Gwennie suelta una risita breve y sorprendida.

—¡Claro que eres hija suya! Vaya... ¡Claro que lo eres!

Todos los músculos de mi cuerpo se relajan parcialmente, pero el nudo de la garganta se queda donde está y se aprieta un poco más. Ahora tengo aún más ganas de llorar que hace un segundo. «¡Meg May, contrólate! —me digo pellizcándome el brazo—. ¡No seas tonta!»

—Mi madre está enferma —le digo a Gwennie—. Muy enferma.

Se produce una larga pausa.

—¿Cómo de enferma? —pregunta Gwennie.

No puedo decirlo. Simplemente no puedo. Abro la boca pero las palabras no salen. Oigo mi respiración temblorosa por la línea de teléfono.

—¿Cuánto le queda? —pregunta por fin Gwennie, haciendo el trabajo por mí.

—No mucho —le digo con un extraño dolor que me sube desde debajo de las costillas. ¿Es la primera vez que lo digo? ¿Es la primera vez que me he permitido decir esas palabras? Puede que sí. O tal vez no. ¿Cómo voy a saberlo? Por muchas veces que lo diga, siempre duele igual.

—Oh —suspira Gwennie, exhalando todo el aire—. Oh, ya veo. Vaya.

—Me preocupa no saber nunca la verdad —le digo— y entonces nada quedará bien entre nosotras. No debería ser así, no debería acabar todo con un montón de mentiras. Pasara lo que pasase, necesito saberlo, porque no solo es mi madre; es mi mejor amiga y, si no fuera por eso... esas lagunas, esas mentiras..., el tiempo que hemos tenido juntas sería perfecto. Y de ese modo debería terminar. De forma perfecta, no así. No sin comprender nada, sin un cierre. No todo hecho un lío.

Hay un largo silencio durante el que me parece oír llorar a Gwennie muy bajito.

—También era mi mejor amiga —dice con la voz llena de emoción.

199

No sé qué decir. Mi madre nunca ha tenido amigas. Aparte de mí, claro.

—Es una madre maravillosa —le digo tristemente como si esa información resumiera todo lo que Gwennie se ha perdido los últimos dieciséis años.

—Sé que lo es —responde Gwennie sorbiendo por la nariz—. Siempre supe que lo sería.

Se queda callada mucho rato. Miro por la ventana del dormitorio, todavía sujetando el teléfono contra la oreja, y contemplo a mi madre recogiendo flores en el jardín y supongo que estará cogiendo un ramo para la mesa de la cocina. Pero en vez de eso, veo que lleva las flores al montón de abono. Las flores ya no están bien. Es demasiado tarde para ellas. Desde aquí arriba me fijo en que el abanico de colores que llenaba el jardín se ha reducido, ha perdido intensidad, y lo que queda ya se aferra a su último aliento de vida.

—Por favor, ayúdame —le suplico a Gwennie.

Esta suspira profundamente, claramente agobiada por esa decisión.

—¿Dónde vivís ahora?

Se sorprende al oír que mi madre ha vuelto al principio, a la casa en la que creció, y aún más al darse cuenta de que todo este tiempo hemos estado las tres tan cerca.

—Yo vivo justo a las afueras de Cambridge —me explica—. ¿No es curioso cómo la gente vuelve a sus raíces?

—No sabría decirte —le respondo con rotundidad, recordándole que sin su ayuda yo no tengo raíces. Y nunca las tendré.

—Me encantaría ver a tu madre una última vez —dice Gwennie como si pensara en voz alta—. Estábamos tan unidas. Yo tampoco quería que las cosas acabaran así.

—Entonces ayudémonos —le digo ansiosamente—. Tal vez verte sea lo que mi madre necesita. Estoy segura de que le encantará verte de nuevo, pasara lo que pasara en el pasado, y tal vez eso ayude a encontrar una manera de cerrar todo esto.

—No sé… —vacila Gwennie, desgarrada—. No sé si es lo correcto. Quizá sea mejor dejar las cosas como están. Aunque de verdad me gustaría verla una última vez y creo que a ella le gustaría verme también, puede que me equivoque y ella no quiera. Oh, no lo sé…

Veo que la estoy poniendo en una posición difícil y sé que mi llamada ha debido de ser una sorpresa, pero a una parte de mí le gustaría poder atravesar la línea, cogerla por los hombros y zarandearla hasta que comprenda lo que esto significa para mí. No tengo tiempo para indecisiones. Ni para «y si…» ni «pero…». Si no me ayuda, ¿cómo puedo seguir? No hay nadie más a quien pueda recurrir. Me parece que esta es mi última oportunidad.

—No creo que pueda ayudarte, Meg —dice Gwennie por fin, con la voz llena de tristeza y arrepentimiento—. Lo siento mucho, pero no puedo. Yo no puedo decirte cosas que tu madre tal vez no quiera que sepas. No puedo interferir. Ya te he dicho demasiado. Y no creo que deba ir a veros, aunque me gustaría. Si existe la mínima posibilidad de que verme pueda alterar a tu madre, no creo que eso sea lo correcto. No ahora. No en este momento que…

Deja la frase sin terminar, desvaneciéndose a la vez que mis esperanzas de saber la verdad de mi pasado.

—Lo siento mucho —se disculpa de nuevo.

No le respondo. No sé qué decirle. Siento que me toca hacerla sentir mejor diciéndole algo como «no te preocupes» o «no importa». Pero sí que importa. Me importa más de lo que ella puede imaginar.

Y sin decir nada cuelgo el teléfono, no porque quiera ser maleducada, herir sus sentimientos o mostrar mi enfado, sino porque no se me ocurre nada que pueda decir que pudiera hacer la situación más fácil para ninguna de las dos.

Me paso el resto del día tumbada en la cama mirando al techo, a las pequeñas pegatinas con forma de estrella que mi madre despegó con sumo cuidado del techo del piso de Tottenham para traerlas aquí cuando se mudó. Cuando llegó aquí ya no pegaban, pero ella les puso masilla adhesiva a todas las estrellas, una por una, y se esforzó por colocarlas minuciosamente en la misma constelación en la que estaban. Al principio me pareció algo precioso. Precioso pero extraño. ¿Por qué pensaría que yo quería ver esas estrellas que brillaban en la oscuridad entonces, cuando ya tenía dieciocho años y ya ni siquiera vivía allí? Era como si no pudiera dejar que la niña pequeña que fui se desvaneciera, como si quisiera mantener a esa niña para siempre envuelta en una bonita burbuja de bondad de cuento de hadas. Y ni siquiera era capaz de ver el daño que me estaba haciendo eso. No veía que dentro de ese abrazo tan apretado yo luchaba por liberarme porque no podía respirar, porque no conseguía encontrarme a mí misma.

Pero esto es todo, pienso. Es el final. Los miembros de Chlorine ya no pueden ayudarme más, Timothy no quiere hacerlo y Gwennie cree que ya ha dicho demasiado. Tal vez algún día cambien de opinión; quizás algún día, de una forma u otra, la verdad salga a la luz. Pero entonces será demasiado tarde. Mi madre ya se habrá ido y con ella la posibilidad de hacerle preguntas, de hablar, de comprendernos mutuamente. Nunca lo sabré todo. Ahora ya no. Nunca podré oír su versión.

Y mi madre va a morir en un estado de delirio permanente, con la mente confundida y empañada por imágenes de cosas que nunca ocurrieron, de pavos de Navidad que salieron corriendo de la mesa y de su hija cuando era un bebé flotando por la cocina dentro de una burbuja de clara de huevo. Nadie puede querer eso. Nadie quiere dejar esta vida sin poder recordar, en esos momentos finales, cómo ha sido su vida. Cómo ha sido todo de verdad.

Quería que volviera a poner los pies en la tierra antes del fin. Quería que pensara con claridad, que recordara quién es, de dónde viene y qué ha hecho con su vida. Quería que tuviera paz y claridad, coherencia y comprensión. Pero ya no hay posibilidades de conseguir todo eso. Las dos nos hemos quedado sin esa posibilidad.

Me pregunto quién será mi madre debajo de todas esas mentiras, quién es la persona que hay debajo de esa capa de fantasías. Me pone triste pensar que nunca podremos comunicarnos al mismo nivel. Al menos no totalmente. Nunca la voy a conocer en un contexto adulto-adulto. Nunca voy a poder hablar con ella de mujer a mujer.

Miro las estrellas del techo y estoy a punto de echarme a reír. Como si ella pudiera dejar de verme como una niña pequeña…

202

Y

A las cinco y media de la tarde la luz del dormitorio ha empezado a desaparecer y recuerdo los días, no hace tanto, en que todavía había luz a las nueve de la noche y mi madre y yo nos sentábamos en el patio con pantalón corto y camisetas, comiendo helado y haciendo crucigramas. «¿Dónde habrá ido ese verano que se suponía que debía durar para siempre? —me pregunto—. ¿Cómo he dejado que se escape entre mis dedos?»

Oigo cerrarse la puerta del dormitorio de mi madre cuando va a descansar. Luego negará que se ha tumbado en la cama con las extremidades doloridas y problemas para respirar y me dirá que estaba haciendo limpieza de primavera o probándose ropa vieja.

Poco después oigo el chirrido de la cancela de atrás cuando entra Ewan en el jardín y el repiqueteo de sus herramientas contra el suelo. Enciende la radio y oigo el sonido lejano de la música. Al rato *Digger* empieza a ladrar.

Y a ladrar.

Y a gruñir.

Y se oye un aullido que parece de un animal que hubiera sido ensartado con una horquilla.

Doy un salto y miro por la ventana. *Digger* está junto a la cancela abierta peleándose con una pequeña bola de pelo blanco (¿un conejo? ¿un gato?) y Ewan va detrás por el jardín gritándole.

Bajo las escaleras corriendo, poniéndome los zapatos mientras bajo, y salgo como una exhalación por la puerta de atrás, patinando sobre la hierba mojada del jardín. No sé qué me preocupa más; la idea de que despierten a mi madre de la siesta o el hecho de que el perro del jardinero esté intentando matar al gato de algún vecino. Cuando me acerco puedo apreciar que está dándose dentelladas con un pequeño terrier blanco, los dos revolcándose por el suelo y emitiendo chillidos y aullidos que ponen la carne de gallina, mientras Ewan intenta separarlos y una mujer con anorak verde agita los brazos y chilla:

—¡*Byron*! ¡Mi pequeño *Byron*! ¡Oh, dios mío, lo va a matar!

Cuando llego hasta ellos Ewan ya ha cogido a *Digger* por el

203

collar y el perrito blanco (que ahora es del color marrón del barro) se refugia en los brazos de la mujer airada.

—¡Debería tener controlado a su perro! —chilla la mujer.

—¡Y usted debería mantener al suyo fuera de los jardines de los demás! —le responde Ewan.

Digger tira para liberarse y le ladra enfadado al otro perro, al que por lo que parece ve como un intruso. El perrito blanco le responde enseñando los dientes y gruñendo. Ambos están llenos de barro y empapados.

—¡Podría haber matado a mi pobre *Byron*! —sigue gritando la mujer, agarrando al perro protectoramente contra su pecho.

—Tal vez su pobre *Byron* debería llevar correa —sugiere Ewan intentando controlar su enfado.

—Si no hubiera dejado la cancela abierta...

—Eso no es excusa para dejar que su perro se meta aquí.

—He intentado llamarle la atención, pero tenía la radio puesta...

—¡*Digger*, cállate! —le grita Ewan tirando del collar del perro que no deja de ladrar.

—¡Oh, *Byron*, estate quieto! —le dice la mujer a su terrier agarrándolo con más fuerza para que deje de revolverse.

—Perdón, pero ¿usted quién es? —le pregunto a la mujer. Sueno ridículamente educada en medio de todo ese caos.

La mujer me mira, dándose cuenta de mi presencia por primera vez, pero en vez de mirarme a los ojos dirige la vista por encima de mi hombro derecho y el enfado desaparece repentinamente de su cara.

Ewan y yo nos giramos a la vez para encontrar a mi madre de pie detrás de nosotros, rodeándose el cuerpo frágil con los brazos y temblando. Se la ve pálida y asustada, mirando a la mujer como si fuera un fantasma.

—Val —susurra la mujer con la mirada fija en la de mi madre, las dos mostrando incredulidad—. Vaya...

Entonces me doy cuenta de quién es esa mujer.

—Hola, Val —dice Gwennie sonriendo con cautela.

Mi madre se la queda mirando fijamente, petrificada.

—Mamá, es Gwennie —le digo tocándole suavemente el brazo—, tu amiga. ¿Te acuerdas?

Mi madre niega casi imperceptiblemente con la cabeza.

—No —susurra muy bajito—. No, no me acuerdo.

—Val —Gwennie sonríe y da un paso para acercarse—, soy yo, Gwennie. Seguro que te acuerdas…

—No —repite mi madre dando un paso atrás—. No me acuerdo. No me acuerdo de nada. Yo…

Antes de que me dé cuenta de que está a punto de desmayarse, Ewan corre al lado de mi madre y la coge para que no se caiga.

—¡Mamá! —grito y corro a su lado para cogerle la cabeza, que se le balancea. Tiene los ojos en blanco y gime muy bajito.

Me acerco para oír lo que está intentando decir, pero solo la oigo murmurar las palabras «no me acuerdo».

Capítulo 15

—¿*Q*ué quieres saber? —pregunta Gwennie.

Como un niño en una tienda de caramelos, quiero atiborrarme de información, llenarme los bolsillos de todos los hechos, todos los detalles que pueda ofrecerme. Estoy hambrienta de verdad.

—Todo —le digo ansiosa—. Cuéntame todo lo que sepas.

Ya no hay dudas, nada de dejarlo para otro día, ni de preguntarme si es lo correcto o no. Ya sé lo que es que te ofrezcan la verdad como un manjar delicioso y que luego te la arrebaten en el último momento. No quiero volver a pasar por eso.

Estamos sentadas a la mesa de la cocina una frente a otra ante humeantes tazas de té, oyendo la lluvia repiquetear en las ventanas. Fuera el cielo está gris y oscuro, pero en el interior la cocina está llena de luz y calor. El chubasquero húmedo de Gwennie cuelga de la puerta de atrás y nuestros zapatos se están secando en el felpudo. Siento que Gwennie podría salir huyendo en cualquier momento. Sigue dudando, todavía insegura hasta cierto punto, acariciando nerviosamente las orejas de *Byron*, que ronca suavemente en su regazo, exhausto tras la pelea con *Digger*. Intento permanecer tranquila y quieta, esperando pacientemente a que hable, porque creo que un solo movimiento en falso la asustará y hará que desaparezca otra vez. No quiero presionarla. Pero si cree que no voy a atrancar la puerta o rajarle las ruedas del coche para evitar que se vaya está muy equivocada.

Después de tumbar a mi madre en el sofá, Ewan se ha ido

confundido y en silencio. Yo me he sentado con ella cogiéndole la mano y observando cómo sus ojos no dejaban de moverse bajo sus párpados, que parecen de papel. Gwennie se ha quedado observando nerviosa desde el umbral, mordiéndose las uñas y preguntando constantemente si podía hacer algo para ayudar. Cuando por fin mi madre se ha calmado y las pesadillas han desaparecido, dejando paso a unos sueños que la hacían sonreír y murmurar algo sobre frijoles blancos, me he quedado tranquila y he decidido dejarla descansar.

—Si de verdad quieres ayudar —le he dicho a Gwennie con la voz endurecida por la conmoción y el agotamiento—, cuéntame la verdad sobre mi vida.

Entonces ella ha mirado a mi madre, tumbada lánguidamente en el sofá con el cuerpo delgado y pálido metido bajo una manta, y creo que tal vez en ese momento ha entendido que realmente esta es mi única oportunidad.

—Está bien —ha dicho al fin—. Está bien. Te lo contaré.

—Tu madre y yo habíamos sido amigas durante mucho tiempo —empieza Gwennie con las manos rodeando su taza de té—, desde que teníamos ocho o nueve años, creo, cuando entramos en primaria. Yo vivía a un par de calles de aquí y siempre íbamos las dos juntas corriendo por ahí y haciendo travesuras. A las dos nos encantaba estar en la calle. Cogíamos botellas vacías de leche e íbamos a cazar hadas a los bosques de Coley, aunque en teoría no debíamos ir a jugar allí. Teníamos tanta imaginación… Creo que por eso nos llevábamos tan bien. Un agujero en un árbol podía convertirse instantáneamente en una portezuela que llevaba a un reino de hadas y un rayo de sol que se colaba entre las hojas de repente se convertía en un par de hadas en pleno baile. Siempre volvíamos a casa llenas de manchas de tierra y nuestros padres se enfadaban mucho, pero a nosotras no nos importaba. Nos lo pasábamos tan bien con nuestros juegos… Un momento éramos indias pieles rojas buscando vaqueros y al siguiente nos convertíamos en princesas elegantes que esperaban en su torre a que las rescataran. Vivíamos en un mundo mágico y maravilloso de fantasías, como hacen todas las niñas. Sin una sola preocupación. Nos reíamos sin parar hasta que nos dolía la tripa y nos corrían lágrimas por las mejillas. Era ese tipo de risa que olvidas cuando eres adulta. Fue una época fantástica, despreocupada y feliz. Los mejores años de mi vida en muchos sentidos.

»Pero crecimos y dejamos eso atrás, por supuesto. Ese tipo de inocencia no dura mucho. En la adolescencia ya nos ocupaban el tiempo las presiones normales de los exámenes, los padres pesados y los deberes. Seguíamos saliendo a divertirnos, pero de forma diferente. Tu madre siempre fue una chica muy vivaz y activa, llena de vida y muy extrovertida. Y muy guapa, con su cabello color caoba y esos grandes ojos azules y brillantes. Le encantaba ir a bailar los sábados por la noche al Forum y todos los chicos se fijaban en ella. Pero a ella no le interesaban. Era una verdadera romántica que esperaba a Don Perfecto, y hasta que él llegara y volviera su vida del revés no estaba dispuesta a perder el tiempo con ninguno de los chicos de aquí. Además, había tantas cosas que quería hacer que los chicos no entraban en sus esquemas por lo menos durante una larga temporada. Todo el mundo creía que iba a sacar buenas notas en los exámenes; quería ir a la universidad, estudiar literatura inglesa y luego pasar un par de años viajando a lugares remotos de todo el mundo. Después de eso volvería, se enamoraría, se casaría y tendría hijos. «Hay tantas cosas que hacer en la vida, Gwennie», me decía. «Tantos lugares que ver, tanta gente que conocer.» Estaba llena de vida, de energía y de entusiasmo… El mundo estaba ahí fuera esperándola y estaba impaciente por ser libre para verlo todo, para experimentarlo todo.

Intento imaginarme a mi madre ansiosa por salir al mundo, desesperada por conocer gente y por ver cosas y lugares. Me cuesta hacerlo teniendo en cuenta que el viaje más largo que le he conocido ha sido de Londres a Cambridge, y solo lo ha hecho una vez, cuando por fin se mudó de casa.

—A mi madre no le gusta la gente —le digo a Gwennie, porque no puedo imaginarme la imagen que me está describiendo.

Gwennie asiente lentamente, como si para ella sí tuviera sentido.

—Se puede aprender a no querer a la gente —me responde tristemente toqueteando la orejita blanca de *Byron*. Me doy cuenta de que hay una fina línea de sangre seca en la parte interior de la oreja, suave y rosa. Seguramente un arañazo de la pelea.

»Con quince años se enamoró por primera vez —prosiguió Gwennie— y fue como si estuviera caminando entre las nubes. Él era americano, creo, y estaba en el ejército, si no recuerdo mal. Todo surgió a través de una actividad de amigos por correspondencia que se había iniciado en nuestro grupo juvenil. Le encantaba escribir y la idea de viajar, así que escribirse con alguien que estaba en las fuerzas armadas le resultaba tremendamente atractivo. Él le contaba cosas sobre los lugares en los que había estado destinado y en un par de meses ella ya estaba perdidamente enamorada de él. Creía que había encontrado al amor de su vida. Él le escribía largas y efusivas cartas llenas de adoración y le decía que se casaría con ella en cuanto cumpliera dieciocho años. Tu madre estaba deseando contármelo todo sobre él, cualquier cosa que hubiera dicho o hecho, pero yo no quería escucharla. Estaba celosa, ¿sabes? Mi amiga por correspondencia era una chica alemana llamada Nadine, que tenía mucho vello en el labio superior y estaba obsesionada con las granjas de hormigas.

»Estaba enfadada con tu madre por enamorarse. Yo también quería enamorarme, y dejar que Wally Waters me estrujara el pecho izquierdo en la última fila del cine me parecía algo frívolo y sin sentido comparado con el romance que había encontrado tu madre. Así que no la escuchaba cuando me contaba las cosas que se decían ni los planes que habían hecho para el futuro. Cambiaba de tema, ponía el tocadiscos más alto o le decía que dejara de dar la lata con eso todo el rato, cualquier cosa para no tener que oír lo maravilloso que era. Por eso no sé mucho sobre él, lo siento. Pero recuerdo su nombre, si quieres saberlo.

Me encojo de hombros y me pregunto si Gwennie va a contarme una por una todas las relaciones que mi madre ha tenido en su vida.

—Solo si es relevante —digo deseosa de llegar al quid de todo esto.

209

—Bueno, supongo que es relevante —dice Gwennie—. Es tu padre, después de todo.

Me quedo mirándola, muda por la sorpresa, y durante un momento no creo lo que dice. Tiene que estar confundida. Seguro. Mi padre era un chef de repostería francés, no un amigo por correspondencia de mi madre, americano y de las fuerzas armadas. Pero entonces recuerdo que la que está confundida soy yo, como siempre. Me pregunto por qué se me sigue olvidando. Así que asiento conteniendo la respiración.

—Se llamaba Don —dice Gwennie.

—Don —murmuro para ver cómo me siento al decir el nombre—. Don.

No sé qué esperaba sentir cuando llegara por fin este momento, pero lo que no esperaba era no sentir nada. Busco en mi alma una chispa de realización personal, algún indicio de que por fin estoy completa, de que mi identidad acaba de cobrar sentido. Pero no hay nada. Ese nombre no significa nada para mí.

210

Gwennie me observa cautelosamente, como si esperara una reacción repentina y sobresaltada. Pero yo simplemente la miro sin expresión.

—Sigue, por favor —le digo al fin como si nada hubiera pasado, como si mi mundo no acabara de cambiar para siempre.

—Un día —prosigue Gwennie— tu madre dejó de querer ir a bailar. Ya no quería escuchar sus discos favoritos, ni salir a pasear en bici por la orilla del río, ni ir de tiendas, ni hacer nada. Era como si alguien la hubiera pinchado con un alfiler y después le hubiera sacado todo el aire. Se pasaba todo el tiempo durmiendo, lo que enfadaba a sus padres, y cuando estaba despierta lo único que quería hacer era enterrar la cabeza en los libros, pero no en los libros de estudio, que eran los que debería tener delante. Quedaban pocas semanas para los exámenes finales, pero ella se pasaba el día devorando novelas románticas y fantásticas como si no hubiera otra cosa en el mundo. Parecía que estaba ida y en las nubes, perdida en su propio mundo.

»Un día me dijo, en un ataque inusual de entusiasmo:

»—Gwennie, ¿por qué no vamos a cazar hadas? Ya sabes, como hacíamos antes.

»Yo la miré como si estuviera loca.

»—Valerie, ya no somos niñas.

»—¿Y qué? ¿Por eso no podemos seguir haciendo esas cosas? Era muy divertido, ¿verdad? Todo aquello era tan bueno... —replicó ella.

»—Val —protesté—, tengo que estudiar. Y un trabajo los sábados. No tengo tiempo para ir a jugar por ahí.

»Los ojos se le llenaron de lágrimas, como los de un niño al que le acaban de regañar.

»—No, claro que no —concluyó como disculpándose.

»Pero ese fin de semana la pillé. Yo estaba en el bosque con Wally Waters cuando nos topamos con ella entre los arbustos, con la botella de leche en la mano.

»—¿Qué haces aquí escondida entre los arbustos, bicho raro? —le preguntó Wally con un cigarrillo colgándole de los labios—. ¿Es que nos estabas espiando?

»Tu madre me miró, avergonzada y culpable, y yo solo pude quedarme mirándola mientras me preguntaba por qué le habría dado de repente por ir a cazar hadas otra vez ahora que acababa de cumplir dieciséis años.

»—Seguro que nos estaba espiando, Gwennie —insistió Wally—. Tal vez esté celosa. O es que le gusto yo. ¿Te gusto, Valerie? —preguntó burlón y extendió la mano para tocarle la barbilla.

»Tu madre, que siempre había pensado que Wally era un idiota adorable, de repente se puso blanca como una sábana y salió corriendo tan rápido como le permitieron sus piernas.

»—Tu mejor amiga está como una cabra —me dijo Wally.

»Ese fue el final de lo mío con Wally. No creo que haga falta decir que tu madre sacó unas notas desastrosas en los exámenes. La veía sentada en la clase durante los exámenes, un día y otro y otro, mirando a la pared con los ojos vacíos y sin escribir prácticamente nada. Nadie sabía lo que le pasaba, y hablar con ella era como hablar con una pared. Insistía en que estaba perfectamente, pero era como si no estuviera allí. Aunque al mismo tiempo podías ver que su mente iba a toda velocidad y siempre estaba perdida en sus pensamientos. Pero lo que pensaba era un misterio. Nadie se imaginó ni por un segundo que estaba embarazada; consiguió ocultarlo muy bien. Creo que incluso logró ocultárselo a sí misma.

—Pero ¿cuándo se había encontrado con mi... con Don? —le pregunto porque siento que me he perdido un capítulo importante de la historia. No puedo utilizar la palabra «padre». Para mí no tiene ningún significado, no provoca ninguna asociación con ese hombre desconocido. Es ridículo, pero me doy cuenta de que solo me siento cómoda llamando padre a ese chef imaginario de París.

—No lo sé —reconoce Gwennie negando con la cabeza—. Nunca llegué a saber con exactitud cuándo se vieron. Y no me enteré hasta mucho después... Bueno, es complicado. ¿Puedo seguir...?

—Sí, perdón —me disculpo al darme cuenta de que he interrumpido su flujo de pensamientos—. Sigue, por favor.

Gwennie le da un sorbo al té y carraspea para aclararse la garganta.

—Te encontré en el cobertizo del jardín —confiesa—, un lugar bastante extraño para hallar a un bebé. Supe lo que había pasado desde el mismo momento en que tu madre me abrió la puerta. Tenía sangre en la ropa y estaba claramente en shock. Supongo que podría haber otras explicaciones, pero a mí ni se me ocurrieron. Simplemente supe que acababa de dar a luz. No sé cómo, pero lo supe.

»Le pregunté una y otra vez dónde estaba el bebé, pero no podía contestarme. Solo miraba al suelo y se rodeaba el cuerpo con los brazos. Así que empecé a buscarte por toda la casa y después se me ocurrió que si no estabas en la casa tendrías que estar en el jardín. Y allí estabas. Envuelta en una manta y metida entre una bolsa de abono y una regadera.

»—Tengo que hacer la cena —decía tu madre cuando te llevé de vuelta a la casa—. Mi madre y mi padre van a venir a casa pronto y tengo que tener lista la cena.

»Había perdido la razón, claro. Locura transitoria. Había conseguido convencerse a sí misma de que nada era real (ni la concepción, ni el embarazo, ni el nacimiento), lo había bloqueado todo, y ahora su cerebro no podía hacerse cargo de tu llegada al mundo. Y yo no estaba siendo de ayuda tampoco.

No sabía qué hacer. Estaba asustada. Nunca antes había cogido a un bebé y recuerdo que me pregunté cuánto tiempo podrías vivir sin comer.

»—Tienes que darle de comer —le dije intentando que tu madre te cogiera.

»—Sí, sí —me dijo nerviosa, abriendo la puerta del horno—. Métela dentro así como está.

»—¡No! —le grité—. ¡Darle de comer, no cocinarlo!

»Pero tu madre me miró sin comprender y empezó a sacar cazuelas y cazos de los armarios. Y entonces llegaron tus abuelos y se quedaron asombrados (aunque eso sería decir poco) ante la escena.

»—¿Qué es eso? —preguntó tu abuelo señalándote.

»Tu madre no contestó, así que yo dije:

»—Es un bebé.

»—¡Ya veo que es un bebé! —exclamó—. Pero ¿qué está haciendo aquí?

»Pero mientras hacía la pregunta, me di cuenta de que estaba mirando la sangre de la ropa de tu madre y sumando dos y dos. Tu abuela, que se había dado cuenta inmediatamente, ya se había echado a llorar y se estaba retorciendo las manos y pidiendo el perdón de Dios.

—¿Entonces no estaban aquí cuando nací? —le pregunto. Sorprendentemente, me está costando muchísimo dejar a un lado la «verdad» que siempre me han contado—. ¿No la ayudaron durante el parto?

—¡Oh, no! No creo que pudieran haberlo soportado. Cuando se la encontraron así, también ellos se quedaron en estado de *shock*. No puedo decirte exactamente qué pasó después porque todo está muy confuso. Recuerdo que tu abuela se puso histérica y que tu madre preguntó con toda tranquilidad qué pasaba, lo que hizo que tu abuela chillara todavía más porque creía que su hija se había vuelto loca (cosa que era cierta). Entonces llegó el técnico del gas y llamó a la puerta de atrás para que le dejaran ver unos tubos, y tu abuelo, que estaba muy nervioso y hecho una furia, le cogió por el cuello de la camisa y el pobre técnico tuvo que defenderse con una sartén que había por allí. Lo siguiente que recuerdo es que tu abuelo te arrancó de mis brazos y te cogió.

213

»—No puedes quedártela —dijo—. Tendrás que darla en adopción.

»Y en ese momento tu madre volvió a la vida otra vez.

»—¡No! —chilló y se lanzó contra tu abuelo, arrebatándote de sus manos. Te abrazó tan fuerte que creí que te iba a asfixiar. No estoy segura de que en ese momento supiera lo que estaba haciendo o quién eras tú. Podrías haber sido un pollo congelado, pero ella tenía algo claro: que le pertenecías y que no iba a dejar que te llevaran a ninguna parte.

»—Bien —concluyó tu abuelo—, te la puedes quedar, pero a partir de ahora estás sola. Puedes quedarte dos meses pero después quiero que te vayas. Nos has deshonrado.

»Nunca volvió a hablarle. Durante los meses en que estuvisteis viviendo bajo el mismo techo, él os ignoró a las dos. Y tu abuela no se portó mucho mejor, aunque creo que estaba asustada y no quería tener problemas con tu abuelo. Era un hombre muy estricto y muy religioso y le preocupaba mucho lo que pensaran los demás.

—Entonces es cierto —la interrumpo indignada por el comportamiento de mi abuela—, nos echaron de casa. Yo creía que habíamos vivido con ellos. Creía…

—Oh, no —dice Gwennie—. Ellos no movieron un dedo para ayudar a tu madre ni emocionalmente, ni en asuntos prácticos, ni económicamente. Ella lo pasó muy mal, creo que te lo puedes imaginar. Le llevó un tiempo aceptar que eras su hija (la verdad es que creo que ni siquiera se acordaba de haberte dado a luz), pero cuando consiguió hacerlo te quiso con toda su alma desde tu cabecita hasta el dedito más pequeño de tus pies. Yo le preguntaba mucho quién era tu padre, porque ella nunca me habló de que hubiera llegado a encontrarse con su amigo por correspondencia (con Don, quiero decir). Pero siempre que sacaba el tema ella parecía confundida y empezaba a balbucear y a contar tonterías. Parecía pensar que había sido una concepción milagrosa.

Gwennie le da otro sorbo al té mientras yo la miro impaciente, preguntándome cómo puede estar ahí bebiendo té tan tranquila ahora que acabo de nacer.

—En lo que respecta a los asuntos prácticos de la maternidad —continúa Gwennie—, tu madre era un verdadero desastre. Sin nadie que pudiera guiarla, no tenía ni idea de qué hacer contigo. Intenté ayudarla, pero fue como un ciego guiando a otro ciego. Éramos como dos niñas jugando con una muñeca que tenía muchas piezas pero que venía sin manual de instrucciones. Y el hecho de que tu madre no dejara de desconectar y refugiarse en algún lugar de su mente, perdiendo totalmente la concentración, no ayudaba nada. Cuando venía a verla lo normal era que te encontrara en sitios extraños. Te posaba en alguna parte y se olvidaba de dónde te había dejado. Una vez te encontré en el armario para orear la ropa y otra vez en el alféizar de la ventana. Pero pasara lo que pasase dentro de la cabeza de tu madre, lo que nunca perdió fue su espíritu y su determinación: estaba decidida a construir una vida para las dos costara lo que costase, aunque tuviera que dar todos los pasos sola. Pero poco después pareció que no iba a tener que hacerlo todo sola.

—Pero no comprendo —intervengo ya un poco inquieta—, ¿cómo sabes que él fue mi padre? ¿Cómo sabes que se vieron si...?

—Ahora voy a eso —me corta Gwennie levantando una mano para que deje de hablar—. Después de mis exámenes decidí que tenía que irme de mi casa. Yo tampoco me llevaba bien con mis padres y una noche, después de una pelea monumental, decidí que tenía que salir de allí. Los dos meses que tu abuelo le había dado a tu madre estaban a punto de terminar y pronto se iba a encontrar sin casa, así que decidimos irnos juntas. Y solo había un sitio al que podíamos ir.

»Una banda que se llamaba Chlorine había tocado unas cuantas veces en el Forum y en un par de ocasiones tu madre y yo habíamos charlado con los chicos del grupo. Creo que no éramos más que un par de colegialas para ellos, pero a tu madre y a mí nos pareció que éramos lo más de lo más porque conocíamos a un grupo de rock de verdad. El caso es que el grupo se iba a mudar a Londres para buscar fama y fortuna y nos dieron su dirección para que si alguna vez íbamos a Londres y necesitábamos un sitio donde quedarnos, fuéramos a su casa. Así que nos fuimos directas a Londres. Pero claro, cuando Wizz (el cantante al que ya has conocido) nos hizo esa oferta no se esperaba que fuéramos a aparecer con un bebé.

215

No obstante, mantuvo su palabra y nos dejó quedarnos, aunque aquello fue una pesadilla. Todo el mundo se quejaba de tus llantos, el sitio estaba sucio, el grupo siempre estaba ensayando y haciendo ruido… Y la mayoría de las noches estaban borrachos (o algo peor).

—¿Y entonces fue cuando empezaste a salir con Bomb… quiero decir, con Timothy?

—Eso es. En pocos días éramos ya uña y carne, lo que hacía la situación mucho más difícil, porque yo estaba intentando ayudar a Val a cuidarte, pero lo que realmente quería hacer era pasar todo mi tiempo con Timothy. Val y yo empezamos a discutir continuamente, lo que no era bueno para nadie, y entonces tu madre decidió que todo aquello no iba a funcionar y se fue.

»Seguía teniendo una determinación férrea y en cosa de un mes ya había conseguido un trabajo de camarera y se había mudado a una habitación alquilada diminuta. Era un lugar triste, oscuro y frío, además de enano, pero era lo único que se podía permitir. El casero siempre estaba aporreando la puerta pidiéndole el alquiler, los vecinos de arriba se pasaban las noches discutiendo a gritos, la niñera siempre la dejaba tirada y los días que tu madre no trabajaba, no cobraba… Era una situación imposible. Tú casi siempre estabas enferma. Habías nacido un poco prematura y no estabas creciendo bien. Val también empezaba a parecer enferma. Todo aquello era un desastre terrible, pero ella siguió adelante; insistía en que estaba bien y que quería ganar su propio dinero y arreglárselas sola. Hasta una noche en la que todo se le acumuló, fue demasiado para ella y rompió a llorar desconsoladamente. Entonces fue cuando me contó lo que pasó con Don.

Me inclino sobre la mesa, pendiente de cada una de las palabras de Gwennie. Nos quedamos mirándonos durante lo que me parece una eternidad. Ella parece muy nerviosa de repente y tiene los ojos muy abiertos, mientras que los míos brillan de impaciencia.

—¿Y? —casi grito.

Gwennie traga con dificultad.

—Vino unos días a Portsmouth (lo que me hace pensar ahora que tal vez estaba en la marina y no en la armada) y le pidió a tu madre que fuera a verle. Ella no se lo contó a nadie porque sabía que sus padres no la dejarían ir. Además fue en un mal momento, porque yo estaba de vacaciones con mi familia en Devon. Si yo no hubiera estado fuera supongo que me lo habría contado e incluso tal vez me habría pedido que fuera con ella; entonces puede que las cosas no hubieran ocurrido como ocurrieron…

Gwennie deja la mirada perdida, enfrascada en sus pensamientos.

—¿Qué es lo que no habría ocurrido? —la urjo a continuar.

Gwennie chasquea la lengua y se la ve preocupada.

—Él no era lo que ella se había imaginado, Meg. No era el caballero que ella creía. Y ella era joven e inocente… demasiado inocente. No tenía ni idea de nada.

Siento que se me llena el pecho de pánico.

—¿Qué pasó?

Gwennie sacude la cabeza tristemente.

—Fueron a alguna parte, no sé adónde, para estar solos. Tu madre era tan inocente… Solo quería hablar y tal vez dejar que le diera su primer beso, un momento romántico para recordar siempre, ese primer abrazo con el hombre de sus sueños. Pero lo que pasó entre ellos… ella no quería. Ella no quería eso en absoluto. Y se lo dijo, pero él no la escuchó; no le importaba… —Gwennie me mira y suspira—. Confió en él, Meg. Le dijo que la quería, que quería casarse con ella y ella confió en sus palabras. —Niega con la cabeza pesarosa—. Solo era una niña tonta. Una niña muy tonta.

De repente siento que voy a vomitar.

—Eso es mentira —me oigo decir furiosa. Gwennie me toca el brazo dulcemente—. Es mentira, ¿verdad? —repito apartando el brazo.

Ella solo me mira con una tristeza infinita.

Claro que no es mentira. Lo sé. Pero me gustaría tanto que lo fuera… Nunca en mi vida he deseado tanto que algo sea mentira.

—Solo habló de ello esa vez. Al día siguiente fue como si nada hubiera pasado. Volvió a actuar como si todo fuera a las mil maravillas, aunque estaba claro que cada vez era más difícil. Le dije que volviera a casa y que les pidiera a tus abuelos que la aceptaran de nuevo, que les explicara que no fue culpa suya lo del embarazo, pero le daba demasiada vergüenza contarlo y era demasiado orgullosa para volver. Ellos sabían dónde estaba tu madre porque mis padres se lo habían contado. Incluso le mandaron dinero y una carta en la que le decían que estaban preocupados. Pero ella se había sentido muy herida por su rechazo y se negó a mantener el contacto. «Si creen que les he deshonrado, si querían que me fuera, esto es lo que se merecen», me dijo. Iba a conseguir algo en la vida, ya verían. Todos los que en casa se rieron de ella y la insultaron cuando se enteraron de que había tenido un bebé, todos los vecinos que murmuraron cuando supieron lo que había pasado, todos iban a ver. Siguió intentándolo con todas sus fuerzas durante un año, pero no había forma de que pudiera conseguirlo. En ese momento se habría casado con cualquiera que se lo hubiera propuesto. Y por desgracia, la persona que se lo propuso fue Robert Scott.

—Mi padrastro —susurro.

—Sí. Tu padrastro. Se conocieron en el café en el que Val trabajaba. Él era carnicero y había venido desde Brighton unos días a visitar a un amigo en Londres. Empezaron a hablar sobre salchichas y seis meses después estaban casados. Debí impedirlo. Sabía que había algo en él que no cuadraba, pero tu madre no quería verlo. La desesperación la cegó. Él le ofreció una casa para vosotras y era atento y amable con ella, al menos al principio. Pero era un hombre extraño, con la cara marcada de viruela, y tartamudeaba. Yo creo que tu madre confundió su timidez con delicadeza. No creo que le atrajera siquiera, pero le estaba agradecida y eso era suficiente.

»Celebraron una boda modesta en una oficina del registro civil de Brighton: solo estaban ellos dos y yo como testigo. Después vosotras os fuisteis a vivir con él a su casa adosada en el centro de Brighton. Tu madre hizo todo lo que pudo para convertirla en un hogar e incluso se esforzó por empezar un huerto en el jardín, pero las cosas fueron mal desde el principio. Por lo que sé, las palizas empezaron pocas semanas después de casarse. Robert tenía unos ataques de furia terribles y pegaba a tu madre en la cabeza y la empujaba contra paredes y muebles. Una vez incluso le rompió una muñeca. Ella nunca me lo contó, claro. Yo lo fui hilando todo a partir de cosas que me contaban los vecinos. En ese momento Timothy ya había dejado el grupo y nos habíamos mudado a Oxford para que él pudiera hacer un máster en derecho. No teníamos dinero y yo solo podía ir a ver a tu madre muy de vez en cuando, cuando ahorraba para pagar el billete de tren a Brighton. Cada vez que la veía se había hundido más en la negación e insistía en que todo iba bien, aunque estaba claro que no era así. Empezó a pasar todo el tiempo cocinando para estar siempre ocupada. Supongo que era su manera de sobrellevarlo.

—¿Y por qué no le dejó? —pregunto incapaz de comprender por qué soportaba una situación así—. ¿Por qué dejaba que él la tratara así?

—Le supliqué a tu madre que le dejara, pero no quiso. Al final le di mi teléfono a uno de los vecinos y le pedí que me llamara si pasaba algo. Temía por su vida. El vecino me dijo que había oído a Robert amenazarla con encontrarla y mataros a las dos si alguna vez le dejaba. Seguro que tu madre estaba aterrorizada, aunque negaba que Robert hubiera dicho algo así, claro. Lo negaba todo. Siempre me estaba diciendo que se había caído por las escaleras o que había chocado con una puerta. Creo que había conseguido convencerse a sí misma incluso. Era algo ridículo.

—Pero la policía…

—No podían hacer nada a menos que tu madre le denunciara oficialmente.

Apoyo la cabeza en las manos. Esto es mucho peor que cualquier cosa que pudiera haber esperado. Nunca habría podido prepararme para todo esto.

—Aunque pudiera parecer que tu madre pasaba la mitad del tiempo en las nubes —sigue Gwennie—, en lo que a ti respectaba siempre iba un paso por delante de Robert. Siempre procuraba que estuvieras fuera de su camino y si alguna vez se enfadaba porque estabas llorando o porque habías roto algo, se aseguraba de que fuera ella el blanco de su furia y no tú. Él normalmente te ignoraba. No eras más que una molestia. Pero lo más trágico era que tú deseabas con todas tus fuerzas que te quisiera. Intentabas desesperadamente llamar su atención pero nunca lo conseguías, lo que en el fondo era una bendición. Incluso le llamabas «papi».

Me agarro el estómago porque he sentido una arcada solo de pensarlo. «Papi.» Siempre he querido poder decirle esa palabra a alguien, pero no puedo creer que se la haya dicho a un monstruo como ese.

—Al fin, el día de tu quinto cumpleaños, tu madre reunió el coraje para dejarle —cuenta Gwennie—. Ese día Robert intentó estrangularte.

La miro sin expresión en la cara y sin sentir el corazón. Sus palabras son como olas que rompen sobre mí sin prácticamente alterar la superficie. Ya nada me impresiona. Nada puede ser peor que lo que ya he oído.

—Derramaste pintura sobre alguna cosa y él perdió los nervios. Te agarró por el cuello y te golpeó la cabeza con la mesita de café. Tu madre intentó hacer que te soltara pero, como no lo conseguía, sacó un cuchillo del cajón de la cocina y cargó contra él. Le habría matado, estoy segura, pero él te soltó y le quitó el cuchillo. No sé lo que pasó después porque lo que me contó tu madre cuando me llamó no tenía mucho sentido, pero obviamente eso fue suficiente para obligarla a actuar.

Me quedo mirando fijamente la superficie de la mesa, intentando imaginarme la escena: mi madre lanzándose contra alguien con un cuchillo con verdadera intención de matarle. Ella, que no mataría ni una mosca, que le pide perdón a las verduras antes de cortarlas, que agradece a todos los trozos de carne la vida que han sacrificado para que podamos comerlos y que ahora ha empezado a hablarle a los árboles para que crezcan mejor… Y le habría matado. Le habría clavado el cuchillo en el corazón.

—Se fue con lo puesto. Lo dejó todo atrás. Robert me llamó, exigiéndome que le dijera adónde había ido, y como le colgué, vino en coche hasta Oxford y empezó a aporrear la puerta de mi casa en un estado de furia incontrolable. Durante un momento supe cómo debía de haberse sentido tu madre. Le doy gracias a dios porque Timothy estaba en casa. Si no hubiera estado él, no sé qué me habría hecho. Pero aun-

220

que hubiera querido darle la información a Robert, no habría podido. Tu madre no me había dicho cuáles eran sus planes. Creo que sabía que si Robert sospechaba que yo tenía esa información, no habría parado hasta sacármela. El riesgo era demasiado alto y ella quiso protegerme.

—¿Y eso fue todo? ¿Esa fue la última vez que nos viste?

—Sí. Hasta hoy. Esperé y esperé que llegaran noticias, pero nunca llegaron. Incluso vine a ver a los padres de Val, pero tampoco sabían nada. Era como si se os hubiera tragado la tierra a las dos. Rompisteis el contacto con todo y con todos los de vuestro pasado.

Miro fijamente mi taza de té, fría e intacta, con la mente en blanco y el corazón vacío. Me siento como si la vida hubiera abandonado mi cuerpo.

—¿He…? —pregunta Gwennie vacilante—. ¿He hecho bien en contarte todo esto?

Me estremezco aunque en la cocina hace tanto calor que las ventanas están cubiertas de condensación. No sé qué responderle a esa pregunta.

—Has hecho lo que te he pedido —le digo con voz átona.

Se produce un silencio largo y doloroso entre las dos. Estoy segura de que debería tener más preguntas, pero me siento muerta por dentro. Me duele la cabeza y tengo náuseas.

—¿Por qué has cambiado de opinión sobre lo de venir aquí? —pregunto al fin.

Gwennie suspira y se encoge un poco de hombros.

—Supongo que yo también necesitaba saber la verdad. Durante todos estos años he intentado creer que habíais vuelto a empezar y que estabais bien, seguras y felices. Me gustaba pensar que tu madre tal vez se había enamorado, se había dedicado a la cocina y había logrado viajar a todos esos países que había soñado visitar. Y que tú habías crecido de forma sana, te iba bien en los estudios y tenías una nueva vida familiar. Pero nunca pude saberlo. No podía estar segura. Supongo que yo también tenía lagunas que necesitaba llenar.

Coge la cucharita de café y la frota entre los dedos como si fuera a aparecer un genio que con un simple chasquido de dedos pudiera hacer desaparecer toda esta horrible situación.

221

—Además, yo también tengo una hija —añade—. Es más joven que tú, solo tiene trece años. Es verdad que su padre y yo no estamos juntos, pero ella sabe de dónde viene y quién es. Creo que tiene derecho a saberlo. No querría que viviera sin saberlo.

Sigo el contorno de mi taza con el dedo una y otra vez mirando la película de leche fría que se ha formado en la superficie del té.

—¿Os lleváis bien? —le pregunto sin saber por qué.

Gwennie se ríe bajito.

—Ahora mismo me odia. Pero espero que se le pase cuando crezca un poco.

Asiento con una sonrisita de agradecimiento.

—Se le pasará —digo—. Seguro.

Gwennie me examina detenidamente la cara y me mira a los ojos tristes y cansados.

—Te pareces mucho a tu madre —asegura, y yo estoy a punto de reírme por la ironía de todo esto.

Me he esforzado toda mi vida por no parecerme en nada a mi madre. Me he aferrado desesperadamente a los principios de la verdad, la lógica y la racionalidad mientras que mi madre se ha envuelto siempre en fantasías y negaciones. Me he retorcido las manos, he pateado el suelo y he llorado lágrimas de frustración por tener que enfrentarme a sus delirios. Y ahora me pregunto si realmente me diferencio en algo.

Recuerdo las palabras del doctor Bloomberg cuando estuve aquel día en su consulta: «Es increíble lo que somos capaces de olvidar».

Me toco la cicatriz de la frente, la cicatriz que ahora sé que es porque mi cabeza golpeó una mesita de café, no porque me atacó una tartaleta de cangrejo. Yo lo he olvidado, no porque haya querido, sino porque necesité hacerlo. Y ahora tengo la horrible certeza de que, en el fondo, alguna parte de mí todavía lo recuerda. El gigante blanco que me atormenta en sueños no es un gigante, sino un hombre con un delantal de carnicero. Esas manos callosas que me rodean el cuello no son producto de mi imaginación, sino la sombra de mi pasado. Su nombre, su cara, las marcas de viruela en su piel, aquella casa, el miedo, la violencia… todo sigue ahí, revolviéndose en los lugares más recónditos de mi mente. Los recuerdos que tan desesperadamente quería revivir han estado ahí todo el tiempo y ahora, como una bestia dormida a la que han pinchado con un palo, han empezado a despertar de nuevo. Recuerdos vagos empiezan a surgir en los extremos de mi consciencia y tengo la sensación de que todo volverá a mí como una ola si me permito recordar.

Ahora la cuestión es: ¿quiero recordar?

Capítulo 16

$\mathcal{A}$ veces pienso que Mark debería llevar unos leotardos de lycra, una máscara y una capa con una R enorme impresa en ella: el Superhéroe Racional al rescate; siempre aplicará la lógica en medio del caos. Anoche le llamé bastante tarde, cuando se fue Gwennie, como una damisela en peligro. «¡Socorro! —quería gritarle por el teléfono—. ¡Acabo de descubrir la verdad sobre mi pasado! ¡Estoy hecha un lío, no puedo pensar con claridad y mis sentimientos amenazan con sobrepasarme! ¡Sálvame, Superhéroe Racional, por favor!» Pero obviamente lo que de verdad le dije fue: «Mark, me acaban de contar la verdad sobre mi pasado y es demasiado para asimilarlo todo de golpe. Me preguntaba si podrías venir mañana en vez del domingo para que podamos hablar de ello. Si no puedes, no importa. Estoy bien.»

Mark llega, no con leotardos, sino con unos zapatos bien lustrados, vaqueros recién planchados y un chubasquero cómodo y práctico; claramente la segunda opción de vestuario del buen Superhéroe Racional. Solo verle ya es como una droga para mí; al ver cómo cruza confiadamente el camino de entrada, todo compostura y seguridad en sí mismo, ya siento cómo la confusión y la ansiedad empiezan a reducirse. Cuando, después de apartar todas las cestas de la mesa de la cocina, me sienta y me dice: «Bien, empecemos por el principio», ya estoy preparada para abandonarme al poder del orden que siempre irradia.

Cuando termino de contárselo todo a Mark, veo que ya tiene una lista de hechos y preguntas escrita muy claramente en un papel.

—Bien —dice frotándose la barbilla y examinando las notas—, esta conversación te ha llenado muchas lagunas. Pero ahora surgen nuevas preguntas como resultado de esta información recién descubierta. Por ejemplo, pregunta número uno: ¿dónde está tu padre biológico ahora? Tienes derecho a saberlo.

—Ya te lo he dicho —contesto—, fue una cosa pasajera. Es probable que ella ni se acuerde de su nombre.

Vale… Quizá no le he contado a Mark todos los detalles. Puede que haya pasado un poco de puntillas por las circunstancias de mi concepción. Sé que lo que le pasó a mi madre no tiene nada que ver conmigo, pero no puedo quitarme la sensación de que Mark podría verme de manera diferente si lo supiera. Como manchada. Impura. Culpable… Todas esas cosas que no dejan de aparecer de improviso en mi cabeza y que intento descartar porque sé que son ilógicas. No quiero que Mark me vea como una persona que sea algo menos que perfecta.

—Creo que no quiero pensar en mi verdadero padre justo ahora —me apresuro a decir.

—Está bien —dice Mark como si estuviera presidiendo una reunión—, podemos volver a eso en otro momento. Pasemos a la segunda pregunta: ¿tu madre sigue casada?

Eso ni se me había ocurrido. La idea de que todavía podría seguir legalmente casada con ese hombre hace que me dé un vuelco el estómago. Todavía puedo seguir siendo legalmente su hijastra…

—Aunque, por otro lado —continúa Mark—, sabemos que tu madre utiliza su nombre de soltera. Eso es algo normal cuando una mujer se divorcia de su marido. Pero esa evidencia entra en contradicción con el hecho de que tu madre, para divorciarse, tendría que haber mantenido algún tipo de contacto con Robert Scott, aunque solo fuera a través de los abogados, y no parece que eso sea probable. Ahora bien…

—Mark —le interrumpo—, creo que tampoco quiero hablar de Robert Scott justo ahora.

—Pero Meg, si tu madre sigue casada, eso podría tener implicaciones legales y financieras cuando ella muera; ¿has pensado en eso? —Niego con la cabeza—. Bueno, pues tienes que pensarlo. Yo, como sabes, no soy abogado, pero me imagino

225

que Robert Scott, si sigue siendo su marido, tendrá derecho a parte del dinero de tu madre. Deberíamos pensar en posibles caminos a seguir dependiendo de la respuesta de ella.

Asiento, aunque estoy empezando a sentirme abrumada otra vez.

—Bien —le digo—. ¿La respuesta a qué?

Mark parece un poco exasperado. A él le gusta trabajar más rápido y de manera más eficaz en circunstancias normales.

—Su respuesta a si sigue legalmente casada o no.

—Oh, claro, perdona. ¿Y cómo vamos a saber eso?

Mark aprieta el lápiz que tiene entre los dedos hasta que las yemas se le quedan blancas.

—Preguntándoselo. Tú se lo vas a preguntar.

—¿Qué? ¿Yo? ¿Se lo voy a preguntar?

Esta mañana mi madre se ha arrastrado al piso de abajo con la bata puesta, pálida y cansada, pero esforzándose por mostrar su sonrisa habitual.

—Buenos días, cariño —me ha dicho como si nada hubiera cambiado. Ha mirado los huevos, los cereales, el pan y la leche como si estuvieran contaminados y después ha concluido que no tenía hambre.

—¿Sigues sintiéndote mareada? ¿Te vas a desmayar? —le he preguntado al verla caminar vacilante por la cocina.

—¿Es que estaba mareada?

—Bueno, sí. Te desmayaste —le recuerdo—. Ayer por la tarde. Cuando viste a Gwennie.

Mi madre ha negado con la cabeza desconcertada.

—¿Quién es Gwennie?

—No creo que pueda preguntarle eso a mi madre —le aseguro a Mark— si ni siquiera recuerda que Gwennie estuvo aquí.

Mark arquea una ceja con expresión escéptica.

—Eso dice. Mira, Meg, tu madre es una mentirosa profesional, ya lo sabes.

—No estoy segura de que esté mintiendo. De verdad creo que no se acuerda de nada desde que estuvimos recogiendo fruta ayer hasta que se ha levantado esta mañana. —Y al recordar las palabras de Ewan de ayer añado—: Hay una diferencia entre fingir y creer.

Mark niega con la cabeza y me mira con la cara que se le pone a un perrito maltratado.

—Meg —me dice cogiéndome la mano—, ¿y eso no es precisamente muy conveniente para ella? Así tu madre no tiene que responder a ninguna pregunta incómoda. Puede negar que conoce a Gwennie y seguir con las cosas igual que antes, contándote historias absurdas y negando la verdad. Sospecho que ayer se desmayó de puro pánico, pánico a que se descubrieran todas sus mentiras. O incluso es más probable que fingiera desmayarse, como la última vez. Ha utilizado exactamente la misma estrategia. Fingió desmayarse como distracción, esperando que con el caos Gwennie simplemente saliera huyendo. Pero lo que no sabe es que Gwennie no se fue. Se sentó aquí y te contó lo que pasó de verdad cuando eras pequeña y ahora tú tienes toda la información. Ahora estás en la posición perfecta para interrogar a tu madre, pillarla por sorpresa y obligarla a enfrentarse a la verdad.

Me froto los ojos. Estoy agotada. No dormí nada anoche y todo esto es demasiado. ¿Interrogar a mi madre? ¿Cogerla por sorpresa? Mi madre no es el enemigo. Esto no es cuestión de tácticas. Espero que esta no sea la parte en que Mark espera que saque mi copia de *¡Habla!* y enchufe a mi madre al robot de cocina, porque no tengo intención de hacer eso. Pero Mark parece tener mucha confianza en lo que dice y su línea de razonamiento suena muy lógica. Y hasta tiene lápiz y papel con una lista de puntos escritos…

—Mi madre está muy débil —le digo a Mark—, ¿y si esto es demasiado para ella?

—¿El qué es demasiado para ella? ¿Que su única hija quiera encontrar las piezas que le faltan en su vida? ¿Que su única hija quiera saber la verdad para no seguir poniéndose en ridículo contando historias absurdas sobre haber sido mordida por una tartaleta de cangrejo o sobre que de pequeña le metían los dedos en azúcar?

—Los dedos de los pies. Y la historia no es así.

—Da lo mismo. Lo importante es que tienes derecho a esa información. Y no olvides que pronto será demasiado tarde.

Vuelvo a sacudir la cabeza, más confusa que nunca. Quería que Mark me hiciera sentir que vuelvo a recuperar el control.

227

Quería que me ayudara a ordenar mis pensamientos en montones y mis sentimientos en compartimentos. Quería que hiciera lo que mejor sabe hacer: coger lo que hay y darle una estructura, ordenarlo, ponerlo en limpio, deshacerse de todas las emociones y reducirlo a hechos puros y duros que no sienten, solo saben. Pero se me ha olvidado que lo que hace tiene otra cara y esa cara es la investigación. No solo procesa hechos que ya sabe; construye sobre ellos buscando respuestas, buscando y rebuscando hasta que llega al fondo de todas y cada una de las preguntas. Eso es lo que hace un buen científico; nunca deja de hacerse preguntas. Sin saber de dónde sale, vuelve a mí un recuerdo de una clase de ciencias en el instituto en la que teníamos que diseccionar un narciso. Lo separamos trocito a trocito y localizamos el estambre, el receptáculo, el estigma, el sépalo… Cuando terminamos ya sabíamos qué había bajo esos bonitos pétalos amarillos, pero se había perdido toda la belleza y lo que quedaba era un desastre hecho pedazos y destrozado.

—Quizá no necesite saber nada más —insinúo cansada—. Tal vez incluso no quiera saberlo.

Mark me suelta la mano.

—Lo que quieres decir es que prefieres no saber la verdad porque así es más fácil —dice con desaprobación.

—Prefiero pasar los últimos días con mi madre sin tener que enfrentarme con ella, pelear e intentar remover cosas que claramente no quiere recordar y yo seguramente no quiero saber.

—De eso se trata, ¿verdad? —me responde Mark con aspereza—. De que tú no quieres saberlo. No lo haces por tu madre. Es por ti, que después de insistir una y otra vez sobre cuánto querías saber la verdad, ahora no te gusta lo que has encontrado y no quieres saber más.

—¿Y eso es tan malo? —pregunto, repentinamente irritada por su falta de comprensión.

—Sí lo es, teniendo en cuenta que llevas meses diciendo, con toda la razón, que tu madre tiene que enfrentarse a los hechos.

—¡Bueno, pues tal vez estaba equivocada! —grito a la vez que me levanto de mi asiento—. ¡Tal vez ella no quiera enfrentarse a los hechos!

—¡Querrás decir que eres tú la que no quieres! —contesta Mark levantándose también.

—¡Vale, quizá sea yo la que no quiere! La infancia que conozco es un montón de mentiras, pero al menos es una infancia feliz, una que siento como mía. ¡Si la dejo de lado, solo me queda una niñez terrible que no parece tener ninguna conexión conmigo!

—¿Así que preferirías no saber la verdad? ¿Preferirías seguir viviendo esa vida llena de historias ridículas y tontas mentiras?

—¡Sí! —Yo misma me sorprendo por esa respuesta. Sí, sí, lo prefería. Si hubiera sabido lo que me iba a encontrar...—. ¡Quiero que me haya mordido una tartaleta de cangrejo! —grito con la voz temblando por la emoción—. ¡Quiero que me metieran los deditos de los pies en el té de los vecinos! ¡Y haber protagonizado una persecución a toda velocidad desde la calle principal de Tottenham hasta Enfield Chase!

—¡Entonces es que tus delirios son tan graves como los de la loca de tu madre!

—¡Pues tal vez sí! ¿Y qué? ¿Qué importa eso?

Mark niega con la cabeza, desesperado.

—Creía que eras mejor que eso. Creía que eras un dechado de verdad, de razón y de lógica, pero parece que solo lo eres cuando te conviene. Me decepcionas, Meg.

¿Que le decepciono? Cierro los puños, trago con dificultad el nudo que tengo en la garganta y miro al admirable Mark Daly directamente a los ojos.

—Si ese es el caso —digo—, creo que este experimento en concreto ha llegado a su conclusión.

Tumbada en la cama cierro los ojos e intento volver al día en que la planta de espaguetis brotó en el alféizar de nuestra ventana. Si me concentro mucho puedo verla, con los espaguetis finitos asomando entre las hojas verdes...

—¡Fíjate! —exclamó mi madre—. Supongo que esto será cosa de la señora Trivelli, del piso de arriba. Siempre está dejando miguitas de cosas en el alféizar para los pájaros. Supongo que les habrá dejado trocitos de espagueti que se han caído y han brotado en nuestra maceta. —Mi madre se chupó un dedo y lo sacó por la ventana de la cocina—. Me lo suponía. Viento del oeste. Eso hace que brote una planta de espaguetis en un abrir y cerrar de ojos. Sabes cuál es el problema con las plantas de espaguetis, ¿verdad?

La miré y negué con la cabeza. Con cuatro años no tenía ni idea de los problemas de las plantas de espaguetis.

—Lo que pasa es que crecen y crecen y antes de que te des cuenta son tan grandes como una casa. En Sudamérica hay una selva enorme de plantas de espagueti, tan densa y tupida que ninguna persona de las que ha entrado allí ha conseguido salir. En 1953 un explorador que se llamaba George Wallis Boo Cooper entró en la jungla de espaguetis y dicen que todavía está allí, deambulando en círculos y comiendo espaguetis todo el día. ¿Y sabes cuál es la moraleja de la historia?

Lo pensé muy bien.

—¿Que no hay que entrar en una jungla de espaguetis?

—No, que no se debe tirar comida por la ventana si vives en un piso. Nunca se sabe lo que puede brotar de ella. Ahora la única forma de hacer que las plantas de espagueti dejen de crecer y reproducirse es recogerlos lo antes posible. Creo que la mejor manera es que yo te saque por la ventana cogiéndote por las piernas y tú los recojas.

Pensé en el número de escaleras que había que subir para llegar al cuarto piso y en todo el tráfico que pasaba por la calle principal que había debajo.

—Eso está muy arriba —dije enroscándome un mechón de pelo en un dedo, nerviosa, y mordiéndome el labio.

—Todos tenemos que hacer en la vida cosas que no nos gustan, cariño —dijo mi madre cogiéndome por los tobillos y sacándome por la ventana. Sentí que el vestido me caía sobre la cabeza y el viento me daba en las piernas desnudas—. Nadie te está mirando —dijo de esa manera que tienen las madres de hablar a sus hijos cuando están claramente expuestos ante todo el que pasa por allí—. Si el espagueti está maduro, estará caliente y blando, aunque un poco tieso todavía. Si está duro y pincha, todavía no está listo para recogerlo, ¿lo has entendido?

—Sí —dije desde debajo de la falda de mi vestido. Se me estaba bajando toda la sangre a la cabeza y me alegré de no poder ver el tráfico que atronaba abajo. Empecé a recoger lo más rápido que pude, guiándome solo por el tacto porque no podía ver nada. Cuando se me pasó el miedo inicial, empecé incluso a pasármelo bien.

—¡Mira todo lo que estoy cogiendo! —le grité a mi madre, todavía colgando de sus manos.

—¡Lo estás haciendo muy bien, cariño! —respondió—. Cuando crezcas vas a ser la campeona de recogida de espaguetis. ¡La mejor del mundo!

Y eso es lo que quería ser cuando fuera mayor. Hice planes para viajar a Sudamérica y ganar una fortuna abriéndome camino en la selva de espaguetis a base de recogerlos. Y no me asustaba perderme como George Wallis Boo Cooper, porque él claramente no tenía la habilidad natural que yo tenía con las plantas de espaguetis. Iba a recoger en seis meses los suficientes para alimentar a toda Italia y después le compraría a mi madre una casa grande para que viviera sola, sin tener que aguantar que la señora Trivelli tirara los restos de la cena por la ventana.

Abro los ojos y miro el techo un poco sorprendida de encontrarme en mi cama. Tengo una leve sonrisa en los labios y por primera vez en varios días me siento tranquila.

Ewan ha recogido lo que quedaba de la fruta que había que recolectar y la ha dejado dentro de tres bolsas de supermercado en el patio, al lado de la puerta de la cocina. No le veo, pero de vez en cuando consigo vislumbrar a *Digger* cruzando el fondo del jardín, así que sé que está por ahí en alguna parte. Pongo a hervir agua y hago dos tazas de café muy negro y fuerte antes de meterme en el jersey verde enorme que mi madre tiene en la puerta de atrás para usarlo en el jardín y salir afuera.

El cielo está gris y cubierto, amenazando lluvia de nuevo. Ewan está sentado en un cajón de madera puesto bocabajo, dándome la espalda mientras se come un puñado de moras.

—Debería cobrarte por ellas, ¿sabes? —le digo mientras me acerco.

Se vuelve sobresaltado y después sonríe. Camino hacia él por un trozo de terreno que antes tenía hileras de lechugas,

231

pero que ahora está desnudo, la tierra recién removida. Miro a mi alrededor y observo que hay varias parcelitas en el mismo estado. Desnudas, despojadas de sus plantas de verano, esperando en un limbo entre una estación y la siguiente. Le tiendo una de las tazas a Ewan y él parece un poco sorprendido pero la coge.

—¿Cómo está tu madre? —me pregunta mirándome con la cara llena de preocupación.

—Está bien. Cansada. Ha estado en la cama la mayor parte del día. No recuerda nada de lo de ayer. De la llegada de Gwennie y de su desmayo, quiero decir.

Ewan asiente. Pienso que me va a preguntar por Gwennie, por quién es, por qué mi madre se alteró tanto al verla y qué pasó después de que él se fuera, pero no lo hace. Simplemente dice:

—Espero que todo esté bien.

Le sonrío, agradecida por su simple y nada indiscreto gesto de apoyo.

—Gracias.

Digger viene trotando a verme y yo le acaricio la oreja.

—Hemos visto a Mark irse antes —comenta Ewan—. No he podido coger a *Digger* y evitar que fuera a saludar a su viejo amigo. Creo que Mark se va a pasar la noche lavando su ropa para quitarle las marcas de patas llenas de barro.

—Oh, no te preocupes —le digo—. No vas a volver a ver a Mark por aquí.

Ewan levanta las cejas sorprendido.

—Oh, lo siento.

Le miro irónicamente.

—No, no lo sientes.

—No, de verdad que lo siento. Quiero decir, si estás triste, lo siento.

Niego con la cabeza.

—La verdad es que es raro. No estoy tan triste como creía que estaría.

—En ese caso, me importa un comino.

Me vuelvo para mirarle, asombrada por su franqueza. Me mira con una media sonrisa descarada y casi me echo a reír.

Bebemos el café en silencio hasta que Ewan me ve buscando a mi alrededor un sitio donde sentarme y rápidamente se echa un poco a un lado sobre la caja de madera. Puedo sentir que me mira con curiosidad mientras me siento a su lado. No está acostumbrado a que yo esté voluntariamente en su presencia, mucho menos a que deliberadamente me siente a su lado. Me siento un poco rara y me pregunto si él también, pero mi madre está en la cama durmiendo y yo no quiero estar sola ahora mismo. La caja es pequeña para los dos pero intento colocar mi cuerpo en un ángulo que permita que haya un pequeño hueco entre nosotros. Nos quedamos sentados mirando a nuestro alrededor: al cielo, al huerto, a las parcelas para cultivar verduras vacías ahora… Cuento los agujeros en el suelo que ha hecho *Digger*. Solo cinco. Definitivamente está mejorando.

—Los rellenaré luego —dice Ewan leyéndome la mente.

—Eso espero —le digo.

Por el rabillo del ojo le observo las manos, cubiertas de suciedad y rodeando la taza de café, y los antebrazos fibrosos, morenos y cubiertos de vello castaño dorado. Después miro el roto de sus vaqueros mugrientos, justo por encima de la rodilla, por el que se le ve la piel de la pierna, y sus botas gastadas, cubiertas de barro, con cordones que no son iguales.

—¿Me podrías contar una historia? —le pido.

Él acaricia la cabeza de *Digger* con caricias largas y fuertes que tiran de la piel del perro hacia atrás revelando el blanco de la parte superior de sus ojos. Pasa un tiempo antes de que empiece a hablar y en ese tiempo en silencio me doy cuenta de lo confuso que debe de estar. Después de burlarme de sus leyendas y ridiculizar sus mitos, de acusarle de tener la cabeza en las nubes y de reprenderle por ser un fantasioso, ahora tengo la desfachatez de pedirle esto.

—¿Qué tipo de historia? —pregunta por fin.

Niego con la cabeza.

—No importa. Cualquiera.

«Cualquiera que me ayude a evadirme durante un rato», pienso.

Digger se tumba a los pies de Ewan y apoya la cabeza en una de las botas de su amo como si estuviera esperando a que empezara. Ewan mira hacia el fondo del jardín pensativo.

—Después de que Zeus castigara a Prometeo por darle el fuego a los hombres —comienza a contar—, decidió que todos los humanos debían ser castigados por su falta de respeto. Así que ideó un plan malicioso. Creó a una mujer de arcilla. La diosa Atenea le insufló vida a la arcilla, Afrodita la hizo hermosa y Hermes le enseñó a ser encantadora y embustera. Zeus la llamó Pandora y se la mandó como regalo al hermano de Prometeo, Epimeteo.

»—No confíes en ningún regalo que venga de Zeus —le había advertido Prometeo a su hermano—. Es cruel. Piensa en lo que me hizo.

»Pero Epimeteo ya se había enamorado locamente de Pandora, así que decidió casarse con ella.

»Zeus estaba encantado. Su plan estaba funcionando. Le dio a Pandora una caja muy bonita como regalo de boda.

»—Pero te doy este regalo con una condición —le dijo—. Nunca, jamás, debes abrir la caja.

»Todos los días Pandora se preguntaba qué habría en la caja. No podía comprender por qué Zeus mantenía en secreto su contenido. No parecía tener sentido. La estaba volviendo loca hasta el punto de que no podía pensar en nada más que en descubrir qué había dentro.

»Finalmente Pandora ya no pudo soportar más la agonía de no saberlo. Un día cogió la llave y la caja, metió la llave en la cerradura con mucho cuidado y la hizo girar. Lentamente levantó la tapa de la caja conteniendo la respiración. «Qué me voy a encontrar», se preguntó. «¿Tal vez bonitas sedas, brazaletes de oro o una gran cantidad de dinero?»

»Pero no había oro. Ni brazaletes brillantes ni sedas finas. El entusiasmo de Pandora rápidamente se convirtió en decepción y después en horror. Dentro de la caja estaban todos los males que existían. De la caja salieron la miseria, la tristeza, la ira, el dolor… Todos con la forma de pequeñas polillas que no dejaban de zumbar. Las criaturas picaron a Pandora una y otra vez y ella cerró la tapa de golpe. Epimeteo entró corriendo en la habitación y la encontró llorando de dolor.

»—Pandora —le dijo mientras le atendía las picaduras—, Zeus te lo advirtió. ¿Por qué tenías que saber lo que había dentro de la caja? Ahora lo sabes. No deberías haberla abierto.

Ewan se detiene y le da un sorbo a su café. No sé qué decir. Siento como si me hubieran dado una bofetada en la cara. El mensaje de la historia es claro: persigue la verdad y puede que no te guste lo que encuentres, pero hagas lo que hagas tendrás que asumir tu responsabilidad. Ewan sabe lo que ha pasado sin que le haya dicho una palabra. ¿Y ese es el mensaje que tiene para mí? ¿Que tengo que sufrir las consecuencias de mis acciones? ¿Que yo me he metido en la boca del lobo y ahora no puedo quejarme de que me haya mordido? No era esa la historia que quería. No era lo que quería oír. Siento un nudo que me sube por la garganta y estoy a punto de levantarme para irme.

—Pero ese no fue el fin —empieza de nuevo a contar Ewan—, porque Pandora estaba oyendo una vocecilla que la llamaba desde dentro de la caja, suplicándole que la dejara salir. Epimeteo le dijo que nada de lo que quedara en la caja podía ser peor que los horrores que ya había liberado, así que ambos abrieron otra vez la tapa. Y vieron que se habían dejado algo.

Ewan hace otra pausa. Me giro y observo expectante su perfil. Las nubes que hay en el cielo se han separado un poco y ahora nos bañan unos reconfortantes rayos del cálido sol de la tarde. Estudio la forma en que la luz dorada ilumina las pestañas de Ewan, el principio de barba de su barbilla y sus cejas, destacando los contornos de su cara.

—¿Qué había dentro? —le pregunto en voz baja.

Se gira para mirarme con motitas de color ámbar brillando en sus cálidos ojos marrones. Un lado de su boca se eleva levemente para formar una sonrisa.

—La esperanza —me responde.

235

Capítulo 17

Llega pronto, demasiado pronto, el día en que mi madre ya no puede levantarse de la cama.

—Ahora me levanto y hago algo de desayunar para las dos —murmura envolviéndose más con las mantas—. ¿Qué te apetece? ¿Tostadas con canela? ¿O compota de manzana?

—Mamá… —empiezo a decir con la intención de explicarle que ya son las dos de la tarde y que se ha perdido el desayuno y la comida, pero veo que ha vuelto a dormirse.

Más tarde, ella sigue todavía sin levantarse. Le ofrezco sopa, tostadas, fruta, helado, té y zumo pero no quiere nada.

—Me voy a levantar y hacerme algo dentro de un ratito —asegura, pero no llega a hacerlo.

Esa noche no duerme nada y no deja de quejarse de un dolor en los huesos que achaca a que ha hecho demasiados esfuerzos últimamente.

—Creo que me he esforzado demasiado este verano —dice pensando en voz alta, haciendo una mueca de dolor cada vez que se mueve bajo las mantas para intentar encontrar una postura cómoda. Su respiración es trabajosa y silbante y dice que siente como si tuviera un elefante sentado en el pecho—. ¿Te acuerdas de la vez que aquel elefante rompió su jaula —me pregunta mirándome con ojos cansados cuando le coloco la almohada— porque quería hacerse con uno de nuestros deliciosos bollos con glaseado?

—Shhh —le susurro poniendo una mano sobre las suyas—. No hables.

Viene el doctor Bloomberg. Le da unas pastillas rosas para quitarle el dolor y unas azules para evitar las náuseas que provocan las pastillas rosas.

—¿Quiere quedarse a cenar, doctor? —le pregunta mi madre sonriéndole desde la cama. Tiene la cara muy blanca y su piel ha adquirido cierta transparencia—. Hay unos filetes stroganoff deliciosos en el congelador.

Intenta incorporarse con dificultad, lista para hacer de anfitriona.

—Lo siento, pero acabo de comer, Valerie —dice el doctor poniéndole una de sus grandes manos en el hombro para que vuelva a tumbarse—. Si no, no me perdería esos filetes por nada del mundo.

—Tienes que empezar a prepararte, Meg —me dice el doctor Bloomberg cuando estamos los dos de pie en el vestíbulo.

Sé lo que me está diciendo, pero me parece algo irreal, como si todo esto fuera una obra de teatro y todos nosotros fuéramos actores. Estoy esperando que en cualquier momento caiga el telón y cuando vuelva a subir mi madre baje corriendo por las escaleras y todos nos cojamos las manos y hagamos una reverencia entre el estruendo de aplausos.

—Cuando esto progrese —prosigue el doctor Bloomberg bajando la cabeza y mirándome por encima de sus gafas— hay varias opciones: la residencia para enfermos terminales es una de ellas, pero creo que en esta fase el hospital sería…

—Se queda aquí —le respondo inmediatamente.

Mi madre siempre ha odiado los hospitales y nunca se me ha pasado por la cabeza que pudiera morir en ningún otro sitio que no fuera en casa y que nadie que no fuera yo cuidara de ella.

—Puede ser muy duro —me advierte el doctor Bloomberg—, cuando se ponga peor…

—Se queda —repito convincente.

El doctor Bloomberg frunce el ceño y sus hirsutas cejas blancas se encuentran en un punto entre las dos.

—Meg —dice con mucha lentitud y claridad—, si las cosas se ponen feas...

Levanto la mano para que no siga hablando. Está bien, lo entiendo. No hace falta que lo diga. No me diga que va a pasar dolor. No me diga que será demasiado para poderlo soportar.

—Le llamaré cuando necesite a alguien —le digo rápidamente para que no siga hablando—. Se lo prometo.

—¿Qué tiempo hace?

Todas las veces que se despierta, mi madre me hace la misma pregunta.

—Está lloviendo —le contesto.

—No oigo la lluvia —dice retorciéndose y esforzándose por intentar ver algo por la ventana.

—Es que llueve muy suavecito —le digo.

La verdad es que no ha llovido en todo el día, pero a mi madre le gusta tanto estar fuera que estoy convencida de que le dolería saber que brilla el sol mientras ella está obligada a quedarse en la cama.

—Siempre me ha gustado mucho la lluvia —dice mi madre estropeándome con ello las buenas intenciones—. Es muy refrescante cuando te cae sobre la piel.

—Puedo regarte un poco con la manguera si quieres —le sugiero.

Ríe con una risa silbante y dolorosa y yo también me río solo de pensarlo. Pero entonces empieza a toser, a inspirar grandes bocanadas de aire, y en unos segundos tengo que sujetarla mientras intenta coger aire, con el pecho haciendo un ruido como el de una máquina de *pinball* y el cuerpo sacudiéndose cuando se inclina hacia delante mientras yo le froto la espalda.

—Ya está —le susurro—. Ya pasó.

238

Viene Ewan y le trae un ramillete de flores silvestres, enredadas entre sí y rebeldes, con nombres curiosos como «pajarita» o «botón de plata» que a mi madre le parecen muy divertidos.

—Son preciosas —sonríe, y sus ojos brillan por primera vez en mucho tiempo—. Echo de menos estar fuera, en el jardín. ¿Ya has recogido los últimos tomates?

—Sí y los he colgado junto a la ventana de la cocina para que maduren —le dice Ewan.

—Y también habrá que recoger la albahaca, ¿verdad?

—Todavía aguantará unas semanas.

—Y hay que plantar las cebollas.

—¡Dame un respiro, jefa! —ríe—. Además, ¿quién es aquí el jardinero, tú o yo?

—Pero sigues estando a mis órdenes. Voy a salir mañana para comprobar que lo has hecho todo bien —bromea mi madre.

Ewan sonríe educadamente, sabiendo solo con mirarla que ella no va a ir a ninguna parte. Llegar al baño, que está en la puerta de al lado, ya consume toda la fuerza y la resistencia que puede reunir.

—¿Qué tiempo hace esta tarde? —le pregunta mi madre.

—No está mal. Incluso hace un poco de calor —dice Ewan.

Asiente con expresión triste. Siento que me duele el corazón al verla encerrada aquí dentro.

—Esto no está bien —dice Ewan poniéndose de pie decidido y dándose una palmada en el muslo—. Meg, ayúdame a mover esa mesita.

Diez minutos más tarde, después de mucho empujar y tirar y de que Ewan me haya dicho varias veces que saque un poco de fuerza, hemos movido todos los muebles y girado la cama de mi madre ciento ochenta grados para que pueda mirar por la ventana, que Ewan ha abierto de par en par a pesar de mis protestas por el estado del pecho de ella. Ahora todo ha quedado inaccesible: no se pueden abrir las puertas del armario, la mesita ha quedado abandonada en medio del cuarto y la cómoda está fuera en el rellano, pero mi madre está encantada. Está tumbada con la cabeza levantada y apoyada en las almohadas y los ojos brillando maravillados mientras mira el cielo.

239

—Eso sí que es un atardecer —suspira.

Me siento en la cama con ella mientras Ewan se queda de pie cerca con *Digger* quieto a su lado, los cuatro mirando asombrados el brillo rosa y naranja que parece haber iluminado el mundo de otra forma.

—No olvides nunca lo bella que puede ser la vida, cariño —dice mi madre cogiendo mi mano entre las suyas. Le aprieto suavemente los dedos huesudos y muestro mi sonrisa más valiente.

—No lo olvidaré, lo prometo.

Esa noche, después de ver el atardecer, *Digger* no quiere irse con Ewan. El perro mugriento se sienta al lado de la cama de mi madre ladeando la cabeza y mirándole confundido cuando Ewan le susurra:

—Vamos, chico. Ven conmigo.

Mi madre se ha quedado dormida con la mano colgando fuera de las mantas. *Digger* le huele los dedos, les da un lametón y suelta un quejido bajo antes de tumbarse en la alfombra. Lo ha dejado perfectamente claro: se va a quedar ahí todo el tiempo que haga falta.

Se queda durante toda la semana siguiente, y solo deja el lado de mi madre a regañadientes cuando yo insisto en sacarle arrastrando a dar un paseo atado con un trozo de cuerda. El resto del tiempo permanece tumbado tranquilamente en su cama, dejando que ella lo peine con un cepillo viejo. Después de tres días parece un perro totalmente diferente. Su pelo apelmazado y desgreñado ahora está liso y brillante y al quitarle todo el polvo parece por lo menos dos tonos más claro. Mi madre asegura que el año que viene lo va a inscribir en un campeonato de belleza con el nombre de *Horatio*, que a ella le parece que es un nombre más apropiado para un perro tan guapo.

Ewan sigue viniendo los viernes y los miércoles, como siempre, entrando por la cancela de atrás y yendo directo a trabajar durante un par de horas en el jardín. Cuando termina viene a la casa y llama bajito a la puerta de atrás por si mi madre está dormida. Me da unas latas de comida de perro que trae en la furgoneta y se quita las botas llenas de barro antes de subir por las escaleras con sus calcetines gastados para ver a *Digger*, que mueve furiosamente la cola contra el colchón pero no abandona el lado de mi madre.

Desde el piso de abajo puedo oír la voz de Ewan, baja y profunda, y sé que está sentado a su lado contándole a mi madre historias de dioses y diosas, héroes y heroínas. Decide llevarse la tele de la cocina al dormitorio, y se pasa casi una hora peleándose con cables eléctricos y antenas para que ella pueda ver sus programas de cocina favoritos. Le hace infusiones de hierbas que llenan la casa de olor a salvia, menta, diente de león y camomila y consiguen quitarle el dolor mejor que las pastillas rosas y azules combinadas. Me da un folleto de pizza a mitad de precio en cuyo dorso ha escrito las instrucciones para la preparación de varias infusiones y una enorme bolsa de hierbas; me paso un buen rato y necesito la ayuda de un libro de jardinería para identificarlas porque no quiero llamarle y admitir que no sé diferenciarlas.

Siguiendo la costumbre, cuando Ewan trabaja en el jardín le llevo una taza de café. Ya no hay manjares caseros para acompañarlo, nada de tarta de manzana ni de caramelo, solo un plato de galletas Pim's si tiene suerte y me acuerdo de comprarlas en el súper. El día que me acerco a él sin nada y le anuncio que el agua acaba de hervir, él me mira burlonamente las manos vacías.

—Es que no entiendo por qué tengo que venir hasta aquí para traértelo —le digo—. Tienes piernas y puedes venir a la casa a tomártelo.

Ewan me mira como si fuera alguien a quien no reconoce y yo me giro y vuelvo por el camino notando un calor extraño en la cara, el estómago hecho un nudo y preguntándome si me va a seguir. Cuando oigo el ruido de la pala que deja caer al suelo y después el de sus botas sobre la hierba sonrío para mí, aliviada.

—Estás horrible —me dice Ewan al sentarse frente a mí a la mesa de la cocina.

—Gracias. Me encantan tus cumplidos.

241

—Lo siento —sonríe—, me he expresado mal. Quería decir que se te ve muy cansada.

Me froto los ojos sintiendo que podría dormirme allí mismo.

—Estoy bien —le aseguro.

Ewan se mete una galleta Pim's entera en la boca y niega con la cabeza.

—Mentirosa —dice con las migas pegadas a los labios.

Tiene razón, claro; no estoy bien. No como. No duermo. Estoy intentando desesperadamente no pensar en el pasado y me digo que ahora no es el momento, que tengo que concentrarme en cuidar de mi madre, pero cada vez que miro su cara delgada recuerdo las palabras de Gwennie y la cabeza se me llena de pensamientos, preguntas y sentimientos conflictivos. Por un momento quiero buscar a las personas que le hicieron daño a mi madre y descuartizarlas y al siguiente solo quiero hacerme un ovillo y fingir que nada de esto es real. Ahora quiero decirle a mi madre que no pasa nada, que sé la verdad, que no tiene que fingir más, y un minuto después quiero sacudirla y decirle que no es justo, que no puede dejarme sola, ahora no. Quiero gritar, pero necesito mantener la compostura; quiero llorar, pero necesito ser fuerte. Estoy tan cansada y tan confusa… pero solo hay una cosa de la que estoy segura: necesito mantenerme fuerte, porque yo soy todo lo que tiene.

—Es que no sé qué hacer para ayudarla —le digo a Ewan—. Me siento inútil. —En cuanto las palabras salen de mi boca quiero recogerlas, volver a meterlas donde estaban y, en vez de eso, decir que estoy bien, que sé lo que hago y que todo está bajo control. Pero estoy tan cansada que no tengo energía ni para fingir.

—Lo estás haciendo muy bien —dice Ewan para animarme.

—Pero a veces no sé qué decirle —admito con tristeza—. Cuando la veo enferma y con dolores… ¿qué puedo decirle para hacerla sentir mejor?

Ewan se encoge de hombros y mira su café.

—Tal vez solo hace falta que estés con ella. Tal vez no haya nada que puedas decir.

242

No le digo que cada vez que abro la boca para hablar me aterroriza lo que se me puede escapar porque tengo un millón de preguntas constantemente en la punta de la lengua, ni tampoco las veces que hago callar a mi madre cuando empieza a contar una historia del pasado, demasiado consciente de la dolorosa verdad que se esconde tras las mentiras. No le digo que ha cambiado todo, que ahora necesito toda mi fuerza para ver a mi madre como la misma mujer vibrante, positiva y algo excéntrica que siempre he conocido, en vez de como alguien herido y roto. No le digo que ahora, cuando al fin la conozco mejor que nunca, a veces me parece una extraña. No se lo digo porque es duro admitírmelo incluso ante mí misma, mucho más ante otra persona.

—Si no se te ocurre nada que decir, intenta contarle una historia. Sé que le encantan. Creo que la ayudan a evadirse.

—No puedo —digo categóricamente—. No sabría por dónde empezar.

—No importa por dónde empieces. Lo importante es adónde llegues.

Niego con la cabeza, aunque probablemente tiene razón. Sé cuánto le gusta a mi madre que Ewan le cuente historias de dragones y de dioses o de lo que se le ocurra en el momento, y cuando ya es de madrugada y no puede dormir, yo desearía tener algo para calmarla. Pero contar historias… eso no va conmigo.

—No puedo. No se me da bien eso. No soy capaz de pensar en esas cosas de las fantasías imaginarias: las hadas, los reinos mágicos y el romance. Simplemente no puedo.

—Seguro que sí. Mira, vamos a intentarlo. Yo te doy una primera línea y tu dices lo primero que se te venga a la cabeza. «Hace mucho tiempo, en una galaxia muy lejana…»

Ewan se detiene y me mira expectante. Me siento como una adolescente a la que acaban de poner delante de una sala llena de parientes y le piden que baile para entretenerlos a todos. Sé que lo voy a hacer mal y me voy a poner en ridículo, pero si eso puede ayudar a mi madre, estoy dispuesta a intentarlo. Abro la boca para hablar, pero tengo la mente totalmente en blanco.

243

—No sé —digo—. Es un comienzo muy tonto. ¿Qué puede seguir a eso?

—¡Oh, vamos! —exclama Ewan—. Es el inicio de *La guerra de las galaxias*.

—No he visto nunca esa película.

—¡¿Que nunca…?! Es broma, ¿no?

—Por si no te has dado cuenta, no me apasionan las películas sobre ovnis, extraterrestres o el tipo de cosas que hay en esa peli.

—Vale, olvidémonos de *La guerra de las galaxias*. Intentémoslo otra vez. «Hace mucho tiempo, en un país lejano, había una…»

Intento pensar algo mirando a mi alrededor en busca de inspiración. No debería ser tan difícil…

—Una cocina —exclamo. He dicho lo primero que he visto.

Ewan levanta una ceja.

—¿Una cocina? Bueno, es algo diferente. Vale, ¿y qué hace la cocina?

—¿A qué te refieres con «qué hace»?

—Bueno, una cocina allí plantada sin más en un país lejano no hace una historia. Tiene que pasar algo.

—No sé. Pensándolo bien, hace mucho tiempo en un país lejano puede que no hubiera cocinas. ¿Estamos hablando de Europa? ¿Y de qué época?

Ewan niega con la cabeza, perplejo.

—No sé. Creo que nos estamos desviando. La fecha exacta no importa.

—Sí importa si la historia va a tener una cocina.

—No tiene que ser algo realista —dice mirándome como si fuera de otro planeta—. Ese no es el objetivo de contar una historia.

—Es que no sé —me quejo sintiéndome estúpida—. ¡Ya te he dicho que no se me dan bien estas cosas!

—Pero es que ni siquiera lo estás intentando.

—¡Sí que lo intento!

—Entonces tal vez es que te estás esforzando mucho. Solo déjate llevar un poco…

—¡No puedo! —vuelvo a exclamar sintiéndome inútil.

Ewan levanta las manos.

—Vale —dice en tono pacificador—. Vale.

Me desplomo en la silla como una niña enfurruñada.

—Lo siento, pero es que no puedo.

—¿Qué tiempo hace hoy? —pregunta mi madre. Su voz no es más que un susurro.

—Hace un poco de frío —le digo— y está bastante gris.

—Estaba gris el día que naciste, pero en cuanto te cogí en brazos salió el sol como de la nada.

Le sonrío preguntándome si hay alguna posibilidad de que eso sea verdad. ¿En qué momento del día en que nací pudo el sol salir de repente de detrás de las nubes? ¿Cuando me dejó entre la bolsa de abono y la regadera en el viejo cobertizo destartalado? ¿O cuando Gwennie me cogió y me puso en sus brazos y ella, en estado de delirio, intentó meterme en el horno? ¿O sería cuando me cogió de brazos de mi abuelo y declaró que no me iba a dar en adopción?

—Fue en el momento en que el técnico del gas te cogió con la sartén y después te trajo conmigo —sonríe mi madre—. Entonces de repente entró la luz del sol por la ventana e iluminó la habitación.

Sentada en una silla de madera junto a su cama, miro a mi alrededor e intento imaginarme la escena de hace veintiún años, cuando se supone que yo vine al mundo y la habitación se iluminó con un rayo de sol. Mi madre siempre me ha dicho que nací a las dos de la tarde, tres horas después de que el técnico del gas escupiera el fatídico trozo de tarta que tiró el reloj de cocina de lo alto del frigorífico y adelantó el parto, pero ahora me doy cuenta de que la luz del sol nunca llega hasta ese cuarto, ni siquiera en un día de verano.

—Creo que fue el momento más feliz de mi vida —dice mi madre.

—Chist. Debes descansar —le digo.

Cuando se va durmiendo escucho el sonido que hace su pecho y observo sus ojos, que se mueven lentamente de un lado a otro bajo sus párpados blancos y casi transparentes, mientras me pregunto cuánto le quedará.

Y

Cuando se despierta un poco más tarde, sigo a su lado. Gira la cabeza hacia mí, abre los ojos un poco y me susurra algo que no puedo oír. Me acerco más.

—Huelo a tarta de almendras y dátiles —dice.

Niego con la cabeza tristemente.

—No —le contesto—, no hay tarta.

Ella sonríe un poco y asiente.

—Sí. Y pastel de cerezas.

Meto la mano bajo las mantas y cojo la suya.

—¿Está esperando? —pregunta con un hilo de voz—. Espera todas las noches, ¿sabes?, frente a la ventana.

Se humedece los labios secos y cierra los ojos.

—¿Recuerdas cuando...? —pregunta en un susurro.

Espero y me acerco para escuchar atentamente, pero no dice nada más. Solo se oye el sonido áspero que hace al inspirar y los suaves ronquidos de *Digger,* que llegan desde donde está tumbado a los pies de la cama.

246

—¡Espera!

Salgo corriendo al jardín justo cuando Ewan está cerrando la cancela de atrás al salir. Al verme llegar se detiene, mirándome con curiosidad cuando me quedo de pie delante de él sin habla, intentando recuperar el aliento.

No tengo ni idea de lo que estoy haciendo ni de lo que quiero decir. Lo único que sé es que el sonido de su equipo al golpear la parte de atrás de la furgoneta, que indica que se está preparando para irse, me ha llenado de pánico y me ha hecho salir corriendo de la habitación de mi madre y bajar las escaleras.

«¡No me dejes! ¡Creo que ha llegado la hora! ¡No me dejes con esto sola! ¡No sé lo que hago! Pero ¿y si no es la hora? ¿Y si no es hoy, sino pasado mañana, o el día después de ese, o dentro de una semana? No puedo esperar que se quede conmigo. Tengo que controlarme. Tengo que volver a coger las riendas.»

—Solo quería saber si necesitas ayuda —le digo improvisando en el momento.

Ewan frunce el ceño.

—¿Ayuda con qué?

Hago un gesto vago señalando la furgoneta y deseando que se me hubiera ocurrido algo mejor.

—Ayuda para recoger tus cosas…

Ewan mira su furgoneta, que está aparcada en la calle al otro lado de la valla del jardín.

—No, puedo solo, gracias.

—Bien. —Sonrío y empiezo a retroceder—. Bueno, pensé que podías necesitarme. Hasta luego entonces.

—Meg, ¿va todo bien? —me pregunta cuando estoy a punto de girarme y volver adentro corriendo—. Quiero decir, ¿me necesitas para algo? Porque puedo quedarme, si quieres.

Durante un momento pienso en lo fácil que sería simplemente decir: «Sí, por favor, no te vayas; por favor, quédate conmigo a esperar. Ayúdame a decidir si llamo al médico, a una ambulancia o si me siento y espero a ver qué pasa, porque es mucha responsabilidad y no quiero hacerlo todo sola porque estoy asustada…».

—No, estoy bien —digo al fin.

Ewan baja un poco la cabeza intentando mirarme a los ojos, pero me giro y empiezo a caminar hacia la casa.

—Gracias —le digo sin volverme—. Yo puedo.

247

Mi madre se pasa el resto del día en duermevela, abriendo ocasionalmente los ojos para fijar la mirada vacía en el televisor, en el que se repiten en un bucle todos sus programas de cocina favoritos, la única razón por la que ha puesto la televisión por cable. Murmura algo sobre lo mal que habla Gordon o sobre el restaurante nuevo de Jamie, que, en medio de su confusión, insiste en que lo llevan quince inmigrantes chinos, aunque es difícil comprender lo que dice. Le pongo una pajita entre los labios intentando que tome un poco de la infusión herbal que le he preparado, pero solo consigue dar un par de sorbos débiles. Cuando oscurece enciendo la lamparilla que ilumina la habitación con un brillo naranja y me siento en la silla de madera a ver a Marco Pie-

rre White preparar tartaletas de queso y cebolla carameli-
zada. Lo siguiente que recuerdo es que me despierta *Digger*,
que está emitiendo un gemido suave desde los pies de la
cama de mi madre.

—¿Qué ocurre? —le pregunto frotándome los ojos.

Apoya la cabeza sobre los pies de mi madre y parece
triste. El reloj de la pared marca las nueve en punto y yo miro
mi reloj de pulsera porque no me creo que pueda estar bien.
La televisión sigue emitiendo, pero Marco Pierre White ha
sido sustituido por Delia, que les enseña a los espectadores la
espléndida fuente para guisos toscana que compró en sus vacaciones del año pasado.

La respiración de mi madre es poco profunda y difícil. Levanto mi cuerpo dolorido de la dura silla de madera, que estoy convencida de que me ha dejado tullida de por vida, y me
arrodillo en la alfombra al lado de la cama.

—¿Mamá? —susurro quitándole un mechón de pelo de la
cara.

Abre lentamente los ojos, solo un poco, y me mira.

—Hola —susurra.

Me obligo a sonreír e intento ignorar las mariposas que
siento en el estómago, que han aparecido de la nada, y la
forma en que el corazón ha empezado a martillearme en el
pecho.

—Hola —le respondo.

Frunce el ceño mientras inspira entrecortadamente.

—¿Estás bien? —le pregunto—. ¿Quieres que llame al
médico?

Mi madre niega con la cabeza casi imperceptiblemente y
dice que no casi sin voz, pero yo he empezado a asustarme.
Tal vez debería llamar al doctor de todas formas. Ella nunca
ha sabido lo que le convenía. Tengo que tomar una decisión.
Tal vez deberíamos ir al hospital. O quizá debería llamar al
doctor Bloomberg. Me froto la frente intentando pensar con
claridad.

—¿Cómo van a ser las cosas —vuelve a susurrar mi madre— en el sitio al que voy?

Rodeada por las almohadas, de repente parece tan pequeña y vulnerable como una niña que espera que le cuenten

un cuento para dormirse, deseando que la calmen. Siento que me arde la garganta y tengo que tragar un par de veces para poder volver a respirar.

Niego con la cabeza y los ojos se me llenan de lágrimas, empañando mi visión. Estoy a punto de decirle que no lo sé, que nadie tiene la respuesta para eso, pero cuando abro la boca no son esas las palabras que me salen.

—Cierra los ojos —le susurro—. Te lo voy a contar.

Deja que se le cierren los ojos y yo extiendo la mano para acariciarle el pelo, igual que lo hacía ella conmigo cuando yo era pequeña.

—Es el lugar más maravilloso que te puedas imaginar —me oigo decir en voz baja—. Hay nubes hechas de malvaviscos y ríos de vino. Las manzanas asadas crecen en los campos y el aire huele a especias. El suelo que hay bajo tus pies es suave y esponjoso como un bizcocho y tus bombones de limón favoritos crecen en los árboles y están espolvoreados con azúcar glas que cae en una nube de polvo cuando arrancas los bombones de las ramas. Unos cisnes blancos preciosos ponen huevos de chocolate, mientras las abejas zumban entre las flores de las que después harán la miel más dulce. En los prados crecen las delicias más apetecibles: empanadillas de albaricoque, tartaletas de fresas, merengues de frambuesa… Todo allí al alcance de la mano. La hierba es de regaliz y la lluvia al caer en la lengua sabe a zumo de saúco. Hay muchas flores durante todo el año que en verano huelen como los picnics en una playa y en invierno a empanada de picadillo junto a la chimenea. El día de Navidad caen copos de azúcar del cielo y en primavera las vacas que pastan en los prados dan batido de plátano. Todos los puentes están hechos de pan de jengibre y las vallas de hojaldre…

Le toco el hombro a mi madre.

—¿Mamá? —la llamo.

Está quieta y callada. El silbido de su pecho ha cesado y sus ojos no se mueven bajo los párpados. Se la ve en paz en la suave luz de la lamparilla, con una sonrisa en los labios. *Digger* sube por la cama arrastrándose sobre el estómago, con las orejas hacia atrás, y apoya la cabeza en los muslos de mi madre, soltando un gemido triste. Me inclino y le doy un beso

249

en la mejilla fría, intentando inhalar el aroma de su piel, de su pelo, esperando el familiar aroma de tartas y sol, pero ya no hay nada. Se ha ido.

Tengo la cabeza vacía y el cuerpo entumecido. Me pongo en pie lentamente y voy hasta la ventana. Fuera está oscuro y estiro el brazo para cerrar las cortinas como hago todas las noches sobre esta hora. Veo que la furgoneta de Ewan está en la calle, aparcada bajo una farola. Está dormido, con la cabeza apoyada en la ventanilla del lado del conductor. Apago la tele justo cuando Delia se despide hasta la siguiente temporada.

Capítulo 18

*C*azos, cazuelas y fuentes. Pájaros, árboles y bancales con verduras. Libros, televisión y Radio 4. Esos eran los amigos de mi
madre y ahora entiendo por qué. Ninguna de esas cosas hace
tanto daño como las personas.

Parece algo extraño que una mujer tan llena de vida, tan vivaz y con tan buen corazón necesitara apartarse del mundo,
pero eso fue lo que hizo: se escondía detrás de los arbustos
cuando veía a los vecinos en la calle, rechazaba todas las invita-
ciones, solo dejaba el refugio de su casa cuando era estrictamente necesario y después volvía a esconderse. Se me rompe el
corazón al pensar que la necesidad de mi madre de evitar a la
gente no era, como siempre creí, por una personalidad retraída
que la convertía en una solitaria excéntrica, sino por una des-
confianza consecuencia de haberse quemado demasiadas veces.

Temo el funeral por muchas razones, pero sobre todo por el
vacío y el silencio. Gwennie, Ewan, el doctor Bloomberg y yo
no ocuparemos mucho espacio en la iglesia parroquial y las filas y filas de bancos vacíos serán un triste testimonio de la falta
de conexión de mi madre con el mundo real, un recordatorio
deprimente de que tenía demasiado miedo de establecer ningún tipo de relación con los demás. Cuando pienso en que va a
haber tan pocas personas para despedirla quiero llorar. No debería ser así. No tratándose de alguien como ella.

Parece irónico que en un día gris de mediados de octubre yo
acabe en el funeral equivocado, en el de alguien que seguro que

tenía montones de amigos y familiares a juzgar por el enjambre de gente que llena el lugar. Cuando Gwennie y yo llegamos a la iglesia por el camino de gravilla, maldigo al sacerdote por la estupidez de programar dos funerales seguidos. El hecho de que haya tantos allí y nosotros seamos tan pocos solo va a servir para hacer que la situación de mi madre parezca más trágica.

Pero parece que los coches llegan, no se van, y que la gente con los trajes y los vestidos oscuros entra en la iglesia, no sale. Miro el reloj para asegurarme de que no me he confundido de hora y compruebo la fecha mentalmente.

—¿Quién es toda esta gente? —le pregunto a Gwennie mientras nos abrimos camino entre la multitud de caras desconocidas.

—No tengo ni idea. Esos dos caballeros de ahí tienen pinta de ratones de biblioteca. ¿Tu madre pertenecía a algún club de lectura?

A veces se me olvida que Gwennie no sabe nada de los últimos dieciséis años de la vida de mi madre. En la última semana he intentado ponerla al día, pero ¿cómo se pueden resumir dieciséis años en tan poco tiempo? Ella habla de mi madre como si no hubiera pasado el tiempo, como si hubiera sido ayer cuando escuchaban discos juntas o iban a bailar al Forum. Su cariño por mi madre no ha disminuido a pesar del distanciamiento y su lealtad tampoco se ha debilitado. Comprende por qué mi madre rompió la relación y no siente ni una pizca de amargura. Parece que me ha cogido bajo su protección porque cree que es lo que mi madre habría querido. Después de todo, sigue recordándome, fue ella la que me encontró.

—Perdona, bonita, ¿eres tú la hija de Valerie?

Me vuelvo para mirar a una anciana con mejillas enflaquecidas, sombra de ojos azul brillante y un pintalabios que parece que se ha dado a oscuras. Para mi espanto, lleva alrededor del cuello algo que parece un armiño muerto y en la cabeza un sombrerito negro de plumas algo desgreñadas que sobresalen. Me resulta familiar esta mujer…

—Sí, soy Meg —respondo confundida—. Perdone, ¿la conozco?

La anciana me tiende la mano y me estrecha la mía lo mejor que puede. Tiene los dedos rígidos y retorcidos.

—Me llamo Beryl Lampard y vivo en el número setenta y cuatro. Lo sentí mucho cuando me enteré de la muerte de tu madre, querida. Ni siquiera sabía que estaba enferma.

—¿La conocía? —le pregunto un poco sorprendida.

—No, no la conocía, bonita. Me da vergüenza decir que ni siquiera sabía su nombre hasta hace un par de semanas y solo lo supe porque le pregunté a mi vecino, William, que se enteró preguntándoselo al cartero. Ya había intentado enterarme de cómo se llamaba, pero ella nunca se paraba a hablar, ¿sabes?, así que era un poco difícil. Aunque me pregunto si alguna vez me lo dijo y se me ha olvidado, porque últimamente se me olvidan las cosas, pero creo que no llegó a decírmelo. Cuando William me lo dijo, entré en casa corriendo (bueno, digo correr, pero ya hace tiempo que no corro mucho) y lo apunté para acordarme. Pero luego se me olvidó dónde lo había apuntado, así que tuve que ir a preguntárselo a William otra vez.

Me sonríe enseñándome unos dientes manchados de pintalabios mientras yo me pregunto por qué estará allí. Tal vez necesita alguna distracción para salir de casa o ha venido para ver si conseguía unos cuantos sándwiches gratis después.

—Hace un par de semanas empecé a preguntarme si pasaría algo, bonita, porque no la había visto en varios días, pero pensé que tal vez se había ido de vacaciones, a visitar a la familia o algún fin de semana gratis de esos que regalan con los concursos de crucigramas de las revistas. Últimamente son muy populares esos concursos, ¿a que sí? Pero entonces hablé con William y me dijo que había muerto, pero él lo sabía porque se lo había oído a Dave, que se lo había oído a Alice, a quien se lo dijo el cartero. Y William me dijo cuándo era el funeral, así que decidí en ese momento que tenía que venir a presentarle mis respetos porque tu madre era una mujer maravillosa. Pero se me olvidó el día que me había dicho y tuve que volver y preguntárselo. William me dijo que él también quería venir y que me traería en su coche, así que quedamos que pasaría a recogerme a las once en punto, pero se me olvidó que habíamos quedado. Aunque no ha pasado nada, porque he venido con Dave.

No solo me desconcierta la razón por la que ha venido esa

anciana al funeral de mi madre, tampoco entiendo por qué han venido William y Dave.

—Ha sido muy amable viniendo —le digo apresuradamente antes de que empiece a hablar otra vez—, pero no lo entiendo. Si no conocía a mi madre, ¿por qué...?

—¡Por los guisos, niña! Todos los lunes y los jueves, sin fallar uno. Yo casi no puedo ni levantar una botella de leche con estas manos artríticas, y mucho menos cocinar algo, pero tu madre se ocupaba de que fuera tirando. No sé qué voy a hacer sin ella. Era como un ángel de la guarda misterioso, uno que te deja guisos de ternera en la puerta y desaparece sin dejar rastro. Por cierto, todavía tengo un plato de cerámica que es suyo. Es uno muy bonito, azul con florecitas. Me puse una nota para acordarme de traerlo, pero perdí la nota. Después escribí otra, pero también se me olvidó dónde la puse.

—Soy el mayor William Jefferson Reece, vivo en el número setenta y dos. Un placer conocerla, señorita. Aunque es una desgracia que tenga que ser en una ocasión tan triste como esta. Su madre era una mujer endemoniadamente buena, una verdadera guerrera. Déjeme decirle que me han disparado dos veces en la pierna, casi me atropella un tanque y una bomba me explotó tan cerca de la cabeza que estoy sordo de un oído. ¿Qué? Sí, totalmente sordo. Después de sobrevivir a todo eso yo era casi invencible, pero nada de lo que he vivido me preparó para la diabetes. Nada en absoluto. Era algo que no tenía nada que ver conmigo. Estaba en un territorio desconocido para mí. Un buen soldado está siempre preparado, pero no podía haberme preparado para eso. Yo siempre había sido un hombre que se fortalecía con las adversidades, después de todo, eso es lo que nos hace grandes a los británicos, pero me hundí en un periodo de decaimiento de ánimo durante un tiempo, me temo. ¿Qué? Sí, decaimiento.

»Pero un día me dije: «Vamos, William, ¡tienes que superarlo! ¡Nadie ha ganado nunca una guerra quedándose sentado con cara triste! La vida sigue». Así que contacté con una tienda especializada que vendía comida para diabéticos y me sorprendió ver que podía comprar chocolate, galletas, caramelos y todo tipo de cosas, así que pedí una cesta llena. ¡Pero qué cosa más repugnante! Era peor que las raciones del ejército. Pero tu madre me salvó, apareciendo justo a tiempo como la mejor de las aliadas. No tengo ni la más mínima idea de cómo se enteró de mi situación, pero empezaron a aparecer en mi puerta pastelitos y dulces con una notita que decía que eran aptos para diabéticos. ¡No me había sorprendido tanto desde que el cabo James Matterson anunció que quería convertirse en una mujer y empezó a referirse a sí mismo como Gloria! Me encaminé directamente hasta su cuartel y llamé a la puerta para darle las gracias, pero no abrió. Lo intenté más veces, pero siempre igual. Creí que a tu madre no debía de gustarle que los extraños se infiltraran en su territorio, así que intenté encontrármela en territorio neutral, por ejemplo por la calle. Pero ella mantenía un perfil muy bajo. ¿Qué? Sí, un perfil bajo. Al final le escribí una nota y se la eché al buzón, invitándola a tomar el té a las 15 horas del día siguiente. No vino, pero siguió dejándome tartas y pasteles como antes. ¡Esa generosidad de espíritu es la que hace grande este país! Mis saludos, señorita. ¡Su madre me hizo sentir orgulloso de ser británico!

—Dave Daly. Vivo en el número setenta, cariño. No sabía si venir, porque no conocía a tu madre, pero Beryl me dijo que iba a venir, así que pensé que yo también. Tengo que decirte algo: tu madre era una persona absolutamente fantástica. No sé si el Coronel Mostaza te lo ha contado ya, pero el año pasado mi parienta me dejó. Tres hijos tengo. ¡Tres condenados niños! Kevin, de cuatro años, es un terremoto. Seguro que lo has visto haciendo trastadas con la bici en la calle. Lee tiene nueve y cree que es el puñetero David Beckham, y Stacey tiene trece pero querría tener treinta, ya sabes. ¡Y Paula va y se larga dejándome con toda la jauría! Se fugó con mi mejor amigo, Steve; eso es lo que hizo.

»Estuve una temporada que no daba pie con bola. Nos pasamos tres semanas comiendo fideos instantáneos y judías de lata con tostadas. No sé cocinar y tampoco tengo tiempo, la verdad. Soy fontanero y siempre estoy de acá para allá. Dios sabe cómo se enteraría tu madre de todo esto (creo que fue

Beryl la que abrió la bocaza, pero ella jura que no), pero fuera como fuese tu madre empezó a dejar comida en la entrada de la casa. Rollitos de pollo con gajos de patata, hamburguesas caseras, albóndigas de cerdo pinchadas en palitos… Demonios, ¡los niños creían que se habían muerto e ido al cielo! Les encantaba todo eso. Yo no tenía ni idea de dónde venía toda esa comida, pero Beryl me dijo que tu madre también estaba cocinando para ella. No sabía cómo tomármelo al principio. No conocía a tu madre, pero de verdad que me salvó la vida, cariño, porque al fin los niños se iban a la cama con los estómagos llenos. Y no solo eso, su comportamiento empezó a mejorar también. Cuando dejaron de comer todos esos aditivos y esas cosas sintéticas parecían otros niños. Unos niños buenos. Los que yo siempre quise. Siguen siendo un poco descarados, siempre contestándome, pero mucho mejor que antes. Nos quedamos todos fatal cuando nos enteramos de lo que le ha pasado a tu madre, sobre todo porque nunca pude darle las gracias como dios manda. Era muy difícil pillarla para hablar con ella, pero aun así era una persona increíble. Hasta me devolvió la fe en las mujeres. Si pudiera encontrar una mujer como tu madre, no se la presentaría a ninguno de mis amigos.

—Alice Boyle.

—Y Margaret Evans.

—Somos enfermeras en la residencia para enfermos de cáncer Saint Mary, ¿verdad, Margaret?

—Eso es. Y lo sentimos mucho cuando nos enteramos de lo de Val, ¿a que sí, Alice?

—¡Oh, sí! Ni siquiera sabíamos que estaba enferma.

—No teníamos ni idea. Venía el primer día de cada mes con una tarta.

—Una tarta o algún bollo.

—Y eso animaba muchísimo a nuestros pacientes, ¿verdad, Alice?

—¡Por supuesto! Un dulce a veces marca una gran diferencia, ¿a que sí, Margaret?

—Sí, muy grande.

—Nunca se quedaba a charlar un rato, ¿verdad?

—No, nunca. Siempre tenía que irse corriendo a alguna parte, ¿a que sí Alice?

—Sí, siempre corriendo. Pero era una mujer fantástica y la vamos a echar mucho de menos.

—Mucho. Le vamos a dedicar un banco en el jardín, ¿verdad, Alice?

—Sí, Margaret, un banco en el jardín de las rosas: «A la memoria de Valerie May, que llenaba nuestros estómagos y nuestros corazones».

—Soy Tanek Kuklinksi. Muy feliz de conocerte. Estoy en este país tres meses. Busco trabajo, pero siempre no hay trabajo para mí. No dinero para renta, así que vivir en puerta de tienda. Gente da dinero, pero no bastante para comida, solo patatas así que enfermar. Demasiado enfermo para ir por trabajo. Pero mujer viene y me da comida. Comida buena. Caliente que hace para mí. Me pongo bueno y busco trabajo. Encuentro y ahora vivo en habitación con anciano. Soy de alquiler. Pago renta por habitación. Y mando dinero a familia. Gracias a mujer que darme comida. Le doy muchas gracias y estoy muy triste porque morir.

—Hola, me llamo Frankie Jack. Frankie es el nombre y Jack el apellido. La gente a veces se confunde, porque los dos pueden ser nombres, pero no. He venido aquí en autobús hoy y me he asustado mucho, porque nunca he ido en autobús solo y no sabía adónde iba. Pero conseguí venir porque le pregunté al conductor por la iglesia y me dijo que eran dos libras con diez y le di el dinero y le pedí que me avisara cuando llegáramos a la iglesia para poder bajarme y eso hice. Quería venir porque Valerie era buena y me ayudaba haciéndome buenas comidas con todos los nutrientes adecuados para que pudiera estar sano y bien y no me pusiera malo y me muriera, que es lo que te pasa cuando comes comida que no tiene todos los nutrientes. Cocinar es una de las cosas que me resultan difíciles de vivir solo, pero quería vivir solo y no en lo que llaman «centro comunitario», porque mi abuela siempre decía que yo podía hacer lo mismo que la mayoría de las personas si me esforzaba mucho, y la mayoría de las personas no viven en centros comunitarios sino que viven solas. Vivir solo a veces es difícil porque hay muchas cosas que tienes que hacer como limpiar, hacer la cama, sacar el cubo los martes y a veces hay tantas cosas en qué pensar que me preocupo. Pero no tenía que preocuparme por ponerme malo y morirme por falta de nutrientes porque Valerie me ayudó.

Una tras otra las personas se fueron acercando a conocerme, deseosas de decirme lo maravillosa que era mi madre. Era gente de todo tipo: viejos y jóvenes, ricos y pobres... Todos tenían una historia que contar sobre cómo, cuando se encontraron en un momento de necesidad, mi madre apareció como un ángel del cielo para aliviarles la carga con un pastel de pollo o un bizcocho. El sacerdote intenta varias veces que la gente entre en la iglesia, mirando nerviosamente el reloj, hasta que al fin, con la ayuda del sacristán, consigue rodearnos físicamente y hacer que crucemos la puerta como si estuvieran pastoreando un rebaño de ovejas. De pie en el banco de delante apenas oigo una palabra del discurso seco y monótono que da el sacerdote. Estoy demasiado ocupada mirando por encima del hombro a las filas y filas de gente que ha venido a decirle adiós a mi madre.

Después, fuera de la iglesia, el doctor Bloomberg me coge las manos y me mira por encima de las gafas preocupado.

—¿Cómo estás, Meg?

Temo que vaya a sacar uno de esos folletos del servicio de asistencia psicológica, esos con el aterrador par de gafas que me invitan a ver las cosas desde una nueva perspectiva.

—Estoy bien —digo con una sonrisa.

El doctor Bloomberg me mira con cara de pena, como si creyera que estoy mintiendo para que no se preocupe, pero no es así. Sí, admito que tengo tendencia a hacerme la valiente. Sí, es cierto que siempre quiero que los demás me vean como alguien tranquilo, confiado y que mantiene el control, pero lo cierto es que me siento cien veces mejor de lo que creía que me sentiría. De verdad. La capacidad que he tenido para gestionar todas las cosas durante los últimos días me ha sorprendido. Irónicamente pienso que Mark habría estado orgulloso de mí. Claro que estoy triste. Pero también me siento sorprendentemente aliviada de que haya acabado el sufrimiento de mi madre y que no fuera ni tan grave ni tan prolongado como se esperaba. Además, ella no querría que estuviera triste. Claro que he derramado unas cuantas lágrimas de pie en el silencio de su habitación vacía o al meter su ropa en bolsas para darla a la caridad (no tiene sentido retrasar mucho tiempo esas cosas porque en algún momento hay que hacerlas), pero he estado tan ocupada que no he tenido tiempo de regodearme en la autocompasión. Estoy bastante impresionada de mi propia fortaleza y preferiría que el doctor Bloomberg pensara igual y no me mirara como a un perro abandonado ciego y con tres patas. Mueren personas todos los días. Él lo sabe mejor que nadie.

—¿Sabes? Justo después de nacer tú —me dice el doctor Bloomberg— fui a tu casa para verte. Eras muy pequeñita y tu madre muy joven. Parecía confusa y asustada y recuerdo que pensé: «¿cómo va a poder esta chiquilla criar sola a un bebé?». Estaba muerta de miedo y le preocupaba que pudiera romperte porque eras tan pequeña… ¿Sabes lo que le dije?

Le dijo que hiciera el pino y girara sobre la cabeza la próxima vez que se quedara embarazada, que debía darme bicarbonato sódico y ponerme en el armario para orear la ropa…

—No —contesté—, no tengo ni idea.

El doctor Bloomberg se mesa el gran bigote blanco.

—Le dije que hace falta un roble fuerte de veinte años por lo menos para dar bellotas.

Me quedo mirándole atónita. ¿Dijo eso de verdad? ¿Realmente salieron de su boca esas palabras inmortales? Así que no todo lo que contaba mi madre era mentira…

—Quería decir que tu madre era demasiado joven para cuidar de ti, pero me equivoqué. Puede que no tuviera la fuerza física o la edad de un poderoso roble, pero sí tenía su espíritu. Y eso es algo que has heredado de ella. Su fortaleza de espíritu. Pero ya sabes, Meg, incluso el poderoso roble puede acabar dañado por un viento fuerte.

Mientras me estrecha la mano le sonrío y le doy las gracias

por venir. ¿Qué demonios ha querido decir? ¿Por qué me iba a interesar lo que le pase a un roble con el viento? Creo que la cabeza del doctor Bloomberg está empezando a mostrar los signos de la edad.

—Hola.

Justo cuando creo que todos los asistentes al funeral se han ido ya, me vuelvo y me encuentro a otro extraño frente a mí, sin duda esperando para decirme que mi madre le dejaba tartaletas de cereza y alitas de pollo picantes en el porche delantero. Que nadie me malinterprete, estoy encantada de oír todas estas historias sobre sus buenas obras, pero también estoy totalmente exhausta. El flujo de gente que esperaba para hablar conmigo ha sido constante y ahora que ya han pasado dos horas tras el funeral solo quiero irme a casa. Necesito un momento para darme cuenta de que la persona que tengo delante no es un extraño.

—Hola, Ewan —le digo sorprendida.

Lleva un elegante traje negro y corbata, se ha echado el pelo para atrás y va recién afeitado. Parece otra persona. Arreglado no está nada mal. Debe de ser la vergüenza por no haberle reconocido lo que está haciendo que me ruborice y que me suden las manos.

La última vez que vi a Ewan fue hace cuatro días, cuando bajé tranquilamente las escaleras, salí por la puerta de atrás, golpeé con los nudillos la ventanilla de su furgoneta y le dije que mi madre acababa de morir. Él llamó a una ambulancia mientras yo insistía de mal humor en que eso era malgastar los recursos de la sanidad pública porque ya estaba muerta. Después acompañó a los paramédicos hasta el dormitorio de mi madre mientras yo daba vueltas y vueltas por el jardín tarareando la sintonía del programa de cocina *Ready Steady Cook* antes de tropezar con un tocón y hacerme un arañazo en el brazo. Creo que estaba en estado de *shock*, pero después de que Ewan me obligara a sentarme y tomarme una gran taza de una infusión de hierbas que olía a calcetines viejos, me dormí en el sofá y no me desperté hasta la mañana siguiente. Recuerdo vagamente que entonces me lo encontré dormido sobre la mesa de la cocina y que le obligué a salir por la puerta de atrás mientras insistía en que tenía muchas cosas de las que ocuparme. Él no dejaba de preguntarme si estaba bien y me dijo que le llamara si necesitaba algo. Desde entonces solo habíamos hablado una vez, una conversación breve cuando lo llamé para decirle la hora del funeral y dos minutos después me excusé diciendo que tenía que irme porque estaba organizando los libros de la estantería en orden alfabético y eso era algo urgente que debía terminar. Media hora después vi su número en el identificador de llamadas, pero no pude contestar porque en ese momento estaba ocupada organizando botones en montones según su forma y su textura.

—Quería saludarte —me dijo Ewan—, pero había una buena cola. No sabía que tu madre conociera a tanta gente.

—Para mí también ha sido una sorpresa.

—Ha sido una misa bonita. He pensado que a tu madre le habría gustado el momento en que el sacerdote ha tropezado con el atril.

—Sí y cuando ha dicho «reventa de objetos» en vez de «rebaño de ovejas».

—Sí, qué error más tonto. Pobre hombre. Creo que estaba nervioso.

—No debe de estar acostumbrado a ver tanta gente en la iglesia.

Ewan asiente y se queda en silencio un momento. Los dos esperamos que hable el otro. Hunde las manos en los bolsillos de los pantalones y yo jugueteo con la pulsera que llevo.

—¿Qué tal está *Digger*? —pregunto al fin.

—Bien. Ha pasado unos días deprimido después de llevármelo a casa, o eso creo. Tenía todos los síntomas de depresión, al menos: no comía, no quería hacer ejercicio, empezó a escuchar a Radiohead… esas cosas.

Nos sonreímos.

—¿Cómo estás tú? —me pregunta él.

—Estoy bien —le digo alegremente y entonces, pensando que parece que no tengo corazón, añado—: Dadas las circunstancias, claro. —De hecho, estoy empezando a sentirme un poco culpable por llevarlo tan bien.

—¿Hay algo que pueda hacer?

261

—Gracias, pero todo está bajo control. De hecho, es que esta semana pasada no he tenido tiempo para nada. Hay muchas cosas que hacer. He estado ordenando las pertenencias de mi madre y firmando todo el papeleo de la casa y el dinero y después he tenido que ver a abogados y directores de funeraria. Además, de repente me di cuenta de que la casa estaba un poco destartalada, así que he pintado el pasamanos, barnizado los marcos de las ventanas, limpiado los cristales, ordenado todos los armarios, abrillantado la plata...

—Vaya, sí que has estado ocupada.

—¡Sin parar! Pero creí que sería mejor ocuparme de todo cuanto antes. No hay razón para dejarlo para otro momento.

Ewan me observa atentamente.

—No, supongo que no. Bueno, ya tienes mi número, así que si necesitas algo...

—Oh —digo algo perpleja—, ¿quieres decir que ya no vas a venir a trabajar en el jardín?

No se me había ocurrido que Ewan fuera a dejar de venir a ocuparse del jardín dos veces a la semana. Había asumido no sé por qué que las cosas seguirían como hasta ahora. Se pasa un dedo por dentro del cuello de la camisa, claramente incómodo con el traje y la corbata.

—Es que no estaba seguro de cómo iban a ser las cosas ahora que... Bueno, ya sabes.

—Ahora que mi madre ha muerto —digo práctica—. Bueno, yo no tengo ni idea de jardines, así que alguien tiene que cuidarlo. Y no sé por qué no iban a seguir las cosas como antes. Las plantas no dejan de crecer cuando alguien muere, ¿verdad? Así que sigue habiendo trabajo que hacer.

Ewan parece bastante asombrado por mi respuesta.

—Meg —dice dubitativo—, ¿no crees que tal vez...?

—¿Qué? —le pregunto.

Me observa la cara atentamente y después niega.

—Nada. Te veo el miércoles entonces. Pero... cuídate.

Ewan se gira y empieza a cruzar el camino de gravilla, pero tras unos pocos pasos se detiene.

—No vas a estar sola cuando vuelvas a casa, ¿verdad?

—Sí, pero estaré bien. —Le sonrío—. Para serte sincera, me alegro de tener un tiempo para mí sola.

—¿Seguro? —me pregunta con expresión preocupada.

Asiento.

—Sí, seguro. Además tengo que descongelar el congelador y limpiar el patio.

De hecho la verdad es que me apetece un poco de compañía, pero no tengo mucho donde elegir. Ya no tengo familia. Estaría bien tener hermanos o hermanas, tíos y tías, o primos lejanos que pudieran apoyarme en este momento, pero estoy sola. Gwennie se ha ofrecido para venir a casa conmigo después del funeral, pero ella tiene que cuidar de su propia familia (tres hijos adolescentes y un marido incapacitado, por lo que sé). Y además, no quiero que sienta lástima por mí. No, me las voy a arreglar sola; tan fácil como eso. Y no pasa nada, porque, a pesar de las miradas de lástima que me han dedicado durante todo el día, creo que lo estoy llevando muy bien. De hecho, mientras me despido de Ewan agitando el papel con el orden de la misa que tengo agarrado en la mano, ya estoy pensando en volver a casa y retirar unos cuantos de los libros de cocina de mi madre para llevarlos a una tienda de segunda mano. La verdad es que siempre ha tenido demasiados.

Capítulo 19

*E*n mi sueño estoy corriendo.

No veo lo que me persigue, pero tengo la sensación de que es una criatura enorme, oscura y sombría, y que si me coge me tragará entera y acabaré en el agujero negro que es su estómago del que nunca podré salir. Corro y corro, intentando ir más rápido, jadeando, sudando, con el corazón latiéndome como loco, pero apenas consigo moverme y la bestia sombría se está acercando. Oigo sus pasos detrás de mí, su respiración en mi cuello diciéndome que no puedo escapar, que por mucho que lo intente no lo voy a lograr. Y entonces esa enorme boca se abre, grande y oscura como una cueva, envolviéndome, absorbiéndome, y siento que me traga.

Hacia abajo, hacia el fondo del abismo.

Me despierto sobresaltada y me encuentro tumbada en la cama de mi madre con el corazón a punto de salírseme del pecho. Las cortinas están abiertas y veo la luna en el cielo, que despide un brillo azulado e ilumina la habitación. Me quito el jersey, lo tiro al suelo y agito el dobladillo de la camiseta para refrescarme; un escalofrío me recorre la espalda cuando el sudor caliente de mi piel empieza a enfriarse. Miro a mi alrededor en busca del reloj antes de darme cuenta de que ya lo he guardado en una de las cajas de cartón que hay esparcidas por el suelo. La casa está silenciosa y tranquila. No hay nadie más que yo allí, sola, rodeada de las pertenencias de mi madre metidas en cajas.

Miro la habitación vacía de mi madre; el tocador desnudo, las estanterías vacías, el armario con las puertas abiertas de par en par y vacío por dentro excepto por unas cuantas perchas solitarias. Solo me he dejado una cosa que ahora veo desde donde estoy sentada en la cama. En el alféizar de la ventana, medio oculto por la cortina, hay algo cuadrado y blanco.

Me levanto y me acerco a la ventana para coger el libro y le doy la vuelta. Sigo los contornos del título de la portada, impreso en grandes letras azules: *La historia de Jiggly-Wop*. ¿Cómo es posible que este libro acabe siempre volviendo a mis manos?, me pregunto. Mi madre debió de sacarlo del cubo de reciclaje cuando lo tiré hace semanas, el día que vine a casa desde la universidad. Esa historia que ella me leía una y otra vez cuando era pequeña ya no tenía sitio en mi vida, pero seguía teniéndolo en la suya. Abro la tapa vacilante, el corazón latiéndome nerviosamente como si todos los recuerdos de mi madre estuvieran guardados dentro y yo tuviera miedo de mirar.

«En una tierra muy lejana vivía una criatura que no sabía muy bien lo que era...»

Me acerco el libro a la cara y aspiro el aroma de sus páginas. Estoy segura de que todavía puedo oler el agua de rosas que llevaba mi madre cuando yo era pequeña, el olor del chocolate que me bebía a la hora de irme a la cama, el detergente que usaba que hacía que la colcha oliera a melocotón. Cierro los ojos y nos veo allí, yo acurrucada cómodamente en mi cama y mi madre sentada en el colchón a mi lado, acariciándome el pelo mientras yo escuchaba su voz suave.

«Tenía unas orejas enormes como un elefante, un larga melena como la de un león, pies palmeados como los de un pato, un cuerpo a rayas como el de un tigre y la cara llena de unas plumas que le cosquilleaban la nariz hasta hacerle estornudar.»

En mi mente me veo, una niña pequeña con un fino pelo castaño, soltando una risita porque encuentro algo gracioso en la idea de que Jiggly Wop estornudara por culpa de sus propias plumas. Soy pequeña y estoy calentita, rodeada por las almohadas, chupándome el pulgar y mirando la bonita cara de mi madre con asombro, pensando lo lista que tiene

265

que ser para poder leer ese libro con tantas palabras gordas. El osito azul está sentado en la mesita y mi libro de colorear tirado en el suelo. Estoy en una habitación que no había recordado nunca antes, pero de repente me llegan oleadas de recuerdos de ella con absoluta claridad. Debe de ser mi habitación de la casa de Brighton, pienso, la casa que compartimos con ese hombre al que yo llamaba «papi». Es la primera vez que recuerdo algo de antes de los cinco años, pero ahí está, una imagen perfectamente clara en mi mente, como si hubiera sucedido ayer.

«Entonces Jiggly Wop se dio cuenta de que el viejo babuino tenía razón y allá se fue, de vuelta al lugar al que pertenecía.»

—Léemelo otra vez —le suplico a mi madre cuando cierra el libro.

—No, cariño; ya es hora de dormir.

Se inclina y me da un beso en la frente. Su pelo, que cae en largos tirabuzones castaños, me hace cosquillas en la cara y huele a especias y a rosas.

—Buenas noches, mami —le digo somnolienta cuando mete al osito azul bajo la colcha conmigo—. Te quiero.

—Que tengas dulces sueños, Meg May —me susurra al apagar la luz—. Yo te quiero más.

Abro los ojos y encuentro mi reflejo que me mira desde la oscuridad de la ventana, el librito aferrado contra mi pecho y unas gruesas lágrimas corriéndome por las mejillas. El dolor es tan grande que casi no puedo respirar y el cuerpo se me estremece con grandes sollozos que se me quedan atravesados en la garganta y me hacen boquear para poder respirar un poco de aire. Me doblo por el dolor. Me siento como si alguien hubiera metido la mano en mi interior para agarrarme las entrañas y retorcérmelas sin piedad en un nudo cada vez más apretado. Las piernas me ceden y caigo de rodillas con las lágrimas empapándome la cara, cayendo sobre las páginas del libro, emborronando las bonitas letras y mojando las ilustraciones llenas de color.

Y

No sé cuánto tiempo llevo en el suelo, aferrando los flecos de la alfombra del dormitorio de mi madre entre los dedos, perdida en pensamientos de desesperación, cuando oigo un ruido que viene desde el piso de abajo. ¿Una hora? ¿Tal vez dos? Quién sabe. El tiempo ha perdido todo su significado, igual que todo lo demás. Levanto la cabeza lentamente, con las sienes latiéndome por culpa de tanto llanto, y escucho un momento. Otra vez el ruido. Un ruidito como de arañazos. Podría ser un intruso, pienso, que se ha colado en casa para asesinarme. Apoyo la cabeza en la alfombra. No me importa. ¿Por qué iba a importarme?

Pero el ruido continúa y cada vez se hace más alto y a los arañazos se le unen unos gemidos agudos. Un par de minutos después consigo ponerme en pie, pensando que al menos debería hacer el intento de ver quién es, por si acaso es un intruso de verdad. Bajo las escaleras a trompicones, con dolor y pesadez en la cabeza, encendiendo todas las luces al pasar y llenando la casa de una claridad que les molesta a mis ojos rojos e hinchados. En otro momento habría estado nerviosa o incluso aterrorizada, preguntándome quién estaría ahí acechando en la oscuridad tan tarde, pero ahora mismo me siento tan muerta por dentro que no me importa. Abro la puerta de la cocina de un tirón y ahí, en el patio, iluminado por el cuadrado de luz de la ventana de la cocina, está sentado *Digger* mirándome con la cabeza ladeada.

—¿Qué quieres? —le pregunto confundida y con la voz pastosa.

Digger se acerca a mí precavido, con la cabeza baja y las orejas hacia atrás, moviendo la cola muy sumiso. Me agacho y le rodeo el cuello con los brazos, enterrando mi cara en su pelo.

—Tú también la echas de menos, ¿eh? —le susurro.

Él resopla al lado de mi oreja y me lame la cara.

—Yo también —le digo.

—Estaba preocupado por ti. —Levanto la vista y encuentro a Ewan, que sale de las sombras—. Los dos lo estábamos.

Me quedo mirándole. Me siento aturdida y entumecida. Se ha quitado el traje elegante y ha recuperado los vaqueros para volver a ser el Ewan que conozco. Pero nunca antes le he visto llevando cazadora y hay algo en la forma en que entie-

267

rra la barbilla en el cuello de la chaqueta y en que hunde las manos en los bolsillos que me pone triste. ¿Por qué las cosas no pueden ser como eran hace unas semanas, cuando el sol calentaba, las verduras llenaban el huerto y mi madre todavía estaba a mi lado?

—Sé que es tarde —dice Ewan—, pero he llamado y no contestabas. Solo quería asegurarme de que estabas bien. —Me observa con una expresión de preocupación en la cara—. ¿Estás bien? —repite cuando no le contesto.

Estoy tan agotada, tan vencida, que ni siquiera se me pasa por la cabeza mentirle.

—No —le digo cansada, con los ojos llenos de lágrimas otra vez—. Creo que no.

—He metido todas sus cosas en cajas —le digo a Ewan sin entusiasmo. Los dos estamos de pie en el umbral del dormitorio de mi madre.

En el espejo de cuerpo entero que hay en la pared de enfrente, lo único que no he podido meter en una caja, nos veo a los dos; Ewan mirando la habitación consternado y yo temblando, todavía con el vestido del funeral, el pelo alborotado y los ojos rojos, sin dejar de morderme la uña del pulgar. Estoy hecha un asco, pero no me importa lo más mínimo.

—¿Y de verdad quieres que todas sus cosas estén en las cajas? —me pregunta Ewan con voz suave, como si fuera una anciana loca que ha hecho algo increíblemente estúpido.

—No —digo con la voz ronca de tanto sollozar—. No, quiero que todo esté exactamente como estaba.

Él se acerca a la caja más cercana y la abre lentamente sin dejar de mirarme como si no estuviera muy seguro de qué hacer después.

—Bien —dice con cautela—, pues vamos a ponerlo todo en su sitio otra vez.

Estoy estresando a Ewan, lo sé. Cuando va a la cocina a hacerme una manzanilla para calmarme los nervios se hace una para él también, algo que no le he visto hacer nunca antes.

Cada vez que saca un objeto de alguna de las cajas y lo coloca en algún lugar de la habitación de mi madre le digo que lo mueva un centímetro a la izquierda, no, a la derecha, un poco más abajo o más arriba. En el fondo sé que eso es solo temporal, que pronto, en algún momento del futuro cercano, voy a tener que deshacerme de esas cosas, pero por ahora quiero que todo esté exactamente como ella lo dejó. Por ahora necesito sentir que sigue aquí conmigo, aunque sea por poco tiempo.

Cuando acabamos de sacarlo todo le cuento a Ewan que mi madre consiguió ese jarrón en un mercadillo de segunda mano a cambio de una tarta de melaza, que pintó ese cuadro ella misma en un día cálido de verano, que recogió esas piñas para hacer un popurrí, que encontró esa concha en la playa de Brighton. Le cuento todo eso porque creo que debe saberlo alguien aparte de mí. Y él me escucha pacientemente todo el tiempo y sigue colocando cosas a mi lado, sin decir una palabra.

Nos lleva más de dos horas volver a colocarlo todo en su sitio, y cuando por fin vuelvo a colocar el reloj de mi madre en la mesita de noche es casi medianoche. Estoy tan cansada que casi no puedo mantenerme en pie y me da la sensación de que el cuarto gira a mi alrededor. Ewan enciende el televisor para comprobar que funciona después de haber reconectado los cables que yo había desenchufado y metido en una caja con la etiqueta «Equipamiento eléctrico». En la pantalla aparece una mujer americana con unos dientes como perlas sonriendo y haciendo la demostración de un nuevo cortador de verduras con cinco cortes diferentes. El otro presentador, un hombre con los dientes tan blancos que empiezo a pensar que Ewan ha debido de alterar accidentalmente el color, le está pasando una zanahoria detrás de otra.

«¿Cuánto tiempo llevaría normalmente cortar todas estas zanahorias, Jessica?»

«Bueno, Brad, yo diría que una hora por lo menos, pero mira lo rápido que lo hago con este nuevo cortador de verduras. Solo tengo que meterlas dentro...»

«¡Guau! ¡Increíble! ¡Mira con qué rapidez salen!»

—A mi madre le encantaba ver todos esos utensilios de cocina de los canales de teletienda —digo con voz cansada sentándome en el borde de la cama—. La entretenían cuando no podía dormir. Si hubiera tenido dinero, habría comprado todo lo que anunciaban.

Ewan se sienta en la silla de madera que hay junto a la cama y mira medio dormido a Jessica y Brad, que siguen demostrando las diferentes formas en que se puede cortar un pepino utilizando los accesorios.

Me dejo caer en la cama, agotada. *Digger* salta y se coloca a mi lado, acurrucándose junto a mi costado buscando el calor, y yo lo abrazo.

—Menuda mujer era tu madre —murmura Ewan.

Aspiro el olor calmante del pelo de *Digger*. Huele a barro y a hierba y me recuerda al jardín, al amor por la naturaleza que tenía mi madre.

—Era mi mejor amiga —digo tristemente. Ambos miramos la televisión sin verla realmente—. No sé qué voy a hacer sin ella —le confieso—. No sé cómo voy a poder con todo: esta casa, el jardín… No podría venderla, pero me parece demasiado para mí.

En la pantalla Jessica y Brad sueltan una carcajada de repente, como si se estuvieran burlando cruelmente de mis sentimientos de ineptitud e incompetencia.

—No tienes que hacerlo todo sola —responde Ewan—. No hay problema en pedir ayuda.

—No se me da muy bien pedir ayuda. Soy muy testaruda a veces.

—¿Ah, sí? Nadie lo diría.

Su sarcasmo me hace sonreír. ¿Cómo puede saber cosas sobre mí que yo misma no sabía hasta hace un momento?

—Siempre intentas llevar todo el peso del mundo sobre tus hombros.

—Como Atlas —le digo bostezando.

—Igual que Atlas, sí. Pero no hace falta que lleves todo el peso sola.

—Pero mira lo que le pasó a Atlas —sigo diciendo medio dormida—. Confió en Hércules para que le ayudara a llevar el peso y Hércules se burló de él. Le engañó y se fue riéndose, dejando a Atlas con cara de tonto.

—Cierto, pero Atlas no dejó que esa mala experiencia empañara su visión del mundo para siempre. Tenía elección; podía decidir no confiar en nadie nunca más o darle una oportunidad a alguien nuevo.

—Pero eso tiene que ser el gancho, Jessica —dice Brad desde la televisión—. Es que esa oferta es demasiado buena para ser verdad.

—¿Y qué eligió? —pregunto a la vez que cierro los ojos. Las palabras me suenan distantes en mi propia cabeza. El cuerpo de *Digger* está caliente al lado del mío y su respiración es lenta y profunda. Aunque intento seguir despierta para oír la respuesta de Ewan, siento que me voy hundiendo cada vez más. Lo último de lo que soy consciente es de una voz de hombre, no sé si la de Ewan o la de Brad, que me dice que puedo confiar en él.

En las semanas siguientes a la muerte de mi madre, mi mundo adquiere una atmósfera etérea y surrealista que acompaña todos los intentos que hago de empezar una nueva vida sin mi madre. Hay papeles que firmar, abogados a los que ver, facturas que pagar, cartas que escribir y gente a la que notificar. Durante todo el día voy pasando de una tarea a otra. Enciendo la televisión y voy cambiando constantemente de programa de cocina para que de fondo siempre haya algo que me recuerde a ella. Intento hacer un pastel de carne y riñones como ella me enseñó, pero cuando la masa se me quema me siento tan embargada por la emoción que acabo en el suelo sollozando. Por la noche, en el silencio de la casa vacía, lloro sentada en la cama apretándome sus jerséis contra la cara para intentar aspirar su olor, que está desapareciendo muy rápido. Cada noche me duermo con la imagen de su cara en mi cabeza, preguntándome cómo voy a poder soportar otro día sin ella.

Pero todos los días lo consigo. Y lentamente, sin darme cuenta, la agonía se va convirtiendo en un dolor que puedo soportar.

Recibo cartas de Gwennie, que está de vacaciones en el sur de Francia. Me dice que ha sido una maravilla encontrarme después de todos estos años y, página manuscrita tras página, va compartiendo conmigo sus mejores recuerdos de la amistad con mi madre. Añade poco a poco otros fragmentos de mi pasado, contándome gota a gota, lenta y cautelosamente, la verdad; cosas que a veces duelen y otras ayudan. Me entero, por ejemplo, de que Robert Scott murió hace unos años, y eso parece que me ayuda a dejar atrás parte del pasado. No puedo estar segura de si mi madre sabía que murió, pero el hecho de que muriera en un extraño accidente en la carnicería en el que tuvo algo que ver una picadora me da que pensar. Agradezco la sinceridad de Gwennie, pero no le he pedido más información. Siempre hay tiempo y, además, ahora la verdad no me parece tan importante como antes. Al final de una de esas cartas Gwennie me invita a pasar con ella la Navidad y a ir con ella y su familia a la casa que tienen en Montpellier el verano próximo. «Una hija de Valerie es como si fuera hija mía», escribe antes de firmar la carta. Eso me hace sonreír y llorar al mismo tiempo.

La verdad es que la forma extraña y sutil que tuvo mi madre de participar en las vidas de otras personas hace que casi nunca me sienta sola. Dave, el fontanero al que dejó su mujer y cuyos hijos tuvieron que sobrevivir gracias a los alimentos congelados hasta que llegó mi madre, se pasa por aquí para solucionar un problema con el tanque de agua después de fijarse en que algo le pasa a mi tubo del desagüe.

—¡Pero qué dices! —me regaña cuando le pregunto cuánto le debo—. ¡Con lo que tu madre hizo por mí, tienes reparaciones de fontanería gratis durante el resto de tu vida, cariño! Pero no me vendría mal una taza de té…

Y así Dave se convierte en el primero de los vecinos que toma el té en esa casa. Le sigue su presumida hija de trece años que querría tener ya treinta, a la que, no sé cómo, he accedido a darle clases particulares de ciencias los jueves después del colegio. Debajo del maquillaje, las bravuconadas y esa actitud, veo a una niña insegura, sin confianza en sí misma, que intenta desesperadamente ser alguien que no es. Hay algo en ella que me recuerda a mí y, por extraño que parezca, conseguimos entablar cierta amistad.

Beryl Lampard es mi tercera invitada, porque un día aparece en la puerta con el plato de mi madre y una maraña de lana de tejer que ella asegura que es un cubreteteras.

—Lo hice para tu madre, bonita —me dice—, pero como

ya te dije, no conseguí dárselo. Debería tener un agujero para sacar el pico, pero se me olvidó hacerlo, así que creo que vas a tener que hacerle un corte. O bueno, podrías llevarlo de sombrero.

Casi suelto una carcajada, pero parece que lo dice en serio. De pie en el umbral con la peluca al revés y pendientes diferentes, espera una respuesta a mi sugerencia.

—Sería una pena no utilizarlo para su propósito original —le digo educadamente—. Si quiere entrar a tomar una taza de té, podemos probar a ver qué tal queda.

Ella me sonríe y no puedo evitar fijarme en su dentadura postiza, que no le encaja bien, y preguntarme si será demasiado arriesgado ofrecerle una galleta.

Conversando con Beryl me entero de que el mayor William Jefferson Reece y yo tenemos un interés común en la genética, así que la semana siguiente me encuentro sentada en su salón rodeada de modelos de tanques y aviones mientras él agita un artículo de periódico.

—¡Un ratón con cinco patas! ¡Increíble! —me grita—. Quiero que me digas cómo lo hacen los científicos, porque, si hay algo en este mundo que pueda hacer que me crezca una pierna nueva, quiero que lo usen conmigo; ¡no lo dudes! Me dieron esta de metal —dice dándole golpecitos con el bastón—, pero no es igual que la de verdad. ¿Qué? No, no es igual que la real. Si tuviera una pierna nueva podría pedirle a Beryl Lampard que fuera a un baile conmigo, ¿qué te parece? ¡No te sorprendas tanto, chiquilla! Soy perro viejo, pero todavía tengo vida por vivir…

Aunque el mayor William Jefferson Reece sufrió una decepción cuando se enteró de que no le podían modificar genéticamente para que le creciera una pierna nueva, hizo caso de mi sugerencia de que le pidiera a Beryl que fuera con él a bailar, a pesar de su pierna. Después de todo, le dije, una mujer que lleva la peluca al revés no va a notar que él cojea. Y me emociona verles un día cruzando la calle del brazo, los dos de punta en blanco, la solapa de la americana del mayor cubierta de medallas y Beryl con un abrigo elegante y llevando algo que parece un cubreteteras en la cabeza.

El amor también florece para Dave, el fontanero, un día que

273

amablemente me lleva en coche hasta la residencia Saint Mary para ver el banco que le han dedicado a mi madre. Está hecho de madera de secuoya y colocado en un pequeño jardín de rosas. El día que vamos hace bastante viento y las rosas están secas, claro, pero puedo imaginármelo en verano, lleno de colores, y pienso que a mi madre le habría encantado.

—Era una mujer muy generosa, ¿verdad, Alice? —dice Margaret—. Siempre traía tartas para los pacientes. O unas galletas deliciosas.

—O tartaletas, Margaret —añade Alice—. No te olvides de esas tartaletas chiquititas que traía. Estaban tan ricas…

—Eran de frambuesa, ¿verdad? —interviene Dave—. Con esa masa que se deshacía en la boca. Eran totalmente maravillosas, cierto. Mis favoritas.

—¡También eran mis favoritas! —exclama Alice con entusiasmo. Dave sonríe y ella le responde con otra sonrisa y se ruboriza. Ambos se miran el tiempo suficiente para que Margaret y yo intercambiemos una mirada cómplice. Lo siguiente que he sabido es que han tenido un par de citas y han decidido apuntarse a un curso de cocina juntos.

—¡En honor a tu madre! —dice Dave guiñándome un ojo.

Parece que el amor y la amistad están floreciendo por toda la calle. Varios vecinos más que no estuvieron en el funeral aparecen en la puerta para darme sus condolencias y compartir sus historias sobre cómo mi madre les dio de comer y de beber y les ofreció sustento en tiempos duros, escabulléndose como un ladrón cada vez que querían darle las gracias y nunca aceptando nada a cambio. Intercambiamos información entre nosotros, ponemos en contacto a gente y nos enteramos de las anteriores vidas secretas de los que nos rodean. La tranquila calle adquiere un nuevo ambiente de solidaridad y comunidad; la gente charla en las aceras, se ofrecen ayuda unos a otros, se saludan cuando pasan… Y todo es gracias a mi madre, creo; su generosidad nos ha dado a todos algo en común. Parece increíble que una mujer que estaba siempre tan aislada haya podido engendrar un espíritu comunitario y solidario como este.

Estoy muy pero que muy orgullosa de ella.

Y

Ewan va y viene, a veces cuando no estoy en casa, así que no soy consciente de sus visitas hasta que me doy cuenta de que la verja está arreglada o de que ha recogido unas calabazas y las ha dejado en el porche de atrás. Le doy una llave para que pueda entrar por la puerta de atrás y hacerse una taza de café si no estoy. Un día, cuando vuelvo del supermercado, sonrío al encontrar un *post-it* pegado a un paquete de galletas de vainilla en el que ha escrito: «¿Pero en qué estabas pensando? Compra Granolas con chocolate la próxima vez, por favor». Cojo otro *post-it* y le escribo: «Eso cuando te hayas acabado estas, tragón»; y lo pego en el paquete de galletas de vainilla antes de volver a meterlo en el armario. A final de mes le dejo el dinero que le debo en un sobre encima de la mesa de la cocina y me sorprendo al encontrármelo en el mismo sitio cuando vuelvo más tarde, aunque estoy segura de que ha venido y ha entrado porque ha dejado un rastro de migas de galleta a su paso. Miro el sobre que tengo en la mano pensativa y me hago una nota mental para decirle que es un despistado.

Una mañana me encuentro mirándole por la ventana de la cocina mientras rastrilla las hojas secas, las recoge y las lleva hasta una pila que hay en uno de los bancales de verduras vacío. Es un día frío y despejado y lleva una camiseta y una bufanda bien enrollada en el cuello. El sol brilla en su pelo. Está con su sobrina, que lleva una bufanda y un jersey rosas; le está ayudando, recogiendo hojas torpemente y llevándolas de un lado a otro, dejando caer la mayoría por el camino. Hablan y ríen, y yo me acuerdo de los días felices de otoño que pasé con mi madre tostando nubes de azúcar en el fuego de una vela, haciendo pastel de manzana caliente o vaciando calabazas en Halloween. Cojo la bufanda y el viejo jersey grande de mi madre de la percha de la puerta de atrás, me los pongo y corro afuera para unirme a ellos, deseando olvidar la tristeza que siento en el corazón y experimentar esa felicidad de nuevo.

Digger viene corriendo a saludarme meneando el rabo, pero la niña deja de hacer lo que estaba haciendo y me mira aterrada. La última vez que me vio me reñí por jugar de forma irresponsable, le conté los daños horribles que podía provocar un tornado y me burlé de los preparativos de su boda imaginaria.

275

—Hola —le digo con una sonrisa—, me alegro de verte otra vez. —Mi voz suena formal, como si estuviera hablando con un contacto profesional. Nunca he estado muy cómoda hablando con niños pequeños—. ¿Quieres que te ayude? —le pregunto intentando parecer amable.

Se me queda mirando asustada y resentida. Está claro que esa señora que da miedo le está estropeando la divertida mañana que estaba pasando con el tío Ewan.

—Coge unas cuantas hojas —me dice Ewan sin abandonar su trabajo— y échalas en la pila. Ya las dividiré después en montones para que se descompongan y se conviertan en mantillo.

¿Descomposición? ¿Mantillo? No tengo ni idea de lo que está hablando, pero quiero participar y ayudar, así que hago lo que me ha dicho. La niña, todavía mirándome por el rabillo del ojo algo precavida, vuelve a recoger hojas en silencio y de repente me siento como una intrusa indeseable en mi propio jardín.

—¿Cómo te llamas? —le pregunto a la niña intentando entablar una conversación.

—Lucy —dice en un susurro tímido.

—Qué nombre más bonito. Yo soy Meg. Me gusta el otoño, ¿y a ti? Las hojas son muy bonitas.

No responde.

—Eres muy amable por ayudar a tu tío. ¿Tu madre y tu padre se han ido a alguna parte hoy?

Ella asiente solemnemente y se aleja un paso de mí.

—Cuando era pequeña —le cuento—, mi madre me llevaba al bosque y nos poníamos a buscar hadas entre las hojas caídas. Les encanta vivir en los montones de hojas porque es un sitio calentito y además allí nadie las ve. Si vas con mucho cuidado y estás muy calladita, a veces levantas una hoja y te encuentras a un hada durmiendo debajo.

Me agacho y con mucho cuidado levanto una hoja de color dorado fingiendo que estoy buscando un hada. Por el rabillo del ojo veo a Lucy mirando por encima de mi hombro para ver si hay algo ahí.

—Las hadas no existen —me dice de repente.

—Oh, claro que sí.

—Yo nunca he visto ninguna.

—¿Ah, no? —le pregunto fingiendo sorpresa—. Yo he visto muchas. Tal vez es que no te has acercado con suficiente sigilo. Es que salen volando en cuanto oyen el mínimo ruido.

Lucy me mira con el ceño fruncido, intentando decidir si le digo la verdad o no. Mira por encima del hombro a Ewan para que le sirva de ayuda, pero él está liado intentado que *Digger* suelte el mango de su rastrillo.

—¡Oh, mira, ahí hay una! —exclamo señalando al aire—. ¿No la has visto?

—No —dice Lucy buscando con la mirada—, ¿dónde?

—La he perdido —digo buscando por el cielo—. ¡Oh, ahí! ¡Mira, ahí está!

—¡No la veo! —dice Lucy desesperada por ver el hada—. ¿Dónde está?

—¡Se acaba de meter en la pila de hojas! —le digo entusiasmada.

Lucy y yo corremos hasta la pila de hojas y la observamos con detenimiento. La niña tiene las mejillas sonrosadas y le brillan los ojos por la anticipación y el entusiasmo.

—¿De verdad está ahí? —me pregunta.

—Sí, pero tienes que estar muy callada —le susurro.

—¿Qué hay ahí? —pregunta Ewan apareciendo a nuestro lado con una rastrillo con el mango torcido—. ¿Una rana?

—No, un hada —le susurra Lucy—; cállate o la asustarás.

Ewan me sonríe y levanta las cejas en una pregunta silenciosa. Con la luz del sol noto la muesca en su incisivo y me pregunto por qué antes me irritaba tanto. De hecho esa imperfección es algo simpático y de alguna forma va bien con su sonrisa pícara. Me aflojo la bufanda que llevo al cuello porque siento calor en las mejillas.

—Bueno, ya sabes cómo se consigue que salga un hada, ¿verdad, Lucy? —le pregunta Ewan.

Lucy niega con la cabeza y le mira con una mezcla de intriga y adoración.

—¡Hay que pillarla por sorpresa! —grita a la vez que coge un montón de hojas y las tira al aire.

Lucy chilla sorprendida y llena de entusiasmo y se cubre la cabeza cuando las hojas empiezan a caer sobre ella. Después escarba en la pila, coge un montón detrás de otro y las tira al aire también en busca del hada. Ewan y yo nos unimos a ella y nos ponemos a tirar hojas rojas y amarillas al aire que *Digger* intenta atrapar con la boca cuando vuelan a su alrededor. En un momento estamos todos tirándonos hojas y riendo. Ewan nos está bombardeando a Lucy y a mí con puñados de hojas y nosotras intentamos montar un contraataque contra él lo mejor que podemos, agarrándole de los brazos e intentando meterle hojas por el cuello de la camiseta. Entonces se vuelve contra mí y yo chillo cuando me empuja al montón, donde doy un pequeño bote al aterrizar. Brillantes hojas de todos los colores van cayendo sobre mí iluminadas por el sol otoñal y oigo el sonido de la risa infantil de Lucy y los ladridos de *Digger* que llenan el aire.

Capítulo 20

*L*as primeras heladas llegan demasiado pronto y me recuerdan que hace ya muchas semanas que te has ido. Parece que esos brumosos días de verano pasaron hace una eternidad, pero sigo sintiendo que estás conmigo en todo lo que hago. Estás en la vela encendida dentro de la calabaza que he tallado para Halloween y que coloco en la ventana de delante, la única de la calle, con una enorme sonrisa en vez de una expresión amenazadora; tú las preferías así. Estás en los guantes que llevo cuando meto mi primer pastel de moras en el horno, con cuidado de que la bandeja caliente no me provoque una fea quemadura. Estás en la bufanda calentita con la que me envuelvo el cuello cuando ayudo a Ewan en el jardín, siempre pensando que una fresca mañana de otoño puede provocarme una gripe de mil demonios. Estás en la brisa susurrante que me rodea cuando recojo coles de Bruselas y me dice cuales están bien y cuáles es mejor dejar sin recoger todavía.

Yo soy todo lo que me has enseñado alguna vez, incluso cuando creías que no te estaba escuchando.

Trabajar en el jardín me mantiene ocupada y me hace sentir más cerca de ti. En las dos últimas semanas he ayudado a remover la tierra de los bancales de verduras vacíos, a construir una caja de hibernación para los erizos, he colgado comederos de pájaros, podado manzanos y plantado bulbos de tulipanes para que florezcan la próxima primavera. No sabía que había tanto que aprender. La jardinería es una ciencia también.

Me duele constantemente la espalda y tengo las manos ásperas y estropeadas, pero a pesar del frío, la humedad y el dolor, me siento en paz cuando estoy en el jardín trabajando bajo la supervisión de Ewan y rodeada del sonido de sus tarareos, el suave tijeretazo de las podadoras, el chirrido de la carretilla y el ruido amortiguado de la pala contra el duro suelo. Estoy deseando que lleguen los días en los que él viene para poder trabajar con él.

Son mis días favoritos.

Oh, te gustará saber que le hemos encontrado un buen uso a la abundante cosecha de otoño. Después de separar lo que yo necesitaba y distribuir regalos entre los vecinos (cebollas para el mayor, puerros para Beryl Lampard, nabos para Dave Daly), Ewan se ha llevado el excedente en su furgoneta a una casa en la ciudad; una casa que no parece tener nada de particular, cuya ubicación y dirección, que me reveló el doctor Bloomberg en confianza, voy a mantener en secreto por una buena razón. Es una casa de acogida para mujeres que intentan escapar del infierno del maltrato doméstico. Es un refugio que les proporciona un alojamiento donde están seguras y también asesoramiento para que no se sientan avergonzadas ni aisladas, sino que puedan encontrar la fuerza y la confianza para sobrellevar lo que les ha pasado. Tú siempre decías que una comida sabrosa y nutritiva era tan buena para el corazón como para el cuerpo, así que con nuestra pequeña aportación tal vez estemos ayudando a curar unas cuantas almas rotas. Eso es lo que me gusta pensar.

—¿No es triste? —le digo a Ewan una tarde mientras estamos sentados en la caja de madera boca abajo al fondo del jardín. Acabamos de terminar de desmontar las estructuras que servían de apoyo a las judías trepadoras y las hemos guardado en el cobertizo para almacenarlas en invierno. Aunque no pueden ser más de las cuatro, ya está empezando a oscurecer.

—¿Qué es triste? —me pregunta mirando distraídamente al cielo gris, leyendo las nubes en busca de una posible lluvia.

—Que el verano tenga que acabar —le digo—. Los árboles pierden las hojas, las flores se marchitan…

Los dos nos quedamos mirando la tierra marrón recién removida.

—A mí no me parece triste —dice Ewan—. Solo es parte del ciclo de la vida. Todo gira y no deja de moverse. De eso se trata.

Observo el barro que tengo bajo las uñas pensativa. *Digger* viene hacia donde estoy trotando, alborotando y moviendo el rabo, y yo me agacho para apoyar la mejilla contra su cabecita suave. Tengo el pelo largo y rebelde y le cae al perro sobre la cara cuando me da un lametón en la mejilla.

—¿Sabes cómo explicaban los antiguos griegos el cambio de las estaciones? —me pregunta Ewan.

—No —le respondo sonriendo—, pero *Digger* y yo tenemos la sensación de que nos lo vas a contar, ¿a que sí, pequeño?

Digger ladra encantado.

—Vale, pues entonces no os lo cuento —dice Ewan fingiéndose ofendido—. No quiero aburriros.

—¡Oh, vamos…!

—No, no. Si no os interesa… —insiste tercamente.

—Por favooooooor.

—No.

—¡Venga! —Le doy un empujoncito que le hace perder el equilibrio y casi caerse de la caja.

—¡Caramba, chica! —ríe recuperando el equilibrio—. No te voy a dejar volver a cavar. Si desarrollas más músculos vas a empezar a ser peligrosa.

—Cuéntame la historia —le pido dándole un suave codazo—. Si lo estás deseando…

—Vale, pero solo porque insistes. Todo empezó cuando Démeter descubrió que su hija, Perséfone, había sido raptada. Démeter se quedó consternada y juró que no descansaría hasta que Perséfone estuviera de vuelta en casa. La buscó por todo el mundo, por montañas y desiertos, mares y bosques, y cuando se enteró de que Hades había raptado a Perséfone y se la había llevado al inframundo para convertirla en su esposa, su deses-

281

peración se convirtió en ira. Llevada por esa furia, Démeter juró que no crecería fruta en la tierra hasta que Hades le devolviera a Perséfone. Él accedió con una condición: como Perséfone se había comido un puñado de granos de granada que le pertenecían, ella tendría que pasar parte del año con él en el inframundo desde entonces y para siempre. De ese modo, una vez al año, Perséfone puede volver a la tierra. Cuando ella llega, empieza la primavera: aparecen brotes verdes, florecen los árboles, crece la fruta y una nueva vida nace. Pero cuando llega el momento en que ella tiene que volver al inframundo, empieza el invierno: las hojas caen, la fruta se pudre y la vida queda en suspenso hasta que vuelva de nuevo a la tierra.

Digger mueve el rabo contento y frota la cabeza contra la pierna de su amo.

—Y por eso tenemos primavera y otoño, ¿verdad, amigo? —dice Ewan haciéndole una enérgica caricia en la cabeza.

Pienso en Perséfone yendo y viniendo, las estaciones cambiantes, la vida y la muerte, el amor y la pérdida.

—Supongo que nada permanece durante mucho tiempo —digo estirando las mangas del jersey para cubrir mis manos frías.

—El mundo tiene que seguir girando —contesta—. Dentro de seis meses este jardín estará lleno de pájaros cantando y de flores nuevas otra vez.

Me estremezco por el aire frío, me envuelvo el cuerpo con los brazos y escondo la barbilla en la bufanda. Sé que tiene razón, que dentro de seis meses el jardín volverá a estar lleno de vida, pero me pregunto si me parecerá lo mismo ahora que mi madre no está.

—Siempre estará contigo, ya lo sabes —dice Ewan—. Solo tienes que cerrar los ojos.

Dejo caer los párpados y escucho el sonido de la brisa que juega con las hojas otoñales. Mechones de mi pelo vuelan alrededor de mis orejas y me hacen cosquillas en las mejillas. Puedo sentir la calidez del muslo de Ewan junto al mío, la solidez de su cuerpo a mi lado.

—Ella estará donde quieras que esté —le oigo decir con la voz profunda y tranquilizadora—. Solo tienes que utilizar la imaginación.

En mi mente va apareciendo lentamente una imagen. La veo ahí, de pie en el manzanal, con el largo pelo color caoba brillando por el sol de otoño, grueso y bonito como solía ser, como una corona. Ella es fuerte y está sana, las mejillas y los ojos le brillan de alegría. Me está sonriendo. En el aire puedo oler manzanas, canela, tarta de chocolate, natillas de vainilla calientes, vino especiado, nuez moscada... todos los olores que llenaban la casa en un día fresco de otoño. Se la ve vibrante y feliz, llena de energía una vez más. Le sonrío también y ella me saluda con la mano. Lleva los guantes de cachemir morados que le regalé la Navidad pasada, los que dijo que guardaría para una ocasión especial y después metió en un cajón. Sonrío y levanto un poco la mano para responder al saludo. Su figura llena de color se va desvaneciendo despacio y fundiéndose con el rojo y el amarillo de las hojas del otoño y la brillante luz dorada del sol hasta que la imagen empieza a desaparecer.

Abro los ojos. Las nubes son grises y el cielo está oscurecido. Miro al manzanal, donde se apiñan los árboles en la penumbra con las hojas que les quedan susurrando por la brisa y sus ramas ya casi desnudas. No me importa que el manzanal vaya a estar vacío dentro de poco, como una reunión de esqueletos retorcidos sobre el fondo del cielo invernal. Ahora sé que cada vez que cierre los ojos mi madre estará allí, saludándome, siempre en un día soleado.

Cuando bajo la vista hacia mi regazo me encuentro la mano de Ewan, áspera y caliente, envolviendo la mía.

Y me parece lo más natural del mundo.

No es como dijiste que sería. No hay relámpagos en el cielo ni ruiseñores que empiezan a cantar de repente. No me he encontrado envuelta en una nube etérea y mágica, ni atrapada en un torbellino de brillante polvo de estrellas. De repente me he sentido real, como si todas las partes desconectadas de mí finalmente se hubieran juntado todas a la vez. Soy la niña que una vez fui y la adulta que soy ahora. Estoy hecha de todas mis cosas buenas y de todas las malas. Soy valiente, pero tengo miedo; estoy curada pero todavía me quedan heridas; soy

283

fuerte pero me siento indefensa. Soy todo lo que he admitido y todo lo que he negado. La persona que soy en este mismo momento es el producto de todo lo que he sido: las verdades, las mentiras y todo lo que hay entre las dos.

Cuando sus labios tocan los míos no siento que caigo, ingrávida, como me prometiste.

Siento, por primera vez en mi vida, que por fin soy yo.

Agradecimientos

Quiero darles las gracias a Lauren Parsons, a Lucy Boguslawski y al equipo de Legend Press por haber creído en mí; su entusiasmo hizo posible que este libro acabara viendo la luz. También quiero expresarles mi agradecimiento a Judith Murray por su pasión, convicción y sus consejos; a Hellie Ofden por su trabajo en los asuntos de traducción, y a todo el equipo de Green and Heaton.

También le debo mi más profunda gratitud a Irene Smith porque su ojo atento y su aguda inteligencia me ayudaron a planchar algunas arrugas al principio y porque sus ánimos y su entusiasmo me han servido de gran motivación.

Y por último, y no por ello menos importante, quiero darle las gracias a mi familia por el apoyo constante que me han proporcionado durante toda mi vida.

Este libro utiliza el tipo Aldus, que toma su nombre
del vanguardista impresor del Renacimiento
italiano Aldus Manutius. Hermann Zapf
diseñó el tipo Aldus para la imprenta
Stempel en 1954, como una réplica
más ligera y elegante del
popular tipo
Palatino

***
**
*

Tu mentira más dulce
se acabó de imprimir
en un día de primavera de 2013,
en los talleres gráficos de Liberdúplex, s.l.u.
Crta. BV-2249, km 7,4, Pol. Ind. Torrentfondo
Sant Llorenç d'Hortons (Barcelona)

***
**
*